KiWi

Paperback

KiWi

673

Das Buch:

Seit der Veröffentlichung ihrer ersten beiden Bücher »Ruf! Mich! An!« und »Masserberg« gilt Else Buschheuer als eine der interessantesten neuen Stimmen in der deutschsprachigen Literatur. Die Treffsicherheit und das Ungekünstelte ihres Stils, der trockene Witz und die Schnelligkeit ihres Denkens haben auch ihr Internet-Tagebuch, das sie im Herbst 2000 startete, zu einem viel beachteten öffentlichen Ereignis gemacht.

Dass sich dieses Tagebuch von einer Sekunde auf die andere in Ton und Inhalt vollständig veränderte und zu einem bewegenden Zeit-Dokument wurde, konnte niemand voraussehen. Else Buschheuer schrieb seit dem Juli 2001 ihre Aufzeichnungen aus New York und über New York, wo sie in ihrer Wohnung in SoHo dem Schock des 11. Septembers unmittelbar ausgesetzt war.

Die Wellen, in denen die Erschütterung in ihr Bewusstsein trat, hat sie beklemmend genau festgehalten. So ist ein regelrecht gespaltener Text entstanden, in dessen ersten Teil man das Glück der Ankunft miterlebt, um dann im zweiten Teil mitgerissen zu werden in ein Trauma, das anhält.

»In ihren Aufzeichnungen aus der attackierten Stadt erweist sich die Verfasserin als eine bei aller emotionalen Aufgewühltheit aufmerksame Beobachterin und Chronistin. Was oft so leichtfertig literarischen Texten als Etikett angeheftet wird, hat hier seine Form gefunden: das Spontane und Authentische.«

Volker Hage, *Der Spiegel*

Die Autorin:

Else Buschheuer hat als Reporterin, TV-Moderatorin und Kolumnistin gearbeitet. Studium der Bibliothekswissenschaft in der DDR. In New York war sie von Juli bis Oktober 2001, um ein Praktikum bei der deutsch-jüdischen Zeitung *AUFBAU* zu machen. Als Folge des 11. Septembers 2001 verlor sie ihren Job als Kulturweltspiegel-Moderatorin der ARD und lebt seitdem in New York.

Bisher erschienen: *»Ruf! Mich! An!«*, 2000, *»Masserberg«*, 2001.

Else Buschheuer

www.else-buschheuer.de

Das New York Tagebuch

Kiepenheuer & Witsch

1. Auflage 2002

Umschlaggestaltung: Barbara Thoben, Köln
Umschlagfoto Rückseite: © Stephan Pick
Gesetzt aus der Eurostile
Satz: Greiner & Reichel, Köln
Druck und Bindearbeiten: Clausen & Bosse, Leck
ISBN 3-462-03095-7

Widmung

Für meinen IA
Für meinen Webmaster
Für meinen Anwalt
Für Rudy, Lorenz, Christian, Bruno,
Juliette, Carola, Noa und die Roten
Gitarren
Für alle ungenannten Mailfreunde

ausdrücklich nicht:
Für den WDR

30.6.01 DRIN!

Hammer in Heathrow. Erst fielen mir zwei Fotografen mit kindsgroßen Teleobjektiven auf, dann zwischen ihnen eine kleine spillerige Frau mit Pasta-Sonnenbrille und kräftig toupiertem leicht schütterem dunklen Haar, aber sonst – top! Ich denk: Sieht aus wie Joan Collins. Und, besser noch, es ist Joan Collins. Mitten im Shooting. Ich seh sofort ihr Problem und geh hin und flüster ihr zu, so von Frau zu Frau: Ihre Nase is glänzing. Lächelt sie mich dankbar an und holt brav ihr brilli-besetztes Puderdöschen raus.
Am New Yorker Flughafen kriege ich nicht unerhebliche Schwierigkeiten, da ich auf dem weißen und dem grünen Zettel immer ›Yes‹ statt ›No‹ ausgefüllt habe. Jetzt denken die dort natürlich, ich bin ein drogensüchtiger Spion, der Schnecken und andere lebende Tiere schmuggelt. Und das, wo ganz groß und deutlich auf dem Schild dreht: Bringt uns ja nicht die Maul- und Klauenseuche nach Amerika!
Dann fahr ich also mit dem Taxi der dunstigen Skyline entgegen, über welcher sackschön die rote Abendsonne hängt.

01.07.01 ANNÄHERUNG

Gestern hat mir meine Landlady frische Blumen ins Zimmer gestellt. Heute früh sind sie vollkommen verwelkt. Liegt das nun an meinem speziellen Verhältnis zu Pflanzen oder daran, dass es hier so scheiße heiß ist?
Morgens um 7 einmal ums Karree gelaufen. Viele Mülltüten, Feuerleitern, Designerläden, Restaurants und einige wenig vertrauensweckende Leute angetroffen. Letztere saßen brabbelnd vor Häusern oder stumm in parkenden Autos oder schlurften gern

auch mal hinter mir her. Nächste Subway-Station auch wenig vertrauenserweckend.
Der Chinese, bei dem ich einen Becher (richtig guten) Kaffee gekauft habe sowie die New York Times vom Sonntag, unter deren Last man fast zusammenbricht, spricht noch schlechter englisch als ich. Ich dachte, das wäre vielleicht lustig, ihn zu fragen, wo die nächste Subway-Station ist. Es war lustig.

01.07.01 DER CHINESISCHE MAURER

Spring Ecke Wooster bin ich heute gewaltig über meinen Schatten gesprungen. Ich komm also an, müde, humpelnd, mit Rückenweh und Blasen an den geschwollenen Ich-will-gleich-am-ersten-Tag-überall-hinlaufen-Füßen. Da sehe ich, wie auf der Straße sieben Stühle aufgestellt werden. Ihre Lehnen waren zurückgeschwungen wie bei Liebestühlen ... lustiger Verschreiber, deswegen lass ich den stehen ... also wie bei Liegestühlen. Sie mündeten in mit zerschlissenem Stoff bezogenen Ringen.
Passanten stürmten auf die Stühle zu, als hätten sie bereits seit Stunden sehnsüchtig gewartet, klemmten die prall gefüllten Einkaufstaschen zwischen die Beine, legten mit merkwürdig selbstverständlichen Gesten ihre Gesichter in die ollen Ringe und starrten erwartungsvoll aufs Trottoir. Noch ehe ich genau begriff, zu welchem Zweck, packte mich jemand. »I'm the best«, flüsterte ein junger muskulöser Chinese mir zu, wobei er mich mit zwei Fingern schelmisch in den Nacken zwickte. Und zwar in eine Stelle, die meine Nein-Hemisphäre im Gehirn umgehend außer Gefecht setzte. Upper Body koste 10 Dollar, lower noch 10 dazu. Na, upper wird ja wohl reichen, hörte ich mich ächzen und, rums, wurde ich auch schon auf den letzten freien Stuhl bugsiert. Zack.

Ruff hier uff die Schlachtbank! Gesicht nach unten. Ruhe im Karton.
Kaum war ich solcherart gebettet – vor Augen noch die toten Enten in Chinatown mit allem noch dran, Hälse und Köpfe, wie die da hilflos hängen, so fühlte ich mich – kaum war ich in Startposition, da stürzte sich mein kleiner Asiate auch schon auf mich. Ein Handarbeiter. Ein Handwerker (aber ein fleißiger). Zack zack zack. Im ersten Moment dachte ich: der macht alles falsch, was man falsch machen kann, dassja furchtbar, dachte ich, Burkhard Spinnen wäre sicher viel zärtlicher, denn die Was-auch-immer-für-eine-Massage ließ sich alles andere als sanft an. Der Typ sprang auf mir rum wie ein volltrunkener Ochsenfrosch (und wie das aussehen musste!), zerrte am Nacken, trommelte an den Lenden (und wie das aussehen musste!), schwang meinen Arm wie ein Lasso, zerrte meine Finger aus den Gelenken, setzte sich auf mein Kreuz, kniff hier, stieß da, schrubbte auf meiner Kopfhaut herum (nach und nach wurde mir egal, wie das aussehen musste) und das alles spinnengleich (nur eben nicht Spinnen …), mit einer Hast (aber nicht wirklich hastig!) und Brutalität (aber nicht wirklich brutal!), die erst im Nachhinein als Gesamteindruck (oder schon ein bisschen eher) Sinn ergaben (oder auch nicht, aber schön war's). Mitten im sonntäglichen Marktgetümmel von SoHo stand ich fünf Minuten später um zehn Dollar ärmer und um zwanzig Jahre jünger und schwebte elfengleich davon.
Erst der Visitenkarte, die mir mein chinesischer Maurer zugesteckt hatte, entnahm ich, was ich da empfangen hatte (für alle, die dasselbe wollen: eine U.S.A. Pain Care Massage).

03.07.01 ERSTER ARBEITSTAG

Arbeitnehmerfeeling. Lange nicht gehabt. Wecker klingelt morgens. Ich (Nichtschwimmerin) schwimme im Menschenmeer (MM) zur U-Bahn. Fremde U-Bahn, fremde Stadt. Jede Station suppt ein Schwapp raus, einer rein. Versuche, cool zu lesen, aber irgendwas geht vor. Ha! Verfahren! Queens, das ist da, wo ich nicht hin will. Ausgestiegen. Schlange gestanden an kaputter Rolltreppe. Hochgesuppt im MM: Zurückgelaufen. Verlaufen. Gefragt. Auskunft nicht verstanden. Stadtplan vorgekramt. Links und rechts verwechselt. Gehetzt. Im Hetzen einen Creamcheese-Bagel. Im Hetzen im Sog des MMs einen Pappbecher-Kaffee (bekleckert).
Sitz der Redaktion gestern schon erkundet: groovy. Brüll-Brodel-Broadway. Riesen-Supermarkt unten (durch dessen Sortiment ich mich in den nächsten drei Monaten hemmungslos fressen werde, jawoll).
Office im vierten Stock, Tanzschule im dritten Stock, Karate-Schule nebenan. In der Redaktion freundlicher Empfang (von mir komischem Vogel). Dann brav bis Mitternacht Korrektur gelesen (die älteste Praktikantin der Welt). Dann fassten sich die kleinen Buchstaben bei den Händen und tanzten wie die Derwische (Jetlag?).
Sollte ich mal einen Film machen, müssen folgende Szenen dringend rein:
1. Frau läuft telefonierend Gang entlang, links und rechts an den weiß getünchten Wänden stumm und gespenstisch sich bewegende Karatekämpfer mit ernsten Gesichtern. Frau mittendurch mit Gesichtsausdruck, als sei das nun wirklich nix Besonderes.
2. Redaktionsgeschehen, während Tische und Wände zittern wg. Tanz- und Karateschule. Erinnert mich daran, wie Christiane Herzog selig mir mit abgespreiztem kleinen Finger vorgemacht hat,

wie im Schloss Bellevue die Teetasse auf der Untertasse klapperte (von wegen der Loveparade).
3. Müde Frau kommt in abgefucktes Studioapartment. Findet in Wanne gruseliges Tier, Kreuzung aus Spinne und Mücke, groß wie ein Ochsenfrosch. Schreit ein bisschen, ruft aber nicht 911 an, sondern spült das Ding runter (aber es passt nicht in den Ausguss). Spült dann heiß, bis es passt. Geht schlafen. Im Dunkel sieht man, wie das Tier wieder aus dem Ausguss kriecht, doppelt so groß und sehr sehr wütend.
P. S.: Ach, Wowereit, erzählt man, ist inzwischen ein Hero für New Yorks Schwule. Jeder kennt seinen Namen.
Demnächst zu Gast bei Letterman?

03.07.01 THE EARLY SHOW

Zu Gast ist ein Romance Coach, eine Frau, Leslie. Leslie ist blond und spricht mit Emphase und legt beim Sprechen immer die Hand auf die Brust und reißt die Augen auf und der Moderator staunt. Und Leslie sagt, dass man am Wochenende rausgehen soll und für alles offen sein (Recht hat sie! Kleine Leslie! *haut sich auf die Stirn* Rausgehen! Offen sein!). Das sagt Leslie ihren Romance Klienten im ganzen Land, telefonisch sagt sie ihnen das: Geht am Wochenende raus, ihr Hasen, sagt sie und kriegt viel Geld dafür und der Moderator nickt und findet's großartig und vermutlich ist es auch großartig (ich bin nur noch nicht lange genug in Amerika).

04.07.01 TEXT UND ICH: SCHLAPP

Immerhin bin ich am dritten Tag soweit, einen der englischen Sprache nicht mächtigen sowie in New York gänzlich unkundigen Taxifahrer samt Baustellenberücksichtigung von Uptown nach Downtown zu lotsen. Und das nach vierzehn Stunden Office und auf Indisch.

Heute war meine Mitarbeit so wenig erforderlich, dass ich aus lauter Verzweiflung »Mein Leben« von Marcel Reich-Ranicki aus dem Büro-Regal klaubte, ein Buch, welches mich wider Erwarten unterhielt. Einer meiner Praktikanten-Vorgänger hatte dort für ihn wichtige Gedanken und Klassikerzitate mit neongrünem Marker hervorgehoben sowie Blätter mir unbekannter Vegetation gepresst und getrocknet. Letzteres rührte mich für einen Moment und erinnerte mich an Zakopane, Hohe Tatra, Krokusse.

Am Abend gab es dann glücklicherweise noch einige Texte zu korrigieren. Und auch in der Unterscheidung der verschiedenen Mappenfarben für die verschiedenen Korrekturstufen mache ich spürbare Fortschritte. Der Höhepunkt meines Arbeitstages war ein Lob für eine Bildunterschrift. Der Tiefpunkt: In der Redaktion wurde mein Internet-Tagebuch begutachtet und mehrheitlich als »keine Literatur« befunden.

04.04.01 HEUTE IST UNABHÄNGIGKEITSTAG,

da ist frei, da darf ich mir was wünschen: Einen Romance Coach und ein paar amerikanische Winkelemente.

Aber vitevite.

Unabhängig bin ich selber.

04.07.01 PEACE OF MIND

Heute bei Psychic Mrs. Anna. Rein in den Laden, 444 Broome St., weil mir auf dem Schild »Peace of Mind« versprochen wird, wovon man ja bekanntlich nie genug haben kann.
»Peace of Mind« kostet 30 Dollar. Ein Schnäppchen. Und dann tritt wieder das Problem mit dem 100-Dollar-Travellerscheck auf. Psychic Mrs. Anna verhält sich so ähnlich wie neulich die Chinesin in der Grocery um die Ecke. Sie dreht den Schein angewidert in der Hand und sagt, ich solle lieber erst mal zum Chash-Automaten gehen. Das ist mir aber zu anstrengend. Also lasse ich mir für meine restlichen 15 Dollar von Psychic Mrs. Anna aus der Hand lesen:
So schlimm wie in den letzten beiden Jahren wird es nicht werden, sagt Mrs. Anna, nimmt einen tiefen Zug aus der Zigarette und starrt bös in meine Innenhand (die heute übrigens wieder ein chinesischer Anti-Pain-Meister durchgeknetet hat, an die Füße hab ich ihn wegen Pulp Fiction lieber nicht rangelassen). Es wird jemand kommen, sagt Mrs. Anna, der mit mir nach Kalifornien fahren will (Rolf Eden?). Da soll ich mit. Im September gibt es viel Geld. Das soll ich nehmen. Im Dezember will eine Sibylle ein Projekt mit mir machen (Frau Berg?). Das soll ich lassen. Und im nächsten Jahr sieht Anna eine Ehe (mit Rodscher Willemsen?) und zwei Kinder (Maik und Mändy?). Da find ich dann mein großes Glück (nur Peace of Mind kostet extra).
Wenn ich noch ein bisschen tiefer gehen möchte, sagt Psychic Mrs. Anna und klaubt rauchend meine Dollarscheine weg, in die Vergangenheit, in die Zukunft, Tarot mit Zwischenfragen und so, dann soll ich doch eben noch mal rasch zum Cash-Automaten gehen und sie holt so lange die Kristallkugel. Aber das haben wir dann auf meine Bitte hin vertagt.

05.07.01 HIMMEL ÜBER MANHATTAN

Na warte, du blöder 100-Dollar-Travellerscheck, dich krieg ich schon noch klein, denk ich und fahr nach Brooklyn, pilgere unter die Brücke, aufs River Café zu. Freiheitsstatue kucken, Skyline kucken, Schiffe kucken, Hubschrauber hören, Martinshörner hören, Wellen hören, Jazzmusik ausm Lokal hören, sich Sonne ins Gesicht scheinen lassen und Möven in die Fresse fliegen und all so was.
Sonne war nicht, denn kaum saß ich, zog sich der Himmel mit so kleinen Wolkenfetzen zu, Wolkenkrümel weiß und grau, ganz kleidsam, hab sofort ein Foto gemacht. Dann Weißwein bis der Arzt kommt und Hummersüppchen und Käseplatte (Kellner-Kommentar zu meiner Aussprache: Nein, Wüste haben wir nicht, aber ich kann Ihnen gern die Dessert-Karte bringen ...).
Wie ich da so sitz und prass und eine Gedenkminute für Hannelore Kohl mache, gibt's viel zu kucken: Ein Rasta-Mann angelt. Ein Hochzeitspaar lässt sich am Pier vor der Skyline fotografieren. Braut und Bräutigam posen ganz angestrengt und machen Cheese, der Fotograf hat die Hand bereits am Abzug, da fährt eine kräftige Windböe unten in den weißen Rock der Braut, der bläst sich auf wie ein fetter Ballon, sie hält mit beiden Händen dagegen an, da greift die Böe in den Schleier, der flattert hoch, sie also eine Hand am Rock, eine am Schleier, da greift die Böe den Bräutigam an und packt seinen Zylinder. Der ruft »No« und hebt beide Arme, aber zu spät, der Hut fliegt hoch ... Klick! ... ein Foto, das man im Alter gerne und immer wieder seinen Enkeln zeigen wird: Opa, erzähl noch mal die Geschichte mit dem Hut!
Ich, noch ganz schadenfroh, zieh meinen unglückseligen Travellerscheck raus und will die fette Rechnung bezahlen, da packt die Böe den Schein und schwupps und weg und ins Wasser und was sagt man dazu!

06.06.01 VÖLKERFREUNDSCHAFT, ABER NICH IMMER

Nur Idioten verfahren sich in der Bronx. Ich zum Beispiel. Ziehe die Sache ultracool auf, steige, so wie ich es bei den echten New Yorkern beobachtet habe, mit einem Kaffee im Pappbecher in die Subway Nr. 2 uptown. Tue, als wär das weiter nix, dass alle Weißen in der 96. Straße aussteigen. Stelle mich dösend oder lese ein bisschen. Versuche, alles touristisch Anmutende wie Stadtplan lesen zu vermeiden, hab in jeder Jackentasche ein paar Dollar stecken, die ich pro Überfall rauszurücken bereit bin – kucke frech in die Gegend, sehe schwarz, als die Bahn durch die South Bronx fährt (nicht mal im Fall von großem Blasendruck aussteigen: Jackson Avenue, Prospect Avenue, Intervalle Avenue, Simpson Street, Freeman Street) –, um dann an der Endhaltestelle in Riverdale feststellen zu müssen, dass ich die Subway 1 hätte nehmen müssen. Ich bin in Riverdale East. Und muss (für meine erste Aufbau-Geschichte) nach Riverdale West.

»Dumm gelaufen«, sagt die Frau im S-Bahn-Ticket-Häuschen. In der Scheibe ist ein Einschussloch. »Zurück bis Manhattan und dann westlich hochfahren.« Fast zweihundert Blocks zurück? Nö! Gibt's keinen Bus? Sie sieht mir fest in die Augen: »Nehmen Sie ein Taxi!« Wieso denn das? Bin ich in Gefahr? Wollte sie nur nett sein? Ich also hoch, völlig verloren und dadurch umgehend als Touristin/Idiotin erkenntlich, suche eine halbe Stunde lang ein Taxi. Nix. Kein Taxi da. Kein gutes Zeichen vermutlich.

Kurz erwogen, die 241. Straße einfach nach Westen zu latschen durch the Middle of Nowhere, kam mir dann aber doch zu verwegen vor. Lieber zum nächsten Bus. Fahrer sitzt auf dem Einstiegstritt und feilt sich die Trauerränder.

Ich: Hab mich verlaufen.

Er: Sieht man. Wo kommst du denn her?

Ich: SoHo.
Er: Nein, richtig.
Ich: Deutschland.
Er: Und warum bist du da weg?
Ich: Da rauchen alle.
Er (lacht).
Ich: Und wo kommst du her?
Er: Venezuela.
Ich: Und warum bist du da weg?
Er: Da klauen alle. Wenn du da rauchst, klaun die dir den Rauch.
Ich (lache).
So werden wir Freunde, Gonzales und ich. Nachher fährt er mit seinem (vollen) Linienbus einen Umweg. Bezahlen muss ich nicht. »Be my guest«, sagte Gonzales. »Next time you do the same for me.« Na, dassja wohl klar.
Euphorisiert von Liebreiz und Gastfreundschaft der Bronxer versuchte ich, die Fahrerin des nächsten Busses in einen Small Talk zu verwickeln. Wo denn die und die Straße sei. Ob sie das mal netterweise ausrufen wolle.
»Shut your mouth and take a seat«, bellt die Puertoricanerin und wedelt mich mit den Fiberglasnägeln weg.
Gehorsam setze ich mich hin, ziehe eine kleine Schippe, halte den Mund und verfahr mich natürlich gleich noch mal.

07.07.01 TAUBE AUF DEM EMPIRE STATE BUILDING

»Hömma«, sagt die Taube auf dem Empire State Building. »Helicopter is viel zu teuer, ich fliech dich umsonst rum.«
»Na meinetwegen«, sag ich, »wo doch die Mark in Usa nur 2 Pfennich wert ist.«

Taube gesattelt und ab, vertikal parallel zur Circle Line einmal um Manhattan, dann Kreis größer, über New Jersey, Bronx, Queens, Brooklyn, dann im Tiefflug durch die Häuserschluchten, richtig gesaust, mein lieber Scholli.
Kann mir eigentlich für den Samstag keine bessere Beschäftigung vorstellen.

07.07.01 KINO, TV, NOCH ETWAS UNGEORDNET

War heute im Kino. Der neue Spielberg **Artificial Intelligence**, in dem Spielberg versucht, Kubrick zu sein (denn Kubrick ist tot und kann sich nicht mehr wehren), ist Murks, zu langweilig, um schlecht zu sein, zu schlecht, um noch das kleinste weitere Wort darüber zu verlieren.
Beim TV-Zapping werden inzwischen langsam Strukturen erkennbar, Zuordnungen möglich. CBS bringt Letterman, die Howard-Stern-Show und die prima Blut-und-Tränen-Serie »Bella Mafia«, in der Nastassja Kinski die Bella Mafia spielt und abwechselnd blutet oder weint oder die Hand mit dem Siegelring geküsst kriegt. Außerdem läuft dort die Show »The Price is Right« mit diesem weißhaarigen Herrn, der aussieht wie Egon F. Freiheit.
Fox 5 bringt die Simpsons, Friends, Ally McBeal und Seinfeld. Dort gibt es auch eine schwarze Barbara Salesch. Dann gibt es noch Oprah und die Jerry-Springer-Show (eine perfekt durchinszenierte White-Trash-Arena, morgens um 9, herrlich zum Aufwachen und gleich tot sein wollen). Hab vergessen, auf welchem Channel beides lief.
In den Nachrichten bei NY 1 wird ein Mord nach dem anderen gemeldet und man wird ziemlich schnell paranoid, wenn man das kuckt, deswegen nur im Notfall.

CNN hat Larry King, NBC Jay Leno (z. Zt. Wiederholungen). Dann gibt's den Weatherchannel, der immerhin so präzise arbeitet, dass ich auf das Gewitter tatsächlich eine halbe Stunde vorher vorbereitet werde.
Meist bleib ich bei Superstation hängen, da werden dauernd Filme gezeigt, manchmal sogar gute, heute Nachmittag zum Beispiel »Falling Down« (immer wieder schön die Szene bei McDonald's und immer etwas RMA-Feeling).
NBC hat Saturday Night Life (Wiederholungen). Und jetzt hab ich mich grade in »His Girl Friday« reingezappt, mit Cary Grant und Rosalind Russell, auf Channel Thirteen. Ein Must für Journalisten. Leider finde ich den Film nicht in dem schwachsinnig unübersichtlichen TV-Guide, dem einzigen, den es hier gibt, wöchentlich neu, auf Klopapier gedruckt, für $ 1,99.
Dann gibt's noch MNN (Manhattan Neighborhood Network), so eine Art Offener Kanal, in welchem entweder eine verwackelte Kamera am Strand nackte Möpse einfängt oder eine alte Schrumpeloma stundenlang strippt und dazu Pupsgeräusche macht (die Sandy Kane Show, Telefon für alle, die auch gut strippen und dabei Pupsgeräusche machen können: (212) 561 -1838).
John Boy Walton hat übrigens eine eigene Show auf Pax, unglaubliche Notfälle o. ä., die Vorlage für die Meiser-Crime-Show. John Boy sieht inzwischen aus wie Wolfgang Lippert und tut einem ein bisschen Leid.
Außerdem gesehen: »Weakest Link«, das Original von Sonja Zietlows neuer RTL-Show, gleiche Kulisse, gleiche Musik, lebt von der gouvernantenhaften dünnlippigen Moderatorin, die wie eine böse Hexe agiert. Korrekt, kräht sie, und ihre Augen funkeln hämisch, wenn einer fliegt. Zietlow ist ein billiges Plagiat aber wem sag ich das.
Anders »Wer wird Millionär?«, auch gleiche Deko, gleiche Musik,

aber Jauch hat da durchaus was Eigenes geschaffen. Der amerikanische Moderator ist älter und alerter, ihm fehlt das spitzbubenhafte von Jauch.
Lustig, wenn auch schwachsinnig schlecht moderiert (offenbar das Erfolgsmodell hier: Opa mit gefärbten Haaren plus oben ausgestopfte Blondine) »Candid Camera«. Ebenfalls lustig: die Early Show auf CBN, in der heute zwei Moderatoren versucht haben, dem aufgeregten Gast den Schluckauf wegzumachen – vergeblich. Ich habe da übrigens einen todsicheren Tipp: Sieben Schluck Wasser umgekehrt, also vornübergebeugt und über den Gaumen, trinken. Klappt hundertprozentig. Aber mich fragt ja keiner.
Leider habe ich hier nur eine Billig-Kabelversion und vermisse HBO (Filme) und E! wie Entertainment Television (Dokumentarfilme über Kino, Schauspieler-Porträts u.ä.).
Aber sonst vermiss ich nix.

08.07.01 AUS AKTUELLEM ANLASS

Es gibt zwei Sorten von Ratten:
Die hungrigen und die satten.
Die satten bleiben vergnügt zu Haus,
die hungrigen aber wandern aus.

Heinrich Heine

08.07.01 VORHER-NACHHER-SHOW

Ist ja auch in Deutschland bekannt. Normal aussehende normal schlecht gelaunte Menschen werden auf der Straße angesprochen,

worüber sie sich so freuen, dass sie der (blonden, oben ausgestopften) Moderatorin kreischend um den Hals fallen. Dann werden sie so hergerichtet, dass oft mindestens eine Million Dollar Schmerzensgeld drin wäre: Haare, Klamotten, Make-up.
Nach der Herrichtung freuen sie sich so sehr, dass sie der (blonden, oben ausgestopften) Moderatorin abermals kreischend um den Hals fallen. Hinten im Studio kann man auf überlebensgroßen Fotos sehen, wie die Person vorher aussah und wie sie jetzt aussieht. Dann wird die Familie ins Studio geführt, welche sich auch ganz enorm freut, es gar nicht glauben kann, mehrfach die für Amerikaner typischen Ausrufe des Erstaunens tut (O my God!, Unbelievable!, Great!, etc.) und sowohl der verwandten Person als auch der (seelenverwandten) Moderatorin kreischend um den Hals fällt.
Andererseits: Ich bin froh, dass ich selber kürzlich in der Vorher-Nachher-Show war. Jetzt muss ich mich nur noch blond machen und oben ausstopfen lassen und dann fühle ich mich wie eine richtige Amerikanerin:

Oh My God!

09.07.01 COMMERCIALS

TV-Werbung viel lustiger als in Deutschland:
Eben sehr gelacht über Familie, die im Auto unterwegs ist. Vorne singen die Eltern aus vollem Halse, laut und falsch.
Hinten zwei Jungs, einer trägt Kopfhörer und wippt vergnügt zu seiner Musik mit dem Kopf.
Der andere trägt keine Kopfhörer und stößt verzweifelt mit der Stirn gegen die Scheibe, immer wieder.

Dann sagt eine Männerstimme: Do you need a CD-Player? In einem anderen Spot sitzt eine Frau im Wohnzimmer und liest. Kinderfüße tapsen an ihr vorbei, die Treppe hoch ins Obergeschoss.
Kinderstimme: Ich geh in den Pool, Mami.
Frau: Wir haben gar keinen Pool, Sweetie. Sekunden später tropft es auf ihr Buch und sie sieht alarmiert zur Decke.
Dann wird eine bundesweite Handwerker-Hotline eingeblendet. Oder war es eine Telefongesellschaft?

10.07.01 SCHLECHT GESCHLAFEN

Scheißhitze schwitzende Amerikaner schwitzende Asiaten schwitzende Schwarze (alliteration overload) schwitzende gullis sinnlose Komplimente i like your glasses i like your shoes i like your drivers licence you have a cool bag
In den Fernsehshows schreien sich alle an draußen fragt dich jeder wie's dir geht und keiner wills wissen Ananas in Scheiben kostet 9 Dollar Hauswart schlägt im Hausflur alle drei Minuten die Tür vorm Fenster auf der Straße jaulen nachts Motorräder auf Autos Menschen Katzen Ratten
Im Klo wird immer erst alles aufgesprudelt bevor es weggespült wird die Bettdecke besteht aus einer komplizierten Laken-Inlet-Laken-Konstruktion die Klimaanlage ist lauter als eine Kaffeemaschine von Robotron keine deutschen Zeitungen keine Berliner Taxifahrer
Heimat ist wenn bei »Wer wird Millionär« die vertraute Melodie spielt Nutella bei Fairway ein deutsches Buch sonst alles fremd und groß und hohl und laut und frisst einen auf erst Geld dann Kraft dann Hirn dann Seele

10.07.01 HOLD YOUR HORSES

Vielen Dank für die qualitativ überwältigenden und quantitativ hochwertigen Trostzusendungen und Beschimpfungen, die ich mich persönlich zu beantworten außerstande sehe, daher auf diesem Wege.
Man wird doch wohl noch mal schlechte Laune haben dürfen.
Inzwischen habe ich im Botanischen Garten Brooklyn Ruhe und Selbstbeherrschung wiedergefunden.
New York und ich – wir sind wie Black & Decker.

10.07.01 BLIND DATE

Beginne, Fernsehgewohnheiten zu entwickeln. Dienstags läuft eine witzige Show, würde aber in Deutschland nicht funktionieren. Oder ist nicht sogar kürzlich schon dasselbe Konzept bei uns gescheitert? Blind Date. Kandidaten à la Ken und Barbie treffen sich zum ersten Mal, begleitet von einer Kamera, verbringen einen Tag miteinander, unterhalten sich und kleine Comic-Denkblasen blenden den Subtext ein. Das hat Woody Allen in **Anni Hall** auch schon gemacht.
Erstaunlich sind die schauspielerischen Fähigkeiten aller Kandidaten in amerikanischen Shows. Die wissen genau, was von ihnen erwartet wird. Sehr deutlich wird das auch in der Jerry-Springer-Show. White Trash vom Feinsten.
Szene aus Blind Date, Paar sitzt im Auto.
Er sagt: Und? Wie war deine letzte Beziehung?
Er denkt: Scheißfrage beim ersten Treffen, aber zu spät.
Sie sagt: Ach naja. Wir haben uns vor einem halben Jahr getrennt.
Sie denkt: John war meine große Liebe. Ich werde nie darüber hinwegkommen.
Er sagt: Warum?

Er denkt: Ob ich meinen Arm um sie lege?
Sie sagt: Er ist nach Kalifornien gezogen.
Sie denkt: Mit dieser widerlichen blonden Schlampe.

10.07.01 MERKE

Richtige Amerikaner sagen öfters mal »actually« und »basically«, gern auch beides im selben Satz.
Richtige Amerikaner machen NICHT den Deckel vom Pappbecher-Kaffee, sondern trinken vielmehr DURCHS dafür vorgesehene LOCH.

11.07.01 ABEND IN NYC

Erstaunlicherweise gehe ich in Berlin, obwohl dort auch einiges los ist, nie hin. Aber hier geh ich hin. Bzw. hier ist so viel los, dass man einfach irgendwo vorbeikommt, wo was los ist. Es ergibt sich einfach.
Merke: In New York kannst du den Ereignissen nicht entfliehen, sie haben dich am Arsch.
Heute zum Beispiel durch den Central Park gelaufen. Da spielten die New Yorker Philharmoniker so Sachen aus der West Side Story – ist ja nicht meine Party – und gefiedelt hat Joshua Bell, angeblich einer der 50 schönsten Männer Amerikas? der Welt? Wer sagte das noch? Was auch immer, es ließ sich nicht verifizieren, denn die Wiese war so voll mit picknickenden Menschen und Decken und Stühlen und Schirmen und Masur hat nicht dirigiert und dann fing es auch noch relativ großtropfig an zu regnen und überhaupt.

Also weiter, weiter. Zur **Tavern of the Green**, sehr schönes Restaurant und Gartenlokal mit Edward-mit-den Scherenhänden-Sträuchern (Elefant, King Kong), Bar draußen im Freien (hatte dann wieder aufgehört zu regnen), Glitzerbäumen und echten fest angestellten Glühwürmchen.
Eine Margherita (Schreibt man das so? I'm a fucking legasthenic) und dann weiter. Zum Lincoln-Center gelaufen. Auf der Josie Robertson Plaza ist im Sommer abends Midsummer Night Swing. Dort wird richtig getanzt, proppenvoll die Tanzfläche. Drei Sekunden mitgeswingt und schon wieder weiter, weiter. Da! Da drüben kann man für 10 Dollar zweimal eine falsche Felswand hochkraxeln. Mönsch, das machen sogar welche. Mitten in der Nacht mitten in New York. Ich aber nicht.
Das war uptown und midtown. Wenn man abends hier in downtown aus dem Haus geht, sind die Straßen sowieso rappelvoll, vor allem freitags und Samstag. Alle fünf Meter kriegt man einen Zettel in die Hand, wo wann ein Comedian auftritt oder eine Band spielt oder irgendwas anderes passiert. Wenn man dahin geht, hat man eine gute Chance, später mal zu sagen: Den hab ich gesehen, damals in SoHo, da trat der noch in ganz kleinen Clubs auf, da war er noch nicht berühmt.
Und später nach Haus und die Glotze an und Julia Roberts ist bei Dave Letterman (der aussieht, als hätte er bereits die erste Entwicklungsstufe zum Werwolf durch) und ihr solltet mal hören, wie oft die »actually« und »basically« sagt.

11.7.01 CHRISTIANE-GERBOTH-EHRENRUNDE

Heute also mit dem T-Shirt mit **Christiane-Gerboth**-Aufdruck (was ich mir damals für die Harald-Schmidt-Show hab machen lassen –

zu schön und zu teuer für nur einmal anziehen) längs durch New York gepest und den Einheimischen und Touristen viele Fragen aufgegeben: Who the fuck is Christiane Görbett? (Bronx) Is it a Swedish Designer? (Brooklyn) Mutti, kuck mal, heißt so nich die Focus-TV-Moderatorin? (Manhattan).
Bei Bloomingdale's nach zwei Brocken Pidgin gleich als Deutsche identifiziert worden, Verkäuferin hat deutsche Mutter (Jüdin, 1941 aus Deutschland nach Australien emigriert, **AUFBAU** war ihre Lieblingszeitung). Mutti nun tot, Verkäuferin hat Amerikaner geheiratet und kam nach New York, Mann inzwischen auch tot, nun würde sie gern mal wieder deutsch reden.
Wir haben uns verabredet (obwohl sie mir für den Touche Eclat von **Yves Saint Laurent** 35 Dollar abgeknöpft hat, das ist das Doppelte von dem, was man zu Hause ... egal ...). Ich glaub, wenn das so weitergeht, lerne ich nie Englisch, bin aber bald fett (Cheese Cake) und pleite (Travellerschecks alle).

13.07.01 KULTURDEFINITION

Da mir heuer immer wieder die Frage nach meiner Definition von Kultur gestellt wird (Hat mich jemals jemand nach meiner Wetterdefinition gefragt?), möchte ich heute (– schnappt nach Luft wg. Schachtelsatzgefahr –), anlässlich des 13. Freitags, eines hohen heidnischen Feiertags, Kultur am Beispiel der Oper »White Raven« von Philip Glass und Robert Wilson erklären:
Besoffen durch Wasser schwimmen, das blau wird, das rot wird, das grün wird. Feuer unterm Gesicht, Bungeejumping in Zeitlupe. Spielzeugindianer schleichen auf Großhirnrindenkamm entlang. Noten in den Kiemen, lauter Bs und Kreuze in den Kiemen. Melodiepuzzle, verbeugt sich, nimmt mich bei der Hand, trippelt im

Kreis, immer im Kreis. Vibrationen so stark, dass Haut Wellen schlägt. Wellen werden kleiner, kräuseln. Bühne flammendrot, Bühne brennt, brennt durch die geschlossenen Augenlider hindurch. Die Frau, die auf der Mondsichel fliegt. Der traurige Mann mit dem großen Fuß. Der kleine Junge mit dem Fernrohr. Der leere tanzende Mantel. Der schwarze Rabe.
Besoffen durch Wasser schwimmen, vorbei an Beinen, Armen, Einzelteilen, mit offenen Augen durch Wasser. Brennend durchs Wasser. Farbfilterhypnose. Klangkörperhypnose. Zwingend logische Gewänder vor Blau vor Rot vor Grün vor Schwarz. Buntwäschetrommel dreht sich schneller. Singen. Sprechen. Flüstern. Schreien. Schweigen. Sehen. Hören.
Gleißendes Scheinwerferlicht, immer auf den Nebenmann gerichtet. Hüte, Gesichter, Glitzerkleid, Ostinato. In Farbe und Form und Licht und Geräusch eingepackt bis zu den Ohren.
Wegtauchen, aber nie ganz verschwinden. Das Zwinkern vergessen. Das Atmen vergessen. Das Klatschen vergessen. Vergessen, der Handlung zu folgen. Aufgeben, der Handlung zu folgen. Gar nicht erst versuchen, der Handlung zu folgen.
Kein Mensch versteht, was das alles soll.
Aber schön.

14.07.01 RMA-TASCHENBUCH LILA?

Aus dem fernen Deutschland ereilt mich die Nachricht, dass mein Taschenbuch schon draußen ist und zudem lila? Kann das mal jemand verifizieren?

14.07.01 WE KEHR FOR YOU

Ich war ja noch nie in Deutschland, sagt der Verkäufer, aber ich hab da so Sachen gehört.
Was für Sachen?, frage ich.
Ja, also zum Beispiel, wenn du den Müll rausbringen willst ... (Verkäufer lacht sich schlapp) ... mußt du den einen Teil in eine gelbe Tonne und den anderen in eine grüne und den dritten in eine blaue ...
Ja, sag ich, hier bei euch schmeißt man ihn einfach auf die Straße.
Yeah, sagt der Verkäufer, that's great.
Yeah, sag ich, that's actually basically great.

14.07.01 LILA!

Jetzt ist es amtlich! Offenbar wollte mir mein Verlag eins auswischen. Hier die Zuschrift eines treuen Tagebuch-Lesers:

»Ja, es ist wahr, ihr Taschenbuch ist lila! Wie konnte das passieren? Wie konnten Sie das zulassen? Rot hätte viel besser zu meiner roten Couch gepasst.
Der Typ, mit dem ich zur Zeit gern abhänge, trägt bevorzugt gelbe Anzüge, die er mit roten (!) Hüten, oder roten (!) Krawatten kombiniert. Wie gut hätte ein rotes RMA-Taschenbuch dazu gepasst ...
Aber lila, Ich bitte sie, lila ist doch sowas von schwul. Farblich ein Desaster. Wo soll man das denn hinstellen, zu welcher Garderobe passt das?
Bitte, schaffen Sie schleunigst Abhilfe, stoppen Sie die Fabriken, schicken Sie am besten Inge Meysel in alle Buchläden des Landes, nur sie kann Ihnen, uns, der Menschheit noch helfen. Sie soll bitte als Lara Croft verkleidet und mit Maschinengewehren bewaffnet,

die Herausgabe von sämtlichen lilafarbenen RMA-Exemplaren erzwingen. Wenn es sein muss, soll sie mit Gewalt vorgehen, und mit Erschießung drohen. Bitten Sie Frau Meysel inständig, sie wird Ihnen den kleinen Gefallen nicht abschlagen können, da es im Dienste einer guten Sache ist. Falls sie aber wider erwarten doch rumzickt, drohen Sie ihr mit Erschießung.
Ich vertraue auf Sie, färbe jetzt meine Haare rot, beeilen Sie sich bitte, sonst ist es zu spät, ich brauche dringend ein rotes Exemplar.«

Liebe Frau Meysel, ich finde, wir sollten diesem Vorschlag folgen. Mir sind im Moment aus Entfernungsgründen die Hände gebunden. Sie haben die Generalvollmacht zur Vollstreckung.

14.07.01 FEINER SAMSTAG

Ich also endlich mal ausgeschlafen. Dann raus (nie ohne meine Metrocard). Mit der Q ans Ende von Brooklyn, nach Brighton Beach, Russen kucken, kyrillisch buchstabieren, als hätte ich nie dreizehn Jahre Russischunterricht gehabt, 50er-Jahre-Auslagen betrachten, in Billigwaren stöbern, Borschtsch essen.
Dann am Strand lang Richtung Coney Island, mit der abgewirtschafteten Achterbahn eine Ehrenrunde für Woody Allen drehen und beide Knie prellen. Weiter am Strand langhumpeln, über 10 Dollar Eintritt zum Aquarium schimpfen (und kurzerhand auf die Seelöwen geschissen).
Flotte Transe tanzen sehen und fotografieren (bevor knackiger Cop sie freundlich zum Aufhören ermahnt). Überhaupt wird viel gelacht und getanzt (Salsa, Rumba) und gestritten (Mutherfuckin' son of a bitch) am Strand und geschubst und gebadet und gespannt und frenetisch gefressen.

Auf der Heimfahrt sitzt ein Hiphopper mit Ghettoblaster in der U-Bahn. Volle Pulle. Verbreitet sehr gute Laune. Alle hiphoppen mit, sogar schlafende schwarze Mitfünfzigerin. Nur ein indisches Mädchen kuckt traurig und rührt sich nicht. Sonst wackelt jeder mit mindestens einem Körperteil. Alle können den Text außer mir und der kleinen Inderin. Der Hiphopper grinst breit und ich grins breit zurück und mach Peace.
Fast fällt mir ein Werbespot à la »Linie 1« auf amerikanisch ein, aber eben nur fast.

15.07.01 NICHT GANZ SO FEINER SONNTAG

Bis 11 geschlafen, mit Halsweh aufgewacht, dann versucht, den U-Bahn-Plan zusammenzufalten, nach anderthalb Stunden aufgegeben und eine Stunde geweint und ein bisschen gegen die Einbauschränke meines Apartments getreten.
Jetzt geh ich raus, meine Straße rauf und runter. Schöne Straße, sehr lebendig, sehr bunt, zumal am Sonntag. So wird's gemacht. Eigentlich wollte ich heute in die South Bronx, aber ich kenn eine, die kennt einen, der einen kannte, der da erschossen worden ist, und jetzt hab ich Schiss, vor allem um meine Canon Ixus, um die wär es ja nun wirklich schade, die soll nicht erschossen werden, auch in eurem Interesse.

15.07.01 MEINE STRASSE

Dort, wo die Thompson Street beginnt, unten an der Canal, wo es nur noch ein Katzensprung zum World Trade Center ist, da isses jetzt nicht so waaahnsinnig gemütlich. Ramschläden mit Tinnef und

Fakes, Tauben fliegen rum, Papierfetzen fliegen rum, Müll liegt rum. Im Dunklen hier aus der U-Bahn zu steigen ist taff.
Ich steh also jetzt und kuck die Thompson uptown hoch. Links davon ist die 6th Avenue, die keine Sau Straße der Amerikaner nennt, steht aber auf allen Schildern und in allen Plänen. Rechts davon ist der West Broadway, auch der hier unten etwas unaufgeräumt. Hier ist noch nicht SoHo, eher etwas Chinatown, etwas TriBeCa, etwas ichweißnichtwas.
Ein Baseballplatz zur Linken, davor Bänke, auf denen Darsteller aus »Onkel Toms Hütte« sitzen. Eine vollständig besprayte Wand, ein menschlicher Scheißhaufen, der von Hunderten von Fliegen verspeist wird, drei Mülltonnen im Käfig, der Ratten wegen (die aber prima unten durch kriechen können). Die erste Querstraße ist die Grand, an der Ecke das »Café Noir«, immer proppenvoll mit Studenten und anderen nicht sehr solventen Berufsjugendlichen. Trompetenjazz kommt da raus und versickert umgehend auf der Straße, was man ihm auch nicht verdenken kann.
Dann kommt ein extrem langweiliges Straßensegment, ein etwas abgerissenes Segment, worauf die Thompson erst auf die Watts, dann gleich auf die Broome stößt. Sehr bunt der Laden, in welchem Fahrradrikschas repariert, vermietet, verkauft werden. Ich hab da noch nie jemanden eine mieten oder kaufen sehen, aber repariert werden sie ständig, bunte Dächer leuchten weit, einziger Blickfang.
So, jetzt geht aber langsam SoHo los, man spürt den Schwabing-Touch mit einer Prise Italien. Hier kuck, ich bin ein Künstler, steht in manchen Gesichtern, und zwar ein erfolgreicher, denn die anderen sind schon längst nach Chelsea abgewandert, weil die sich das hier nicht leisten können, aber ich, ich kann mir das leisten, ein Loft für 7000 Dollar, pah! Ich trage einen Schal auch bei 35 Grad im Schatten und bestelle »Due espressi«, das ist doch klar. Soweit der Künstler.

Ein 24-Stunden-Parkhaus, ein Apartment-Haus mit Doorman, Boutiquen, eine Sandwich-Bar, italienische Restaurants, aus denen Knoblauchwolken wabern. Menschen auf Stühlen auf der Straße und kucken müde aus der Wäsche. Andere, schickere, sitzen draußen und spreizen den kleinen Finger ab beim Telefonieren mit dem Cellphone (kein Ami hat auch nur die geringste Ahnung, was ein Handy ist – urdeutsches Wort offenbar) und geben sich ansonsten europäisch, was ebenso schief geht wie wenn die europäischen Touristen krampfhaft versuchen, sich amerikanisch zu geben (O my Goddess, ich weiß, wovon ich spreche, basically).
Sehr belebt, sehr SoHo Thompson Ecke Spring, eigentlich immer, sonntags besonders. Ein Sportplatz, auf dem Muskelgötter alles Antrainierte spielen lassen, davor Bänke und Stühle, auf welchen gemalt, gedöst, geknutscht, telefoniert wird. Auch beliebt als Verschnaufpause für alle, die bepackt aus der Grocery kommen. Dahinter ein öffentlicher Pool mit Namen Vesuvio Ground, gut besucht, gut bewacht, ein Pfützchen nur, aber hat Charme, schon wegen der prüden alten Boys-Girls-Aufteilung aus den 50ern.
Hier ist Famous Ben's Pizza of SoHo (offenbar ist Ben als Person berühmter als seine Pizza, sonst würde es ja Ben's famous Pizza heißen), ein Steakhaus, eine Laundry und Stores, die »Frenchware« und »Prince Charles III« heißen. Sehr duftet sich in den Vordergrund ein Laden, der Säckeweise Kaffeebohnen aus aller Welt hortet und frisch mahlt, für alle, die Geld haben und auf gehobenes Einkaufen Wert legen. Und überall diese herrlichen liebenswerten roten, braunen, beigen, orangen Fünfgeschosser mit den Feuerleitern, die sich wie Zorro-Zs gen Himmel krümmen. Jetzt kommt die Ecke Prince mit zwei Groceries und den obligaten Anhäufungen von Menschen und Autos, die es vorziehen, bei Rot über die Ampelkreuzungen nüborzumachen. Überhaupt hastet hier jeder, der auf sich hält und wehe nicht.

Sehr hübsch der Laden mit den Brillen für Dame Edna, ansonsten wüsst ich nicht, wer da noch kaufen würde. Die Transe von Coney Island gestern vielleicht, aber sonst. Dann Tierfutter, Tibetanischer Kram und ähnlich gelagertes Sortiment bis zur West Houston. Hier hört SoHo (South of Houston) auf und NoHo (North of Houston) fängt an. Und jetzt zählen die Straßen von eins rauf bis hoch nach Harlem. Es wird etwas uriger, quirliger. Mehr Läden, mehr Restaurants, Handleser, Arturo's Live Entertainment. Ein Souvenirladen mit Sachen, die definitiv niemand braucht (Tampondosen im Kuhfelldesign, Steine mit eingravierten Botschaften, Porzellankühe mit New Yorker U-Bahn-Plan auf dem Fell).

Tomoe Sushi auf der anderen Straßenseite, sonntags geschlossen, sonst stehen dort geduldige meterlange Menschenschlangen, vermutlich steht der Laden in irgendeinem Fress-Führer und muss seitdem en suite den Gourmettempel spielen. Ecke Bleecker ein Mexikaner, drei andere Kneipen, bunt, studentisch, laut, sonntägliches Herumgetrippel allerorts, Zigarettenläden, Plattenläden, Schönheitssalons und alle fünf Meter ein Nagelstudio, denn die (vor allem schwarze und hispanische) Amerikanerin hat einen Hang zum kunstvoll verzierten Kunstnagel.

Das ist jetzt schon fast Village hier, Uni-Nähe, Schwulenviertel mit Christopher Street auch nicht weit. Hinter der Bleecker kommt links ein wunderschöner Laden namens Nostalgia, in welchem man John Wayne, Marilyn Monroe, Woody Allen gerahmt und ungerahmt, schwarzweiß und in Farbe, als Plakat und als Screenshot kaufen kann. Daneben das Chess Forum, ein Geschäft, das Schachspiele aller Themenkreise verkauft (Columbus, American Revolution, Startrek, Katzen und Hunde), davor wird grundsätzlich gespielt, Blitzschach oder Zeitlupe. An der Ecke 3 West St. ein Zeitungsladen, in welchem ich die FAZ ignoriere und mich nach einigem Zögern mit der kiloschweren Sonntagsausgabe der New York Times belaste.

Gegenüber kaufe ich geschnittene Honigmelone ein, ein orange flavored Volvic und einen Bagel mit Lachs und Creamcheese. Denn jetzt ist die Thompson gleich zu Ende, endet in einem Park, mündet in einen Park, der mir in den letzten zwei Wochen ans Herz gewachsen ist: dem Washington Square Park, klein und wild. Polizei, Gaffer, Drogenhändler, Musiker, Feuerschlucker, ein Brunnen, Bänke, ein kosherer Hot-Dog-Stand (übrigens nicht zu empfehlen), Applaus, Wasserrauschen, Spatzentschilpen, jemand telefoniert laut, die Sonne brennt erbarmungslos auf das lustige Parkvolk, der Feuerschlucker schreit laut und jault und tut, als täte ihm was weh, steht kurz vor dem Final Act, ich kenne das Programm. Jemand schlägt ein Rhythmus-Instrument zu einem Rhythmus, der offenbar nur ihm bekannt ist. Er passt jedenfalls nicht zu »Come on Baby light my fire«, das jemand anders auf der Gitarre zum Vortrag bringt. Ein Rapper patscht durch den Brunnen und preist seine eigene CD an. Füße, nackte Füße, Turnschuhfüße, Birkenstock-Füße, müde Pumps-Füße. Wieder Beifall, einer singt, ein anderer singt dagegen. »Keep Park clean«, steht auf einem Schild. Niemand hält sich dran. Hinter dem Park, würdig mit einer Art Triumphbogen, beginnt die 5th Avenue.

16.07.01 CITY LIGHTS

Abends ein kleines Picknick im Central Park. Nur ein paar Freunde. Harvey K., Woody A., Bill C. War ganz nett, aber so richtig amüsiert hab ich mich nicht. Und dann kam auch noch Madonna angeschissen. Mit billigem Roséwein (gutes Fotomotiv).
Ich genervt und weg und runter zum Empire State und rauf aufs Empire State – zu Fuß. Dann oben gefroren, Aaaah und Ooooh gemacht, so sterntalermäßig, und City Lights gezählt. Bei dreimil-

lionenfünfhundertachtundsiebzigtausendneunhundertvierundvierzig eingeschlafen. Um Mitternacht vom Rausschmeißer geweckt und ganz ramdösig und heim.

16.07.01 GELESEN

Michel Houellebecq: **Ausweitung der Kampfzone**
»Elementarteilchen« hat bei mir nicht so eingeschlagen. Aber dies ist ein wirklich ganz und gar empfehlenswertes Buch. Verschiedene Textstellen, für die ich mich vorm Meister verneigen möchte, kann ich grade nicht zitieren, weil ich das Buch gefressen und verschenkt habe, auf dass es der nächste fresse und wieder einer und noch einer.
Susanna Moore: **Aufschneider**
Vor ca. einem Jahr fragte mich Amelie Fried, ob ich dies Buch kennte und wenn nicht, dann sei das unbedingt was für mich. Kam mir nicht bekannt vor, sie sagte aber, es sei wie Ruf!Mich!An!. Ich kaufte es mir, weil ich gern auf Empfehlung lese. Und dann lag es lange rum, um schließlich in den Bücherkoffer zu wandern, den ich (portable Heimat) mit hierher nach New York schleppte.
Als ich es heute in einem Stück und fast ohne zu Kauen verzehrte, bemerkte ich zweierlei. Erstens: Ich kannte es schon, war aber damals nicht nachhaltig beeindruckt. Zweitens: Es spielt in meinem Park, den ich erst gestern hier beschrieb, im Washington Square Park, eine Szene sogar in der Thompson Street.
Klug, spannend, sexy.
Alessandro Baricco: **Seide**
Hat mir Rita empfohlen, meine Moderatoren-Betreuerin bei ProSieben, die ich von hier aus herzlich grüße. Ein Buch wie ein Lied, ein Liedchen, ein Kunstlied, ein kleines Kunstwerk, dessen Lektüre

kürzer währt als Letterman. Auf karge Art poetisch. Etwas zu poetisch für mich. Nicht meine Art Roman. Aber mein Thema: die Unerreichbarkeit der Menschen füreinander. Zum Schluss saß mir ein kleines Weinen in der Kehle hinten und da blieb es auch gefälligst drin.

16.07.01 MARIA McKEE

singt bei Letterman. Sie sieht aus, als hätte sie sich in einer der Flatter- und Knitterstoff-Boutiquen in SoHo eingekleidet. Schwarzer kleidähnlicher Fummel. Sie sieht aus, wie sich die Amerikanerin eine Europäerin vorstellt. Bleiche Haut, am Scheitel wächst die rotschwarze Tönung raus, Lippen dünn.
Aber sie hat dieses unglaublich schöne Lied, das schönste Lied im **Pulp-Fiction-Soundtrack** gesungen: Love is a Red Dress. Geht etwas unter im Film, Hintergrundmusik im Geschäft der perversen Waffen-Narren. Aber auf dem Soundtrack – groß!
Ich hab mir dann umgehend eine Platte von ihr gekauft und war enttäuscht. War das dieselbe Stimme? Dieselbe Frau? Erst eben hier in diesem Moment bei Letterman erkenne ich Maria wieder, mit diesem kleinen irren Zwitschern drin und Kraft und Wut, beim Kippen des Tones und auch beim Halten.

16.07.01 KARATE AUFM FLUR

Der Flur vorm Aufbau-Office: Auf Anfrage kann man sich Kung-Fu-mäßig zur Toilette tragen lassen.
Starke Männer. Weiß gekleidet. Emergency Room, nur mehr Muskeln.

Schicke ich Ihnen gerne per Nachnahme auf Anfrage. Jede Größe/ Altersgruppe/Gürtelvariante lieferbar. Preis VB. Machen Geräusche, sind erstaunlich dehnbar und haben diese stille Freundlichkeit der eisenharten Beschützer vor und nach dem Kampf. Wichtig: Man kann sie auch ausmachen und wegschließen.

18.07.01 GELESEN

Franz Kafka: **Amerika**
Möglicherweise hat Kafka Recht, wenn er in den ersten Sätzen der Freiheitsstatue einen Säbel in die Hand gibt statt einer Fackel. Die Ausgabe (Fischer Taschenbuch von 1959) ist zerlesen, morsch, zerfiel in meinen Händen, als ich es las.
1985 schickte mir ein Freund das Buch nach Masserberg. Ich weiß noch, wie sehr ich mich freute: Päckchen, Kafka, Amerika, West-Buch.
Aber ich konnte die Schrift nicht lesen, sie war zu klein.
Jetzt geht's wieder.
»Amerika« ist ein Fragment, ansonsten ein eher freundlicher Kafka, mit schönen Dialogen. Amerika ist eher vage beschrieben, Kafka war nie dort.

18.07.01 VERLORENE EIER

Nach einer aus Zeitgründen gekoppelten Beate-Uhse-Hannelore-Kohl-Gedenksekunde versuche ich nun, Ihnen mein heutiges Desaster zu schildern. Ich schlage also die Zeitung auf, so Mirnixdirnix (Mirnixdirnix gefällt mir ausgesprochen gut, ich werde das künftig bei jeder sich bietenden Gelegenheit einflechten, womöglich auch

öfter. Weiß einer von den Polyglotten, wie das auf Englisch heißt, Mirnixdirnix?). Ich schlag also die Zeitung auf und was seh ich? (Können Sie natürlich nicht wissen, was ich sehe, ist eine rein rhetorische Frage, die ich sogleich selbst beantworten werde). Also, was seh ich? Eine Annonce, die beinahe mein Leben verändert hätte, dick, fett, Weiß auf Schwarz:
We are looking for extraordinary women to do something extraordinary
Das spricht schon mal alle an, denn die meisten Leute glauben ja, dass sie anders sind als die meisten Leute. Also, her damit!
Drunter, kleiner:
Die New York University sucht Eier-Spenderinnen.
Da wird man hellhörig, das müssen Sie zugeben!
Drunter, wieder größer: Compensation of $ 5000
Das schlag ich gleich mal nach: ... communism ... compassion ... Mooment mal, ich krieg pro Ei 5000 Dollar?
Ich also in die Schuhe wie nix und will los, Richtung 660 First Avenue, kleiner wilder, kaukasischer Eierlauf schwebt mir vor, aber ganz flott, denn möglicherweise haben alle Frauen, alle Männer und alle Hühner New Yorks eben grade ebendiese Zeitung gelesen. Ich will also grade los und schau noch einmal auf die Adresse und sehe— (so Mirnixdirnix) die Altersbeschränkung:

If you are between 21 and 32 years

Kann denn das wirklich sein, dass ich einerseits Teil der Verjüngungsstrategie der ARD und andererseits zu alt bin, um die fleißigste Eierspenderin der New York University zu sein?

19.07.01 GELESEN

Agota Kristof: **Das große Heft**
Neu in meinen **Top Ten**.

19.07.01 DIE ERSTE REIHE

Heute mal die Kollegen der ARD in Manhattan besucht erst in den falschen Lift gestiegen und im 35. Stock gelandet dann aber kapiert dass erste Liftreihe ganz hoch fährt zweite nicht ganz so hoch dritte halbhoch und vierte in Stock eins bis zehn also ARD im achten Stock geklingelt reingebuzzert worden rumgegangen Tag gesagt gleich popstarmäßig Radiointerview gegeben und mit heiterer Gelassenheit Fragen wie was ist Kultur für Sie wie wollen Sie dem Kulturweltspiegel ein eigenes Gesicht geben was wäre Ihr Lieblingskulturthema füllt es Sie aus den Kulturweltspiegel zu moderieren was wollen Sie danach machen beanwortet Werbung für Homepage gemacht gelächelt gescherzt auch als alles aus versehen nicht aufgezeichnet war noch mal von vorn beantwortet gelächelt gescherzt vor dem Fenster hangelten Bauarbeiter wie im Film Manhattan Midtown mittendrin also aber kein Karate keine Tanzschule wie beim Aufbau beim Aufbau is schöner

19.07.01 LETTERMAN DIE ERSTE

Persönchen vorm Letterman-Studio, könnte eine ProSieben Hostess sein oder eine Umfragemaus vom Meinungsforschungsinstitut. Ich also hin und frag, wie ich jetzt zum Letterman reinkomm. Lächelt sie und sagt, das wär kein Problem, das müsse sie nur

gleich sofort wissen, dann hätte ich um zwei wiederzukommen und um halb sechs würde dann Letterman aufgezeichnet.
Sag ich: Nee, mal nicht böse sein. Dann komm ich morgen noch mal.
Sagt sie, dass sei toll und dass ich schon mal zur Seite treten soll und dass ich einen schönen Tag haben soll und ein schönes Leben und ob ich okay wär und was Amis so sagen.
Ich also weg, schönen Tag gehabt, okay gewesen, heute wieder hin, steht eine Schlange vorm Letterman-Studio und dasselbe Persönchen, den Schreibblock geschultet, davor und empfängt. Gehen alle hin, plaudern nett mit dem Persönchen und kriegen alsdann einen gelben Zettel, mit dem sie fröhlich abziehen.
Dann bin ich dran und registriere grade, wie schön vom Persönchen die Zehennägel zum Gürtel passen und zu den Schuhen, da fragt sie: Sehen Sie regelmäßg Letterman? Sag ich: Klar, denn man will ja nicht als Depp dastehen. Sagt sie: Wir machen da so ein kleines Quiz, die Frage ist wirklich extremly leicht, und dann können Sie heute kommen.
Wird mir schon ganz flau.
Sagt's Persönchen: (Brabbel brabbel brabbel) black Bottom? (oder black Button?)
Sag ich: Bitte?
Sagt's Persönchen: (Brabbel brabbel brabbel) black Bottom? (oder black Button?)
Sag ich: Aber wann geht denn jetzt die Frage los?
Sagt's Persönchen: Das ist im Grunde schon die Frage.
Sag ich (Zeit gewinnen wollend): Tolle Schuhe haben Sie da!
Sagt's Persönchen: Danke und wie das nun jetzt mit dem Bottom wäre.
Sag ich: Keine Ahnung.
Sagt sie: Das macht nichts, Sie können sich unverbindlich per Post

bewerben. Und gibt mir einen weißen Zettel mit der Letterman-Adresse drauf.
Ich trete also ab, betreten, so mirnixdirnix, und muss Hausaufgaben machen. Letterman kucken, ob der jetzt einen black Bottom oder einen black Button hat.
Oder weiß das einer von Ihnen?

20.07.01 FORTSCHRITTE

Man darf sich nicht fragen, warum die Amis das machen, und es gibt unendlich viele Minimalvarianten, Variationen auf die freundliche Erkundigung nach dem Wohlergehen, meist zu einem mit Mundbewegung verknüpften Kaugummi-Klebt-an-Zahnprothese-Geräusch verkümmert:
Hajuuuuhduuuuin?
Ich habe das also wie gesagt passiv studiert und heute zum ersten Mal aktiv, am lebenden Objekt, meinem Kaffee-Donuts-Pretzel-Verkäufer, praktiziert:
Sagt er:
Hi! How is your family?
Was im Übrigen eine eher ungewöhnliche Variante ist, zumal wir noch nie ein Wort außerhalb der Kaffeeorderung gewechselt haben und dieser freundliche Mensch gar nicht wissen kann, ob ich eine Familie habe und wenn ja, ob ich Lust habe, mich im Tagesgeschäft einem Fremden gegenüber zu deren Verfassung und Gesundheitszustand zu äußern.
Ich aber lass mich nicht erschüttern und sage laut und deutlich:
Good. My family is good. But how is YOUR family?
Da freut er sich wie Bolle und sagt, seine Familie sei auch in bester Verfassung und im Übrigen in Tadschikistan.

Eine Information, die übrigens weit über das Normalgeplänkel hinausgeht und möglicherweise dem Umstand geschuldet ist, dass es hier zwei nicht so echte Amerikaner miteinander zu tun haben. Ich gedenke auch nicht, sie zu vertiefen. Sag ich verschmitzt: Na, wer liebt Freitage nicht?
Sagt er: Mein Boss zum Beispiel. Der will immer nur Arbeit, Arbeit, Arbeit.
Räume ich ein, dass er wohl Recht hat, aber dass sich sicher auch so ein Boss aufs Wochenende freut.
Sagt er, weil er das letzte Wort behalten will, seiner nicht und strahlt mich an und gibt mir den Kaffee und ich zwinker ihm zu und er wünscht mir eine schönes Wochenende und wir sind quasi für Montagfrüh verabredet, da soll ich wieder einen Kaffee kaufen und da sag ich, er soll den Change keepen, weil Freitag ist und – bums! – hab ich meinen ersten Sozialkontakt.

21.07.01 HOMEMADE, HANDMADE, FATFREE, ON SALE

Das mit dem harten Pflaster New York geht über einen Spruch weit hinaus. Ich kaufe mir jeden Tag neue Schuhe und laufe mir Blasen damit. Viele Neulinge beschreiben dasselbe Phänomen. Auch andere Rätsel gibt mir die Stadt auf: Zum Beispiel finde ich jeden Tag einen Cent, gebe aber zig Dollar aus. Wenn da mal nicht ein kleines Ungleichgewicht besteht.
Heute kurzer Proust-Madeleine-in-den-Tee-Flash. Ich trete fast in einen Pferdehaufen, jemand ruft Uwaga. Und dieses Wort Uwaga klang nach Kindheit. Gut hundert Meter über den Markt in der Bleeckerstreet musste ich humpeln, vorbei an homemade, handmade, fatfree, on sale, buy one get one for free, Umwaga vor mich hinmurmelnd, immer nur Umwaga.

Ich laufe lieber draußen rum, denn der Typ, der jetzt bei mir zu Hause wohnt, hat eine kleine Macke. Saß vor der Tür, klopfte, klingelte, schenkte mir Sonnenblumen, packte mich an meiner schwachen Stelle, der Weltrettung. Naja, ich hab ihn reingelassen, er soll putzen und kann bis nächste Woche auf einer Matratze in der Ecke schlafen. Und dann krieg ich Besuch, dann soll er sich scheuchen.
Und jetzt greint er immer rum und sagt, er heißt Giuliani und hätte die Stadt von den Obdachlosen gesäubert und jetzt ist er selber einer und seine Frau hätte ihn rausgeschmissen und seine Freundin auch und das interessiert ja nun wirklich niemanden.

21.07.01 EIN SAMSTAG, VIELE SAMSTAGE, SAMSTAGS

Am Mittag bin ich dann wie immer zum Washington Square Garden gelaufen (Konfuzius sagt: Wer Wurzeln schlagen will, der muss immer gleiche Wege gehen) und sah einige Menschen mit immer denselben T-Shirts (Konfuzius sagt: Wer Botschaften hat, muss die immer auf den T-Shirts tragen).
In diesem Fall handelte es sich um eine Variante von Christen, welche Lautsprecher aufstellten, schnulzige Jesus-Schlager spielten und kleine Hefte verteilten. Auf der anderen Seite des Parks sprang ein Junge herum, ich erwähne das nur wegen des Symbolcharakters, denn der trug eine graue Mütze mit roten Teufelshörnern drauf und spuckte ständig aus. Gift und Galle sozusagen, Gift und Galle spuckte der Teufel, als man ihn mit schnulzigen Jesus-Schlagern traktierte.
Ich also blättere in meinem Heft und tu mir ein bisschen selbst Leid, weil ich weder für Gott (schnulzige Jesus-Schlager) noch dagegen bin (spuckender Teufel), sondern irgendwo dazwischen.

Das Heft ist grün. Auf der Vorderseite steht mit weißen Buchstaben »Bridge to Life«. Auf der ersten Seite sieht man zwei Felsen und in der Mitte einen Abgrund. Auf dem linken Felsen steht ein Mann, zur Unterstützung trägt der Felsen die Aufschrift »man«. Der rechte Felsen trägt die Aufschrift »God«. Darauf ist niemand zu sehen.
Auf der zweiten Seite kann man deutlich erkennen, wie der Mann Anlauf nimmt, um aus irgendeinem Grund vom Man-Felsen auf den Gott-Felsen zu springen. Er scheint aber im letzten Moment abzubremsen, denn es kullern einige kleine Steinchen in den Abgrund. Auf der dritten Seite sind die beiden Felsen ganz schwarz und der Mann geht mit hängenden Schultern links aus dem Bild, immer noch auf dem Man-Felsen, ohne Hoffnung, jemals auf den God-Felsen zu kommen.
Das ist ungefähr die Lebensphase, in der ich mich im Moment befinde. Neugierig blättere ich um, denn auf der nächsten Seite kommt ja des Rätsels Lösung und ich werde wissen, wie Religiosität und Weltrettung künftig aufs eleganteste verbunden werden können. Ich werde ein feistes und sorgenfreies sowie mild- und wohltätiges Leben auf dem God-Felsen führen. Auf dem nächsten Bild ist der Hintergrund ganz schwarz, die Felsen wieder grün und werden verbunden durch die Querbalken eines weißen Kreuzes, auf dem mit schwarzen Buchstaben »Jesus Christ« steht. Jetzt fühl ich mich aber ein bisschen verarscht. Wo soll ich denn am Samstagabend in SoHo so ein großes weißes Kreuz herkriegen?

21.07.01 ABENDS SHOPPING

mit Bill Clinton, der hat ja jetzt sein Büro in Harlem, 125ste Straße. Steht aber bisher kaum was drin. Wir also los, aber ich

sag Ihnen, einen schlechten Geschmack hat der Typ. Wobei das nun wieder auch nicht so überraschend kommt.
Er wollte erst nach Ikea, aber ich sag Bill Mönsch, jetzt is aber genug mit PC. Harlem reicht ja wohl. Ich ihn zu **Bernhardt Design** geschleppt, Madison Ecke 57ste. Da arbeitet der Bruder von Madonna als Designer, aber das hab ich Bill lieber nicht gesagt, weil die uns neulich im Central Park schon so genervt hat.

22.07.01 GIULIANI

hab ich rausgeschmissen. Macht den Klodeckel nicht runter, bringt den Müll nicht raus, wäscht nicht ab, stellt meinen Cheese Cake ins Gefrierfach, so dass er ein Klumpen Eis ist, wenn ich ihn essen will.
Und als er mir dann vorhin auch noch »Harry und Sally« versaut hat, was ich mir heute gemütlich auf Superstation ansehen wollte – versauen müssen Sie sich folgendermaßen vorstellen:
Giuliani: Jetzt kommt gleich die Szene, wo er ihr Weintrauben anbietet und sie sagt: ich esse nie zwischen den Mahlzeiten.
Giuliani: Da! Da! Der Washington Square Park! Sehen Sie? Den hab ich auch von kriminellem Gesindel gesäubert.
Giuliani: Jetzt kommt gleich die Szene im Flugzeug. Jetzt tauscht er gleich mit dem Typen neben ihr die Plätze.
Giuliani: Da, das ist bei **»Katz«**? Waren Sie schon mal bei »Katz«? Der Wirt ist ein guter Freund. Jetzt kommt gleich die Szene mit dem Orgasmus.
Als er mir also auch noch den Orgasmus versaut hat, hab ich ihn rausgeschmissen. Und den gefrorenen Cheese Cake hinterher.

23.07.01 WAS EINEM MORGENS UM 3 (NICHT) EINFÄLLT

Das Wichtigste an einem guten Text sind ja der Anfang und der Schluss. So lernt es beizeiten der kleine Journalist, und wenn es der kleine nicht lernt, so lernt es der große nimmermehr. Als ich noch ein Kind war, halbwüchsig, so nennt man das wohl, da beeindruckte mich ein berühmter Leipziger oder Berliner Maler, dessen Namen ich leider vergessen habe, Tübke oder Sitte oder ganz anders, also der beeindruckte mich mit einer Antwort. Nicht persönlich, sondern im Fernsehen, auf dem einzigen Kanal, den ich damals empfing – DDR1. Die Antwort (des Malers) war folgende, aber zuerst sollte ich vielleicht mal die Frage nennen, ohne welche die Antwort ja so etwas wie ein Bräutigam ohne Braut wäre.
Also, die Frage (des Interviewers) war dumm. Damals wusste ich das noch nicht, aber heute, wo ich schon genug dumme gestellt und mehr als genug dumme beantwortet habe, weiß ich das wohl.
Also, die Frage lautete: Wie malt man denn so ein Bild?
Ich möchte wetten, dass Tübke/Sitte oder anders diese Frage bis dahin schon unzählige Male mit Engelsgeduld auf das Allerernsthafteste beantwortet hatte. Im Laufe der Jahre muss er dessen müde geworden sein. Ich jedenfalls hörte ihn sagen:
Also, ich fange links oben in der Ecke an und male mich dann nach rechts unten vor.
Das war die erste Kunstdefinition, die ich nicht nur hörte, also hörte im akustischen Sinne, sondern auch wahrnahm, sozusagen aufnahm und – im weitesten Sinne – verstand.
So ähnlich ist es mit einem Text. Das heißt, mit einem guten Text ist es etwas anders. Wenn man beim Bild des Bildes, also des Gemäldes des unbekannten Malers bleibt, wäre zuerst die linke obere Ecke, dann die rechte untere Ecke bemalt, und der Rest müsste dann einfach vollgemacht werden.

Das mit dem Vollmachen, das kann ich ganz gut, also Kompilatorin, also Zusammenträgerin, Oberflächenbeschreiberin und den-größtenteils-unverständlichen-Rest-der-Welt-zum-größtenteils-verständnislosen-Ich-ins-Verhältnis-Setzerin.
Aber das mit dem Anfang und dem Schluss, das klappt eben selten in aller gebotenen Perfektion. Oft ist des Guten zuviel am Start und ich verfüge über mehrere Anfänge und mehrere Schlüsse, die ich dann, weil mir keiner final gefällt, aber jeder halbwegs geeignet erscheint, alle hintereinander setze, womit auch die Mitte gefüllt wäre, aber naja.
Besonders misstrauisch sollte man werden, wenn das, was man für den Anfang hält, genauso gut auf den Schluss passt. Und ich merk schon: Es ist spät in SoHo, fast drei Uhr morgens (was eine indirekte Entschuldigung sein soll für den unwahrscheinlichen Fall, dass ich wirr schreibe), draußen fährt grade ein Truck vorbei und hupt und schnauft und macht die Ratten wach und die Kakerlaken, nur die Gedanken nicht. Und das Fiasko tritt ein, live dürfen Sie, ja, Sie in aller Welt, jetzt im Moment des Beweises dabei sein:
Mir fällt kein Schluss ein.

24.07.01 HASS

Jerry Springer. Widerlicher Menschendompteur. Peitschende Musik. Skandierende Meute. Jer-ry! Jer-ry! Jer-ry! Gepiepte Beschimpfungen. Schreie. Tränen. Buhs aaahs oooohs Kahl geschorene Ordner, die sich zwischen Gäste werfen. Die dafür bezahlt werden, sich zwischen die Gäste zu werfen. Gäste, die dafür bezahlt werden, einander zu beschmipfen, anzugreifen, voreinander zu knien.
Dann wird ein Trailer eingeblendet: Sind Sie extrem übergewichtig

und möchten gerne strippen? Melden Sie sich bei Jerry Springer unter der und der Nummer.
Springer lächelt dünn unter seiner Tolle. Fades Gesicht, fade Haare, wirkt null angekotzt, ist der König des White Trashs. Seine (faden) Augen leuchten (im Rahmen ihrer Möglichkeiten) vor Lust. Lust am Dreck. Früher, in der Schule, da hat ihn niemand beachtet, den Jerry. Da hat ihn keine angeschaut. Aber jetzt. Er ist Gott. Er verursacht Schicksale. Umarmt hier, tröstet dort, streichelt da, lässt die Karteikartei wie ein Handbeil sausen. Lamoyant. Mokant. Süffisant.
Jer-ry! Jer-ry! Jer-ry! Die Quote. Der Ruhm. Die Gagen. Die Irren. Die Schicksale. Vorgetäuscht? Echt? Aufgebauscht? 100 mal geprobt? Von Schauspielern vorgetragen? Kann das noch einer unterscheiden? Will das noch einer unterscheiden?
Wann kommt der Tag, an dem der Mob im Studio sich Bahn bricht, die Ordner niederreißt und Jerry in Stücke? Standesgemäß wäre beispielsweise ein anschließendes kollektives Verspeisen desselben, ein Showdown wie in **Parfüm**.

25.07.01 SEHR LUSTIG,

wenn auch schwer vermittelbar, sind die Dialoge mit meinem Laundry-Chinesen. Sie funktionieren im Grunde gar nicht, obwohl wir beide derselben Sprache gleichermaßen nicht mächtig sind, was ja auch eine Art Gemeinsamkeit ist.
Am ersten Tag bat er mich um meinen Namen, wiederholte ihn mehrfach sinnierend und war unfähig, ihn zu notieren. Mich ließ er ihn aber auch nicht aufschreiben. Also buchstabierte ich Bee Yuuh Ess Siie Eitsch Eitsch Iiie Juuh Iiie Aaaar, was er wiederum nicht verstand. Irgendwann waren wir beide sehr müde. Seitdem bin ich

für ihn Mrs. Bush. Vermutlich denkt er jetzt, George Bush hat den Rotweinfleck gemacht. Ach so, genau, das wollt ich ja erzählen. Der Rotweinfleck.
Als ich gestern die Zahlung verweigerte, weil die kleine Grinsbacke meinen Rotweinfleck nicht rausgekriegt hatte, musste ich an American Psycho denken.
Wie war das noch? Patrick Bateman macht seinem Laundry-Chinesen grade eine Szene, weil das ganze Blut noch am Laken ist. Währenddessen kommt eine Bekannte von Batemann, ein Hardbody, herein und flirtet mit Batemann, ohne zu merken, dass es sich auf dem Laken praktisch um den größten Blutfleck der Welt handelt. Oder bemerkt sie es und Bateman behauptet, es sei Himbeersoße? Weiß das noch einer?
Tom Selleck bei Letterman. Ich dachte immer, das sei neben Adolf Wohlbrück der einzige Mann auf der Welt, dem ein Schnurrbart steht, aber ohne sieht er erst richtig klasse aus. Wenn nur das Brusthaartoupet nicht wäre.

25.07.01 WELTRETTUNG, ERSTER SCHRITT ZUR

Wie Sie sich vielleicht erinnern können, habe ich vor einigen Wochen ein Quiz zur Weltrettung veranstaltet. Leider kamen keine brauchbaren Vorschläge. Aber immerhin kamen irgendwelche Vorschläge, diese wurden auch prämiert, sozusagen als Versuch.
Inzwischen bin ich zu der Erkenntnis gekommen, dass ich nicht mit dem Regenwald und den ganzen anderen Sachen anfangen werde. Das ist zu weit weg. Zu groß. Zu abstrakt. Aber anfangen werde ich. Einer muss es ja schließlich machen.
Ich habe für den **AUFBAU** gespendet.
Kontonummer 900 177 300

Bankleitzahl 100 800 00
Bei der Dresdner Bank.
Wenn Sie sagen: Ja, genau, das ist eine gute Idee!, dann spenden Sie auch
(Kennwort: »WELTRETTUNG«)
oder kaufen Sie sich ein **Jahresabo** für DM 130.

25.07.01 HOT

Mulmig wird mir, als der schrecklich hippe schrecklich platinblonde Friseur mit Namen Joaquin um mich herumspringt wie ein Flummie, sich abwechselnd beklagt, dass es so hot ist heute (das kommt ja nun wirklich nicht so überraschend, dass es im Sommer in New York hot ist, aber trotzdem macht es aufgrund fehlender anderer Themen jeder zum Thema) und dann wieder Madonna lobt, a goddess, a symbol, a Greta Garbo, und heute ist ihr Konzert und Joaquin kann nicht hin, weil eine Karte 1000 Dollar kostet (Ha! Ich bin meine zweite 350-Mark-Madonna-Karte nicht mal für EINE Mark losgeworden in Berlin) und weil er lieber wie ein Flummie rumspringt und an Haaren rumbitzelt, aktuell an meinen.
Das war ein einigermaßen spannungsgeladener Tag heute, meinen New-York-Text (für den ich in der South Bronx dann doch noch Leib, Leben und Kamera riskiert habe) für die nächste Aufbau-Ausgabe abgegeben, mich von der BILD fragen lassen, ob das ein Hotel sei, in dem man mich erreicht habe (nein, die Zeitung, bei der ich arbeite), wann denn in meinem Leben der große Prinz einträfe (ich kenn nur den kleinen) und ob ich Zeit für Sex hätte (wollen wir über solche Scheiße reden oder über den Kulturweltspiegel?).
Abends das experimentelle Stück Black and White von dem mir völlig unbekannten (Jaja! Und so was will Kulturweltspiegel-Mode-

ratorin sein ect. pp.) Regisseur Heiner Goebbels gesehen, dem eine nicht von der Hand zu weisende Begabung aus seinem beschmutzten Namen erwuchs, offenbar. Der Leidensdruck ist offenbar in diesem Fall ein Gottesgeschenk. Oder, wie mein Freund Dietrich sagen würde: Da kann man ja nur Regisseur werden! Als plötzlich mitten in New York Heiner Müllers Stimme erklang (dem ist das Stück gewidmet), trat mir direkt ein Tränchen in die Augen, denn zum letzten Mal hörte ich diese mir liebe Stimme Weihnachten 1995, als Stephan Suschke uns eine Gans briet, vier Tage vor Heiner Müllers Tod. Und das find ich dann wieder toll, dass einer, weil er jemanden ehren will, einfach seine deutsche Stimme in ein Stück einbaut und einem New Yorker Publikum vorsetzt und sich sagt: Scheiß drauf! Es ist für dich, Heiner! Sie kannten dich nicht, aber jetzt kennen sie dich! Das ist übrigens auch der einzige verdammte Grund, um prominent zu werden: Für die trommeln zu können, die man verehrt.
Aber wir wollen mal nicht sentimental werden hier! Wir wollen mal nicht ans Eingemachte gehen! Wir wollen mal lieber übers Wetter reden (hot), oder über die Freizeitgestaltung in New York (Madonna) oder über die (unmittelbaren) Zukunftspläne: Morgen wird viel geflogen und gelesen und jupheidi auf nach Deutschland und vorbereitet und Kulturweltspiegel und aus die Maus.
Ach, Sie wollen wissen, wie das mit meiner Frisur ausging? Also, Joaquin sang, im hellsten Falsett, während er hüpfte und schnitt, hüpfte und schnitt, wonach er mir so viel Geld abverlangte, dass ich ihn gern mit einem Kinnhaken direkt in den Washington Square Garden auf Madonnas Schoß transportiert hätte. Das Ergebnis sehen Sie dann am Sonntag um 22:45 Uhr im Ersten, herrlich eingebettet zwischen Herrn Christiansen und Frau Wickert. Ich glaub, ich werde das redaktionseigene I-love-Aufbau-T-Shirt tragen.

26.07.01 GELESEN

Rolf Dieter Brinkmann: Keiner weiß mehr
Szenen einer Beziehung, gut beobachtet, lange Sätze, manchmal langatmig, manchmal drastisch. Kein schlechtes Buch, aber ich habe es nach der Hälfte weggelegt. Vielleicht, weil es nicht funktioniert, wenn ein Dichter Prosa schreibt.
Max Goldt: **›Mind-boggling‹ – Evening Post**
Das Buch ist der Beweis dafür, dass man sich von einem Scheißtitel nicht abschrecken lassen soll. Fast möchte man aufhören zu schreiben, wenn einer schon viel früher und viel besser … Danke, kleiner Max. Hast mir Freude bereitet, tagelang auf und ab in der Linie 5. Zumal du mir endlich die lang ersehnte Kulturdefinition schenktest: ich werde jetzt immer sagen: Frei nach Max Goldt: Kultur ist eine Wolke, auf der man keinen Husten kriegt.
Nicht gelesen:
Alice Schwarzer: **Eine tödliche Liebe**
Sorry, Alice, du hast es mir extra geschickt, aber ich hab im Moment einfach keine Lust auf dieses Augenring-Gespann Kelly-Bastian. Ich leg das Buch einfach mal zuunterst in den Bücherstapel, vielleicht kommt ja die Lust doch noch mal.

27.07.01 GELESEN

Zadie Smith: **Zähne zeigen**:
Was habe ich nur für ein Problem mit diesem Buch? Das Mädel ist hübsch und schlau und hat eine angenehme Stimme, das Buch ist hochgelobt. Ewig lag das bei mir rum. Dann ab in den Koffer nach New York. Dann für den Deutschland-Flug fest eingeplant. Pustekuchen.

Aus Smiths Lesung im Münchner Literaturhaus vor einigen Monaten bin ich rausgegangen. Vielleicht, weil es dort so voll war. Vielleicht, weil ich nix verstanden habe.
Gestern habe ich den Schinken bis zur Seite 30 geschafft, dann verließ mich die Kraft (Reim!!). Hab es auf dem Flughafen Newark liegen gelassen. Vielleicht, weil es so dick ist (vollschlank!), vielleicht, weil es sooo weit ausholt, um einen gaaanz großen Bogen zu spannen.
Aber ich möchte Zadie auf diesem Wege herzlich danken für das Bild vom Selbstmord, der ein Kuss ins Leere ist.
Christine Angot: **Inzest**
Empfehlung von Alice Schwarzer. Schöne Momente. Brisanter Stoff. Aber kein einziger Satz zum Niederknien. Jedenfalls nicht für mich. Von einem inneren Monolog wird gesprochen, der sich Bahn bricht. Oft bedeutet das Gestammel. Ich finde, ein innerer Monolog sollte auch drinnen bleiben. Zuweilen.
Eve Ensler: **Die Vagina-Monologe**
Das sollte ich lesen, weil ich daraus vorlesen soll. Und war sehr angetan und werde daraus vorlesen. Kurz nach Beschlussfassung sehe ich in BILD, dass auch Iris Berben und Hannelore Elsner daraus vorgelesen haben. Bestärkt mich das nun in meinem Entschluss oder eher nicht?
Fest steht: Sollte ich (wider Erwarten) Spätgebärende sein und ein Mädchen zur Welt bringen (was der Himmel verhüten möge), so soll sie Vagina heißen.

27.07.01 KÖLLE

Sitze also quietschvergnügt im Hotel mit Domblick, »zu Hause« in NYC ist es morgens um 4 und nicht geschlafen bisher. Hatte mich

so aufs Baden gefreut, aber auch hier wieder nur Dusche, fast fehlen mir die Wasserkäfer und Kakerlaken.
Zappe mich durchs deutsche Fernsehen, glotze wie ein Tier ein anderes, fremdes, anglotzen würde. 35 Grad, da muss ich mich gar nicht umstellen. Heute abend kommt »Der Alte«. Auf SAT.1 wird ein Wonderstep mit magnetischen Rollen verkauft. Auf RTL ein brauengepiercter Snowboarder in »Notruf täglich«. Alles so weit weg. So weit weg, dass ich vor Schreck CNN einschalte.

28.07.01 KÖLLE II

Mein Kurzbesuch gibt mir Gelegenheit, mich TV-technisch auf den neuesten Stand zu setzen. Gestern abend zum Beispiel hatte ich die Gelegenheit, meine Nachfolgerin beim Pro-Sieben-Wetter zu sehen, ein österreichisches Rehlein mit einem sehr klangvollen Namen, der mir jedoch leider schon wieder entfallen ist, der aber Sympathie nur so bunkert, weil ein halbes Dutzend As sich darin befindet. Sie wirkt zierlich unter tütenartiger Turmfrisur, dunkelhaarig, mädchenhaft, mit singendem klingendem österreichischen Tonfall. Na, da habt ihr doch herzigen Zuwachs, Deisi und Tinchen, gell?
Sitze jetzt an meinen Moderationen für morgen. Erschüttert darüber, dass die amerikanische Schauspielerin Zellweger für ihre Rolle in »Schokolade zum Frühstück« zehn Kilo zugenommen hat und nunmehr 57 (sic!) Kilo wiegt, weil sie eine »Vollschlanke« verkörpern will. Wie groß ist die eigentlich? Einsdreißig?
Was mir massiv fehlt: SoHo-Straßengeräusche. Kaffee mit Deckel, Metrocard, Piepgeräusche der Autos beim Rückwärtsfahren, der gammelige New Yorker Sommerduft – und **AUFBAU**.

28.07.01 JETLAG

Geschlafen von 8 p.m. bis 1 a.m. Seitdem wach, Beigbeder lesend, Kulturweltspiegel-Moderationen schreibend und verwerfend und umschreibend, fernsehend. Um 6 zum Hauptbahnhof gegangen, Päckchen gepackt, Zeitungen gekauft (heute zwei Else Portraits, in der Frankfurter Rundschau und in der Süddeutschen – aha, so bin ich also *schüttelt verwundert den Kopf*).
Viel interessanter mein verwaschener Deutschland-Eindruck nach einem Monat New York.
Es ist, als läge ein anderer Filter vor der Optik. Eine Milchglasblende. Ein Grauschleier, als sei alles zu oft gewaschen worden (New York ist nie gewaschen wurden, nur an manchen Stellen poliert). Die Kölner Luft klirrt, die New Yorker Luft flirrt. Die Farben hier changieren zwischen fad-pastell-giftig, in New York sind sie grobkörnig, warm, kontrastreich, blättern ab, andere kommen darunter zum Vorschein. Oder ist das nur die Müdigkeit?
Mein Alptraum heute Nacht: Es läutet an der Tür und dieses Baby von der Titelseite der Dingszeitung kommt rein, dieses schrecklich riesige Baby, so groß, dass es den ganzen Türrahmen ausfüllt. Es spricht, als hätte es Caruso verschluckt. Es hat die Stimme von Lisa Schwarz, der Aufbau-Legende, die mich am ersten Tag mit den Worten empfing: »Sie sind doch im Telewischn, was machen Sie dann hier bei uns?«
Also, jetzt wieder der Traum: Das Baby spricht mit Lisas Stimme und sagt: »Frau Buschheuer, finden Sie, dass ich vollschlank bin?«

28.07.01 KÖLLE III

Samstags sind um Hauptbahnhof und Dom viele Freaks unterwegs.

Vorhin zum Beispiel habe ich die Verlobte von Jesus Christus kennen gelernt, welche gerade eine kleine Rede auf dem Domplatz hielt. Wir haben uns dann spontan angefreundet. Das war so richtig – peng! Sie hat mich gefragt, ob ich überhaupt wisse, wie wertvoll ich sei. Da musste ich passen, ehrlich gesagt.
Sie hat mir schwarz auf weiß gezeigt, dass der Mensch tatsächlich nur aus Wasser und Erde besteht. Das macht einem tief drinnen so ein Regenwurmgefühl, mir jedenfalls.
Ich hab dann mal mitgeschrieben, weil das ja wirklich banal ist, wenn man die Wahrheit so in Prozenten serviert kriegt.
Calcium: 43, 5 Prozent
Schwefel: 0,71 Prozent
Phosphor: 29.1 Prozent
Magnesium: 1,4 Prozent
Natrium: 4,3 Prozent
Chlor: 4,3 Prozent
Kalium: 10,2 Prozent
Eisen: 0,1 Prozent.
Anhand dieser Fakten hat Jesus' Verlobte im Kopf ausgerechnet, dass ich ungefähr 20 Mark wert bin, da kommt aber dann noch meine Rolex dazu.
Ich hab mich schön bedankt und wollte weiter, da ruft sie plötzlich und schüttelt ihr mittelgescheiteltes Haar (aber das fliegt nicht weil fettig): Du bist unendlich wertvoll!
Sag ich: Für wen?
Sagt sie: Für Gott! Deinetwegen hat er seinen Sohn am Kreuz sterben lassen. Da gehe ich aber dann doch schnell weiter, weil ich hier nicht in irgendwelche Sachen mit reingezogen werden will und auch nix dafür kann, dass das mit ihrem Verlobten passiert ist.
Ruft die Verlobte noch, dass sie mich retten will. Sag ich, sie soll lieber die Welt retten.

29.07.01 SHOOTING

Was macht so ein Popstar am Sonntagmorgen, wenn andere noch schlafen? Er macht ein Shooting. Christen gehen in die Kirche. Popstars machen immer Shootings. Die ham nix Besseres zu tun als Shootings zu machen. Fototermin kann jeder, Shootings können nur Popstars. Eine aufgeregte Art-Direktorin hat dem Popstar am Vorabend kleine Zettelchen versteckt, am Hotelempfang, unter die Zimmertür, ein Mail geschrieben, aufs Band gequatscht, überallhin die Adresse vom Fotostudio für das Popstar-Shooting und die Anfangszeit und alles so was.

Fährt der Popstar also morgens um 8 ungekämmt und ungeschminkt mit dem Taxi los. Sagt immer vor sich hin: kopulieren, kopulieren, kopulieren, weil er abends in der renommierten Sendung auf keinen Fall ficken sagen will. Taxifahrer (kölscher Vietnamese) sagt, dass es die Straße nicht gibt. Sagt Popstar: Doch, denn die Straße steht ja genauso auf den Zettelchen von der aufgeregten Art-Direktorin. Kuckt der Taxifahrer (kölscher Vietnamese) in den Stadtplan und schüttelt verstockt den Kopf. Ruft der Popstar die aufgeregte Art-Direktorin an, die sich grade anderswo in Köln verfahren hat. Doch, sagt die Art-Direktorin zum Popstar, die Straße gibt's. Kopulieren kopulieren kopulieren, sagt der Popstar. Vietnamese fährt los, findet eine Straße, die so ähnlich heißt. Fotografenname steht am Klingelschild.

Hier nix Fotostudio, sagt der Vietnamese skeptisch. Sie halten sich da raus, sagt der Popstar, denn Popstars sind oftmals schroff, besonders am Sonntagmorgen kurz vorm Shooting. Taxi fährt weg. Popstar klingelt. Nix. Popstar ruft aufgeregte Art-Direktorin an. Diese hat sich gerade in einem anderen Teil Kölns verfahren. Popstar fragt, ob die Adresse stimme, es öffne keiner. Jaja, die Adresse stimme, sagt aufgeregte Art-Direktorin, sie komme

da jetzt auch hin, da seien immer die Popstar-Shootings. Gibt Popstar die Telefonnummer von Starfotograf. Popstar ruft Starfotograf an, aber Mailbox. Popstar ruft Art-Direktorin an, aber Mailbox. Popstar sitzt traurig auf den Stufen vor der Haustür und sagt zu vorbeischlenderndem Reklame-Einwerfer: So kann ich nicht arbeiten! Reklame-Einwerfer nickt mitfühlend und wirft Reklame ein. Kopulieren kopulieren kopulieren, sagt der Popstar. Erst die Arbeit, dann das Vergnügen, sagt Reklame-Einwerfer und zwinkert.
Popstar ruft aufgeregte Art-Direktorin an. Mailbox. Popstar ruft Starfotografen an. Der geht ran: Wo bleiben Sie? Wir warten auf Sie! Ganz andere Adresse. Popstar bestellt Taxi, fährt zu anderer Adresse. Aufgeregte Art-Direktorin ruft an und entschuldigt sich. Kopulieren kopulieren kopulieren, denkt Popstar.
Im Atelier. Popstar kommt sauer an. Starfotograf ist sauer, weil er warten musste. Aufgeregte Art-Direktorin ist sauer, weil Popstar und Starfotograf sauer sind. Starfotograf hat das gar nicht nötig. Hat schon viel größere Popstars fotografiert, Susan Stahnke und Inge Meysel. Popstar hat das auch nicht nötig. Ist schon von viel größeren Starfotografen fotografiert worden. Zwischen Popstar und Starfotograf bildet sich spontan auf Gegenseitigkeit beruhender Hass. Dann eine Stunde anpinseln und drei Stunden Shooting ungnädigster Art. Lächel doch mal, sagt der Starfotograf. Ich sehe keine Veranlassung, sagt der Popstar. Mit dir möchte ich gern mal zelten, sagt der Fotograf. Mit Ihnen möchte ich gern mal Schlittenfahren, sagt der Popstar, denkt kopulieren kopulieren kopulieren, denkt dann an die Glühwürmchen im Central Park und dass er sie sehr vermisst (Ergebnis des Shootings: s. Umschlag).
Popstar ist nachher so geladen, dass er nicht schlecht Lust hat, in der renommierten Sendung mehrfach »mirnixdirnix« und/oder »ficken« zu sagen.

29.07.01 NACH DEM AUFGEZEICHNETEN RADIO-INTERVIEW

Vielen Dank, von unserer Seite ist alles in Ordnung und Ihre kleinen Holperer werden wir rausmachen.
Ich bestehe auf meinen Holperern.
Aber ... ähm ... ich dachte ... ähm ... Sie ...
Meine Holperer sind ein Teil von mir.
Wir wollten nur ...
Ich habe vier Mal geholpert und mich einmal versprochen und ich will alle vier Holperer drinhaben plus Versprecher, ich werde mitzählen, sonst gibts ein Riesentheater und ich übergebe die Sache meinem Anwalt, das ist ein internationaler Holper-Diebstahls-Fachmann.
Ja, wenn das so ist ...
Und wehe! Sonst zieh ich euch die Ohren lang.
Also gut, dann ...
Und keine Tricks!
Keine Tricks. Die Holperer bleiben drin, alle vier, der Versprecher auch, in voller Länge, ich schwör's.

30.07.01 GELESEN

Frederic Beigbeder: **39.90**
Verstehe, warum die RMA-Leser auch Beigbeder kaufen. Das liebe zynische Werbe- und Fickgeschäft! Hier aus der Sicht des Mannes. War bis zur Hälfte und etwas darüber hinaus schwer begeistert, dann plötzlich hundemüde.
Gemerkt habe ich mir den Satz: »Kreative haben keine Stundenpläne, sondern Deadlines.«

31.07.01 HEIRATSANTRÄGE – AKTUELLER STAND

Herr Hopp hat mir gestern einen Korb gegeben, Frau Roll scheint noch zu überlegen.

31.07.01 HEIRATSANTRÄGE – AD ACTA

Frau Roll ist schon verheiratet …

31.07.01 LIEBE BRÜDER UND SCHWESTERN!

Zwischen Shoppen in Chinatown, Woodoo im Central Park und Fressen in Little Italy möchte ich mal kurz bemerken, dass die neue Seite www.sibylleberg.ch fertig ist. Bitte reinklicken. Jetzt sofort hopp hopp.
Ich wieder raus und geröstete Peanuts essen und Cheese Cake und Goat Cheese und die dicken fetten grünen Oliven mit Mandeln drin. Frustfraß. Und komme nie, nie wieder.

31.07.01 EIN TAG WIE JEDER ANDERE

Heute von einem drogenhandelnden Rastamann verflucht worden. Eine echte Festnahme gesehen. Zwei Zivilcops, zwei Diebe, zwei Paar Handschellen klicken gehört. Sehr viele sehr schöne Schwule auf der Christopher Street gesehen. Sehr viele sehr kleine sehr laute Chinesen in Chinatown gehört. Winzige Babyschildkröten panisch in orangenen Wasserschüsseln krabbeln sehen – 3 Dollar das Stück mit Box. Echte! Lebendige! Drei Paar neu gekaufte fiese

Blasenmacher-Schuhe weggeschmissen.
Dann im Central Park eine Stunde lang vergeblich den Zoo gesucht, eine weitere Stunde lang hat mir Herr Himmel am Crêpe-Stand (7 Dollar das Stück!) auf Deutsch/Jiddisch/Englisch/Polnisch erzählt, wann was kosher ist und wann nicht.
Wort des Tages: World's strongest fat burner.

02.08.01 CLEVER BLUFFEN – RAPPER

Klumpschuhartige Fußbekleidung aus dem Sportbereich ist Bedingung, Nike wird besonders gern gesehen. Gern trägt der Rapper überm Haupthaar ein Piratentuch, darüber, wenn möglich, eine Baseballmütze, die entweder mit dem Schirm nach vorn (unten) oder nach hinten (nach oben zeigend, nach unten zeigend ist out) getragen wird.
Groß muss des Rappers Hose sein, ebenso groß sein T-Shirt, XXL, und stets ganz neu wie grade im Kaufhaus geklaut. Eine Variante bietet das überm T-Shirt offen getragene bunte Kunststoffhemd.
Der Rapper schmückt sich gern mit schweren silberfarbenen Ketten, an denen schwere silberfarbene Anhänger baumeln (Jesus, Handgranate, New-York-Yankees-Zeichen sowie Medaillons mit nicht identifizierbaren Strukturen).
Der Rapper hat gern den Ghettoblaster dabei, welchen er elegant auf der Schulter trägt wie einen zahmen Hamster oder am Riemen vor der Brust wie einen Säugling (Lautsprecher nach vorn).
Die bevorzugte Rapper-Frisur besteht aus Zöpfen, für deren Herstellung angeblich vom Rapper selbst das Haar abgeteilt und vertikal am Kopf hinunter geflochten wird. Der Rapper liest ungern und wenn, dann langsam (**Push**, Sapphire, **Coldest Winter ever**, Sister Souljah).

Zum Rhythmus der Rapper-Musik macht der Rapper gerne Bewegungen, welche zwischen Trockenschwimmen in Zeitlupe und »Hallo Taxi« beheimatet sind. Dazu werden die Finger in komplizierten Abläufen gespreizt. Am liebsten zeigt der Rapper den Mittelfinger. Noch lieber würde er ihn in die vielen nackten Frauen reinstecken, die immer in seinen Videos auftreten. Beim Laufen wirft der Rapper die Schultern nach vorn, der Hals wird eingezogen. Piercings und Tätowierungen sind zur Verschönerung des Rappers erlaubt, aber nicht Bedingung.

02.08.01 DER IN-MENSCH

Der In-Mensch ist ein lustiges Tier. Er weiß, dass In-Sein kurz vorm Out-Sein kommt, das kriegt man ja so mit im Laufe eines kleinen Menschenlebens. Danach kommt ein Comeback und noch ein Comeback, parallel dazu der Alkoholismus (alternativ Drogensucht, Perversion), zum Schluss der Sprung aus dem Fenster, aber ich greife vor.
Also, In-Sein.
Der In-Mensch wird in Shows eingeladen, die lustige Namen haben wie »Volle Kanne Susanne« oder »Echt blond« oder »Riverboat«. Er soll auf Produzententreffen mit Eichinger über Erfolg palavern und im Fernsehen mit Bolle Stoiber Buchpreise verleihen im Abendkleid, er soll auf Titelbildern von In-Zeitschriften für Schönheit prangen, obwohl er hässlich ist, und für Klugheit, obwohl er blöd ist, und er soll für bedeutende Blätter des Landes schreiben, die allesamt jahrelang seine Bewerbungen abgelehnt haben, egal was, für viel viel Geld.
Das schmeichelt dem In-Menschen (weil er ja blöd ist) und er hofft, dass seine Eltern jetzt denken: Ist doch noch was aus dem

Kind geworden. Und dieser und jener, der ihn früher nicht mit dem Arsch angekuckt hat, grüßt ihn überschwänglich, ruft ihn beim Namen mit jenem Tremolo der innigen Freundschaft im Stimmchen und küsst ihn auf alle Backen.
Die Journalisten schreiben über den In-Menschen, auch in Artikeln, in denen es um ganz andere Dinge geht. Als aktuellen Aufhänger oder knackigen Ausstieg. Einfach mal so hingedroppt. Dann vergleichen sie ihn mit anderen In-Menschen, um mal alle so richtig gegeneinander aufzuhetzen.
Die wohlmeinenden Journalisten stellen die Lebensleistung des In-Menschen in den Vordergrund, tun hier was dazu, lassen dort was weg, analysieren, interpretieren und zitieren aus des In-Menschen gelungenen Werken.
Dann denkt der In-Mensch: Ich tauge was. Da steht es Schwarz auf Weiß. Ich kann was. Ich bin jemand. Ha! Mir kann keiner! Jawoll!
Die übelmeinenden Journalisten machen im Prinzip dasselbe wie die wohlmeinenden, nur mit umgekehrtem Vorzeichen. Sie zitieren aus den misslungenen Werken des In-Menschens, anhand derer sie lückenlos beweisen, dass der In-Mensch nichts taugt und nichts kann.
Ja, denkt der In-Mensch, dieser bedeutende Journalist hat Recht. Ich tauge nichts. Ich kann nichts. Ich wollt, ich wär tot.
So geht es bergab und bergauf, einmal ist er Kult, einmal Symbol für den Untergang des Abendlandes, und schließlich weiß der In-Mensch gar nicht mehr, was er glauben soll und wundert sich sehr, dass es nichts Wichtigeres gibt, als das Geheimnis seines Erfolges zu erklären.
Vage erinnert er sich an Zeiten, als er Zeitungen las, um zu sehen, ob was drinsteht. Nach Anbruch seines In-Seins liest er sie nur noch, um zu sehen, ob er drinsteht. Dann folgt eine Phase, in der

der In-Mensch einen großen Bogen um Zeitungen macht, weil er ohnehin drinsteht und ihn das wieder nur verwirren wird. Aber da ein In-Mensch viele viele selbsternannte Freunde und Feinde hat, die für ihn Zeitungsausschnitte sammeln oder ihm von allem berichten, wird er weiterhin gefüttert mit neuen Erkenntnissen über seine Mängel, Makel, Schwächen und Stärken.
Nachher ist der Mensch ganz neugierig darauf, wie es ist, out zu sein. Liest man dann Zeitungen und weint, weil man nicht drinsteht? Kommt man wieder dahin zurück, Zeitungen zu lesen, um zu sehen, was es sonst so Neues gibt? Out-Menschen dieser Welt, Rodscher Willemsen zum Beispiel, bitte dringend Info-Mails an feedback@else-buschheuer.de.

03.08.01 MAL IM SUFF ZUSAMMENGEFASST: NYC

blind date, glühwürmchen im central park, motten auf dem empire state, wasserkäfer in der wanne, melone gelbrotgrün abgepackt, cheesecake von david glass, große grüne ooooliven mit mmmmmandeln drin, cream caramels, beef jerky, straßenmassage, small medium large jumbo, traffic-polizisten mit ernsten gesichtern, the weakest link, ampeln, die keiner beachtet, platzanweiser, die laute monologe halten, betrunkene sonne, straßenhändler, die »rolex« flüstern, bongotrommler auf campingstühlen in der subway, bettler mit pappbechern, kaffee aus pappbechern, gelbe häuser, braune häuser, rote häuser, quarterpounder with cheese (pulp fiction), **www.aufbauonline.com**, honeyroasted peanuts, regular water, bagel mit creamcheese and jelly, schlangen vor letterman, bacon, tampons mit applikator, grinsende cops auf pferden, rasta-männer, die haschisch verkaufen (und wenn nicht, fluchen), pretzels, donuts, frankfurter, feuerleitern wie zorro-zs, non-smoking areas, weatherchannel, uptown, downtown, crosstown, schokomousse von fairway, senf, ketchup, senf und ketchup, a.m., p.m., hundekackschaufeln, african-style-zöpfchen-friseure, centstücke, die sich in den straßenteer gegraben haben, stampfende bässe aus großen alten autos, chinesen mit langen fusselbärten, jesus loves you, get one free, müll, müll, lärm, llllärm, lärm, sonne soonne sonnne sonneee like your jacket, really, i do, i am a glühwürmchen sunny side up melone walk! sirenenjaulen creamgoatcheesecake rolex chanel schanell gucci gutschieeeh echt und falsch haschisch go to hell bongo baby what part of no don't you understand? piepender rückwärtsgang fuckin' bitch heineken natural spring water cancer 100 percent fatfree laut schrecklich laut entsetzlich laut, stinkt, stinkt wie sau, warum stinkt das hier so? offene kellerluken, in die man reinfallen würde und eine millionen kassieren für gebrochene stelzen, jogger in sengender hitze, schmelzende jogger, banden in creamcheese, plastikforks, ratten spielen blitzschach auf der parkbank, fluchen, fluuuuchen schmeicheln, schleimen, labern, stammeln, bremsen, gas geben, pidgin, hupen, einstürzende neubauten oder schwankende hochhäuer, nachtbauarbeiter mit grubenlampe am helm, abgeschlossene subwayeingänge, hitze, hitze, schweiß, wut, freude, arm, reich, nur weg hier, oder für immer bleiben oder was denn jetzt nun?

03.08.01 ORSON UND HIOB

Heute im New York Aquarium ein Walross gesehen, das original so aussieht wie Orson Welles: Augen (weit aueinander stehend), Nase (zu klein), Mund (schaufelförmig), Mimik, ganz zu schweigen vom Körpergewicht (ca 1 Tonne, der späte Orson also).
Dann mit Hiob auf Coney Island am Strand gewesen, Hiob sehr

pflegeleicht, stand stundenlang da und spielte mit einem angeschwemmten Barbie-Bein. Ich auch sehr pflegeleicht, mit Jogginganzug barfuß durch den Sand gestapft.
Dann rief Herr Lindenberg an und sagte, wir sollen alle unbedingt **www.atlanticaffairs.com** anklicken. Na, dann machen wir das mal.

04.08.01 WENN DAS MIT DEM KULTURWELTSPIEGEL

nicht klappt, kann ich immer noch als Körperteilmodel arbeiten:
Jüngst ereilte mich diese Mail:

Sehr geehrte Frau Buschheuer!
Beglückwünsche Sie zu Ihren Nasenflügeln.
Bin Nasenflügelfetischist und sah Sie zum ersten Mal neulich im Ersten.
Respekt,Respekt!!

Erleichtert grüßt aus New York, während Antonio Banderas, der inzwischen aussieht wie Friedrich Engels, eben mit seinem Pidgin-Englisch, welchem natürlich meines nicht das Wasser reichen kann, zu Gast ist bei Letterman, mit lustvoll bebenden sonnenverbrannten Nasenfügeln: EB.

04.08.01 SPÄTE AUFLÖSUNG

zum Bret-Easton-Ellis-Eintrag vom 25.7.01:

Eine Leserin half mit der Textstelle aus und soll gebenedeit sein:
»sie nähert sich dem laken, das der alte mann hochhält.

›herrje, ich seh schon‹, murmelt sie. in dem moment, als sie vorsichtig das laken berührt, fängt die alte wieder zu zetern an, aber ohne auf sie zu achten, fragt mich das mädchen: ›was ist denn das?‹. sie schaut wieder auf die flecken und sagt: ›herrje.‹ ›äh, tja …‹ ich schaue auf die laken, um die es wirklich nicht gut bestellt ist. ›das ist, äh, preiselbeersaft, preiselbirnensaft.‹«

Und weil's so schön ist, hier gleich noch mal der englische Text, bereitgestellt von einer weiteren Leserin:

Nachdem der Hardbody wissen will, was der gute Bateman sich auf das Laken gekleckert hat, meint er erst es sei »cranberry juice, cranapple juice«. Der Hardbody, gar nicht dumm, glaubt das nicht. Bateman grübelt, dann fällt's ihm wieder ein: Es ist Bosco. »… really Bosco. Like a Dove Bar. It's a Dove Bar … Hershey's Syrup?«

04.08.01 EIN KRITIKER,

welcher wegen hochgradiger Bedeutungslosigkeit ungenannt bleiben wird:

»Liebe Else Buschheuer, Ihnen und Ihrem Tagebuch habe ich es zu verdanken, dass ich in jüngster Zeit wieder verstärkt FAZ und Maxim Biller lese. Wege Sprache! Ich als nix wie rinn in nexten Kosk, Schrippen unnde Faz unndn buch vomm Biller.
Habe die Ehre.«

Spenden von FAZ und Maxim Biller wegen Auflagenstärkung und Buchabkäufen bitte an **www.aufbauonline.com**. Kennwort: »Weltrettung«. Übrigens ist der neue Aufbau da. Und eine hochinvestigative U-Bahn-Geschichte von mir drin, kreuzgefährlich, extrem brisant.

05.08.01 TOD IN VENEDIG

Zweimal gesehen in den 90ern, zweimal geschwelgt, toll gefunden, fleißig genickt zum Entsagungs-Motiv. Gestaunt, dass 1971 so etwas entstehen konnte. Schwulenkultfilm. Venedig-Kultfilm (der andere ist? Na? **Wenn die Gondeln Trauer tragen**). Und gestern? Bogarde-Retrospektive in New York, Walter Reade Theatre, drinnen, draußen dramatisch grauer Himmel. Rappelvoll. Dreiviertel schwul. Ein Viertel Cineasten. Oder andersrum. Oder Kreuzungen. Farben verwaschen. Nun zweihundertzehn Minuten. Und jede Szene extra lang. Bogardes müdes Backpfeifengesicht drückt aufs Gemüt. Erschwerend legt sich Mahler auf die Lungenbläschen. Nichts an dieser tatterigen Bubenanbetung ist subtil. Ein geifernder Männertraum, verschwitzte Phantasien, Kinderfickerphantasien. Und immer wieder Mahler, klar. Vollkommen vermahlert das Ding und verkitscht. Doch doch, ganz schön Tadzio, so weiß wie Schnee, so rot wie Blut, so blond wie ein Engel, die Drehung des Knabenhalses, der Blick unterm ach so welligen Haar, das Reine und das Biest ein einem, der knappe gestreifte Badeanzug, der spannt ums Gemächtli. Das entlockt Jung und Alt Laute des Wohlwollens und Entzückens.
Außerdem bleibt das Bild von der weißen Desinfektionslösung gegen Cholera, welche an den Häuserwänden Venedigs herunterläuft. Das Bild, in welchem Bogarde die schwarze Schminke übers getünchte Opagesicht läuft, bleibt auch (und erstand wieder auf mit Adorf in **Rossini**).

Ich mag den Film nicht mehr. So kostümig, so Siebziger, so europäisch, so fiebrig-zerdehnt-zerbröselt und permanent dieses Rumgegeile mit Blicken. Vorbei. Ob das an New York liegt?

06.08.01 CLEANING WOMAN – KIDNAPPED

Liebe Freunde und Feinde, Alphabeten und Analphabeten, Kritiker und Hörige!
Ich werde zur Zeit in Giulianis Schwulen-WG (er ist bei Clinton in Harlem aus- und bei zwei schwulen Volkswagenvertretern in der Upper Eastside eingezogen) festgehalten und zum Nacktputzen gezwungen. Dies hindert mich vorübergehend an der Ausübung meiner schöngeistigen Tätigkeit als Tagebuchschreiberin, Kompilatorin und Chronistin.
In Zeitnot grüßt aus dem »**Easy Everything**« am Times Square:
EB

07.08.01 GELESEN

Michel Houllebecq: **Die Welt als Supermarkt**
Mir zu gebildet, langweilig, gestelzt, unverständlich, technokratisch, gebaut, gewollt. Nur die erste Geschichte haut rein: »Jacques Prévert ist ein Arschloch«.
Catherine Millet: **Das sexuelle Leben der Catherine M.**
Erscheint demnächst bei Goldmann. Millet war mein Sorgenkind beim ersten Kulturweltspiegel. Was ich von ihrem Roman halte, lesen Sie demnächst in **MAX**.

07.08.01 NACHSATZ CLEVER BLUFFEN – RAPPER

Wie mich ein Leser belehrte, beschreibe ich in meinem Eintrag vom 2.8. nicht Rapper, sondern B-Boys, deren weibliches Pendant Fly-Girls seien.
Rapper gedeihen in der South Bronx und in Teilen von Harlem. Tagsüber halten sie sich gern bei Niketown in der 57. Straße Nähe Fifth Avenue schräg gegenüber von Levi's auf (bei Levi's selbst ist die Rapperquote Null komma Null Null).
Bei mir in der Schwulen-WG läuft übrigens nur HipHop, aktuell **D12** und **Missy Elliott**, wobei sich am besten nacktputzen lässt.

08.08.01 VERÄNDERUNGEN – UNAUFHALTBAR

Ich esse jeden Tag zwei Hot Dogs mit Sauerkraut. Des weiteren esse ich Oliven, große grüne mit Mandeln drin. Oliven und Sauerkraut habe ich Zeit meines Lebens gehasst. Ich hasste Jogginganzüge. Nun besitze ich einen. Trage ihn. Ich hasste Fitness. Nun habe ich beschlossen zu joggen. Über die Brooklyn Bridge oder durch den Central Park, auf den Spuren der Gazellensprunggelenke von Jackie O.
Folgende Kombinationen erschienen mir früher absurd: Marmelade und Käse, Ei und Ketchup, irgendwas und Ketchup, Ketchup und Senf.
Außerdem werde ich sentimental. Verbringe Stunden um Stunden auf der Staten Island Ferry. Entferne mich von Manhattan, nähere mich Manhattan, entferne mich wieder, nähere mich wieder, ferner, näher, ferner, näher. So wie ein Flummy. Wissen Sie noch, was ein Flummy ist? Hieß der Flummy?

Ich grüße Lady Liberty, als hätte ich auf der Straße eine frühere Lehrerin wiedergetroffen. Sie winkt mit der Fackel und nickt. Aus ihrer Krone, aus ihrem Hirn quellen mikrobenkleine Menschen und winken vermutlich auch und nicken auch.
Das summende Vibrieren der Fähre, die vom Fahrtwind verschleierte Hitze, die unverständlichen Lautsprecherdurchsagen, das Kinderkreischen. Zwei schwer bewaffnete Cops laufen lächelnd vorbei, breitbeinig, als hätten sie 5-Kilo-Gewichte an den Eiern. Zwei Chassidenjungs rennen um die Wette, mit flatternden Schläfenlocken. Zwei Rapper führen Salti aus dem Stand vor und gehen mit dem Hut herum, Donation fordernd, im Rücken der Cops. Einer mit vielen Zöpfen soll seinen Ghettoblaster ausmachen. Er macht es, steht stumm, schließt die Augen, verwünscht die Welt, die seine Musik nicht versteht, nicht duldet. Fuck you.
Aus dem Nebel taucht die Skyline wieder auf, taucht ein in das von in einer Papptüte verstecktem Budweiser getrübte Bewusstsein der Kompilatorin, also in meins.

08.08.01 TUSCHUGGERRRRRIIIEETSCH

Mein kleiner freundlicher Kaffee-Straßenhändler aus Tadschikistan ist mir ans Herz gewachsen. Für ihn laufe ich morgens Umwege. Ich bin ihm auch ans Herz gewachsen. Hindern mich Termine am Kaffeekauf, beklagt er sich am nächsten Tag. Freitags schenkt er mir einen Donut oder ein Baguette, welches ich mir mit den hungrigen Tauben am Basketballplatz teile.
War jetzt einige Male mit meiner Tochter dort, die zu Besuch aus Deutschland bei mir war. Da hat er sich gefreut, Kinder mag er, er hat auch Kinder, sechs Stück, zwei paar Zwillinge. Alle hier.

Alle aus Tadschikistan hergekommen. Alle ernährt er mit seinem kleinen Frühstücksstand.
In diesen Tagen sagte er, wenn wir uns zwei Becher Kaffee holten, stets dieselbe herrliche Formel: »Tuschuggerrrrriiieetsch?«
Meint: Zwei Löffel Zucker in jeden Becher?
Nun bin ich wieder allein. Tuschuggerrrrriiieetsch geht aus logistischen Gründen nicht mehr. Ich will es aber hören. Kaufe also ab sofort jeden Morgen zwei Becher Kaffee. Um Tuschuggerrrrriiieetsch zu hören.
Morgens um 9 in New York. Mein Wochentag beginnt mit Tuschuggerrrrriiieetsch.

08.08.01 DUMM UND DÜMMER

Liebe Frau Buschheuer,
sicher haben Sie schon von »TellIntel« gehört, einer von der Yale-University entwickelten wissenschaftlichen Methode zur Messung des IQ per Ferndiagnose, die u. a. auch US-Präsident Bush bei der Auswahl seiner Regierungsmannschaft zu Rate zog. Eine Gruppe von Professoren, Dozenten, Studenten und Sympathisanten der FU Berlin wendet diese Methode derzeit experimentell auf deutsche TV-Persönlichkeiten an. Bei Ihnen waren die Grundlage a) Ihr Buch »Ruf!Mich!An!«, diverse »Wetterfee«– und »Talkshow«-Videos, Ihre erste »Kulturweltspiegel«-Sendung sowie div. »Tagesspiegel«-Artikel. Schwerpunkte der Analyse waren Inhalt, Diktion, Präsentation und Körpersprache. Drei unabhängig voneinander arbeitende Teams errechneten für Sie dabei einen IQ von 82 (81.3, 81.8, 83,9), so dass dieses Resultat als gesichert angesehen werden kann. Zu gegebener Zeit werden wir dieses Resultat gemeinsam mit denen der anderen 99 getesteten

Personen veröffentlichen (z. B.: Raab 112, Jauch 117, Schautzer 89, Elvers 92, Feldbusch 99, Bednarz 129, »Naddel« 91, Hahne 100). Könnten Sie uns zur besseren Illustration einen druckreifen Lebenslauf übersenden (Fotos würden wir uns von dpa besorgen).
Mit herzlichem Gruß und vielem Dank für Ihre Mitarbeit.
Lucie Hermes

09.08.01 IQ INTELLIGENZGRAD BEVÖLKERUNGSANTEIL

über 140 hervorragend (»genial«) 1,5%
120-139 sehr gut (»talentiert«) 11,0%
110-119 gut (»intelligent«) 18,0%
90-109 mittelmäßig (»normalbegabt«) 48,0%
80-89 gering (»lernbehindert«,»dumm«) 14,0%
70-79 sehr gering (»geistig behindert«) 5,0%
unter 69 äußerst gering (»schwachsinnig«) 2,5%

09.08.01 SIGHTSEEING SEXY

Ein weiterer heißer Tag in New York. Bei Maury treten Menschen auf, die einen Mordanschlag überlebt haben, bei Jerry Springer werden lying Lovers konfrontiert.
Ich hab die Klimaanlage auf Maximum, hocke zu Hause und sitze an zwei Geschichten, was mir intellektuell um so schwerer fällt, als ich ja nun nachgewiesenermaßen den IQ einer Rundbürste habe.
Sah gestern **Bridget Jones Diary**, einen Film, der demnächst als **Schokolade zum Frühstück** oder so in die deutschen Kinos kommen

wird. Mehr dazu im übernächsten Focus. Ach und: Sollten Sie mal am Times Square sein, besuchen Sie unbedingt den Naked Cowboy Broadway Ecke 45th vorm Marriot. Der trägt nur einen kleinen Slip, auf dessen Gesäßfläche NAKED COWBOY steht, damit ihn auch jeder identifizieren kann. Vor dem Gemächt hängt eine Gitarre, das Haupthaar ist schulterblattlang und blond und geföntn. Die Nächte scheint er abwechselnd im Fitnessstudio oder im Solarium zu verbringen. Mutige Mädchen dürfen dem Naked Cowboy Dollarscheine in den Westernstiefelschaft stecken, ganz mutige in den Eingriff, Heldinnen ziehen ihm auch gern mal den Schlüpfer runter.

09.08.01 HITZEGLOCKE

Mein lieber Scholli. 40 Grad Celsius. Ich im Schneckentempo zur Laundry, Schweiß in Bächen übers Gesicht. Vorbei an Dutzenden von Hitzetoten. Gut gegen Schlappsein und Hitzekollaps: Caramel Frappucino von **Star Bucks**.
Von Bagel und Cheesecake bin ich völlig runter. Fange morgens gleich mit Hot Dog an. Die besten und billigsten gibt's bei »Gray's Papaya« Amsterdam Ecke 72nd. 75 Cent für »one everything«, also mit Senf, Ketchup, Zwiebelsoße und Sauerkraut.
Merkwürdige Parallele zu Berlin: Fahre selten in den Osten der Stadt, bleibe meist im Upper oder Lower Westen. Es sei denn, ich muss. Heute musste ich. Pressevorführung des neuen **Woody Allen** Films. Mehr darüber im neuen **AUFBAU**. Muss aufhören und **Who wants to be a millionaire** kucken.

10.08.01 HEUTE

habe ich den letzten Borrough erobert: Queens, Viertel der Taxifahrer und/oder Asiaten. Ist Queens überhaupt in New York, war neulich der Gag in einem Kinotrailer. Hahaha. Yes, it is.
In Queens war eine Feier, auf der ich mich planvoll besoff. Um 21 Uhr musste man mir eine Limo rufen, deren Ledersitz ich flächendeckend verdarb. Der Fahrer war sehr wütend und drohte mit der Ambulanz. Ich sagte immerhin, ich sei Ärztin und wisse schon, was in solchen Fällen zu tun sei. So kam ich nach Hause, Fahrer schimpfend wie ein Rohrspatz, für 40 Dollar und um einen Borough reicher. Schreibt man Borroguh oder Borough? Ich glaub, Borough.

11.08.01 AM TAG DES HERRN

geht der Ami einkaufen. Schlurft über Broadway und West Broadway, stärkt sich hier und da mit Wasser, Iced Coffee, Frozen Yoghurt, Roasted Peanuts und Hot Dog, gibt seine Plastiktüten vorne im Laden ab wg. Klau, Plastiktüten werden von Shop zu Shop mehr, weil er shoppt, bis der Arzt kommt.
Guter Trick: Vorne im Laden eine große Nobeltüte mit ein paar alten löcherigen Socken abgeben, nachher aber eine andere verlangen. Klappt immer und ist meist besseres drin als alte löcherige Socken (es sei denn, man stößt auf die Tüte eines anderen schwerstbegabten Trickdiebes).
Apropos Trickdiebe. Ein Straßenhändler (CD-Raubkopien, Gucci-Brillen-Fakes) erzählte mir heute, dass er vor zehn Jahren, kurz nach Mauerfall, am Brandenburger Tor Matroschkas und russische Admiralsmützen verkauft hat. Und dass das illegal war und

die Admiralsmützen nicht gingen. Nachher hat er abends überall in der Stadt Steine aufgelesen und sie vormittags als »Berliner Mauer« verkauft. Das hat geflutscht.
So, gleich bin ich praktisch mit Robert de Niro verabredet. Wie es war, lesen Sie morgen im **Tagesspiegel**.

12.08.01 MIT DEM GUTEN NAMEN BEZAHLEN

Meine funkelnde Kreditkarte. Mein Phallus. Überall soll ich sie rausholen und reinstecken. Rausholen. Reinstecken. Rausholen. Reinstecken. Kaufen. Ausreißen. Aufessen. Besitzen. Langweilen. Erschlaffen. Eigentlich satt sein. Eigentlich wunschlos sein. Trotzdem haben wollen. Mehr. Mehr. Alles. Wieder reinstecken.
Ist das Bargeld alle? Kein Problem. Dann hol ich mehr. Ich hol mehr. Da hinten in der Bank gibt es Geld ohne Ende, dort drüben, in diesem Automaten. In jenem auch. Kein Limit. Ich kann mir alles kaufen, so lange meine Kreditkarte funkelt. Ich putze sie mit einem weißen Brillenputztuch, damit sie lange, lange funkelt. Ich trage sie in einer Designer-Schutzhülle über dem Herzen. Ich sehe etwas in einem Schaufenster, was ich haben will. Sie steht mir schon wieder. Reinstecken. Durchziehen. Ritschratsch machen. In den ATM-Automaten. In den Metrocard-Automaten. In den Computer, um Abzüge meiner Fotos zu kriegen. Eine Cash-Machine ist ein Spielautomat, der immer gewinnt. Einsatz reingesteckt. Gewinn ausgespuckt. Bezahlt. Quittung? Quittung. Kiloweise Quittungen.
Sogar auf dem Wochenmarkt gibt's Ritschratsch. Im Supermarkt sowieso. Im Restaurant. Alles Plastik. Bezahlt wird später. Grüne Karte. Blaue Karte. Silber, Gold, Platin, Schwarz. Ach, diese nehmen Sie nicht? Dann vielleicht jene? Okay. Fein. Plus Tax. Na klar. Ohne Kreditkarte bist du ein Scheißdreck, kein richtiger Mensch,

jedenfalls keiner, der dazugehören sollte. Zum Bettler: Do you take Creditcard? Bettler: Sure. *holt Ritschratsch raus*
Meine funkelnde Kreditkarte trage ich stets über dem Herzen. In einer Designerschutzhülle. Zu Hause habe ich ihr im Zentrum meiner Wohnung einen kleinen Schrein gebaut. Davor brennt ein ewiges Feuer, genährt von den Belegen. Gelbe Belege, weiße Belege, zerknitterte Belege, abgegriffene, schlecht lesbare Belege. Wenn ich sie alle verbrannt habe, dann heißt das, ich kriege alle Produkte geschenkt. Meine Kreditkarte wird nicht belastet. Ich möchte meine Kreditkarte entlasten. Ich will, dass sie sich bei mir wohl fühlt.
Jeden Morgen stimme ich zu Ehren meiner funkelnden Kreditkarte ein Dankeslied an, verbunden mit einem kleinen Schlangentanz immer rundherum ums Goldene Kalb. Mein Herz, meine Seele, mein Fleisch, mein Leib.

12.08.01 GELESEN

Sibylle Berg: **Das Unerfreuliche zuerst**
Immer, wenn ich Bücher von Frau **Berg** lese (schreibt übrigens heute über Pornoindustrie im Focus), frage ich mich, ob das nicht die einzig legitime Form ist, einen modernen Roman zu schreiben: Geschichten zu erzählen, Geschichten, die ineinander greifen oder auch nicht, diese, die Herrengeschichten, eher nicht, aber schön. Was heißt schön – gut! Diese unsere so genannte moderne Zeit pfeift auf durchgehende Handlungsstränge. Wer will schon durchgehende Handlungsstränge. Leben ist Patchwork. Pulp Fiction. Scherben, die nicht ineinander passen.
Im neuen Berg-Buch erzählen nur Männer, meist macht sie ihre Art, zu erzählen, zu denken oder das Denken zu umgehen, zu ana-

lysieren oder die Analyse zu umgehen, hassenswert. Vor einigen Wochen hätte mich das mit zustimmendem Grimm erfüllt, aber inzwischen glaube ich wieder an das Gute im Mann, warum, das will ich nicht sagen.

Besonders faszinierend/deprimierend (bei Berg geht die Faszination immer mit Depression einher, daraus kann im Übrigen – relative – Lebensfreude entstehen, das mal an alle, die sich von Berg-Lektüre runtergezogen fühlen). Jetzt noch mal den Satz von vorn: Besonders faszinierend fand ich die Geschichten »Experiment« auf Seite 81 ff., »Theorie«, S. 109 ff. (das ist die Langfassung eines Vortrages, den sie neulich meiner Tochter gehalten hat, welche not amused war), sehr schön beobachtet, begriffen, beschrieben auch »O-Ton«, S. 119 ff. und »Zweimal«, S. 155 ff.

Trotzdem möchte ich, obwohl man das während und nach der Lektüre durchaus könnte, den Glauben an den Menschen im Manne nicht verlieren. Aus aktuellen Gründen, die mir Mut machen und die ich hier nicht darlegen möchte.

12.08.01 HALBZEIT

Nur für den unwahrscheinlichen Fall, dass ich diese Stadt jemals verlassen muss, habe ich mir heute eine CD gekauft, nennt mich kitschig:

Sie heißt:

Sound of New York City.

Sie enthält:

1. The Sound of New York Preview (weißnich)
2. Chinatown (walking east on Canal street) – mach ich jeden Tag
3. SoHo (saturday shopping on Broadway below Houston St.) – mach ich jeden saturday

4. Subway (a ride to 5 train from 14th St. to City Hall) – die Linie 5 ist die U-Bahn, von der mein letztes Aufbau-Stück handelt
5. Downtown (afternoon in the financial district) – war ich auch schon x-mal auf dem Weg zur Staten Island Ferry
6. World Trade Center (5 p.m. crowds back from walk) – als ich kürzlich abends hoch zum Restaurant fahren wollte, runterkucken ins Lichtermeer und dabei essen, bin ich vom Doorman abgewiesen worden wegen Turnschuhen. Ich also nach Hause, aufgetüfft, wieder hin mit High Heels, dem Doorman lange Nase gezeigt, er mir Peace
7. South Street Seaport (July 4th fireworks) – die habe ich ja diesmal voll mitgekriegt am Unabhängigkeitstag, an dem auch der coolste Ami kitschig zu werden scheint
8. Midtown (the usual weekday shuffle) – Konsumrausch-Assoziation: da war ich grad heute, um meine Kreditkarte im Macy's Gassi zu führen
9. Grand Central (6pm crowds going home) – sollte man vermeiden als Klaustro – sich in die volle U-Bahn am Grand Central zu quetschen
10. Times Square (a long walk all around) – middle of everywhere, wenn ich das höre, werde ich daran denken, wie ich nach zehn Minuten das widerliche Musical »42nd Street« verlassen habe, und das trotz einer 92-Dollar-Karte, wie kreischende Teenies vorm MTV-Gebäude standen und ich gedacht habe, Michael Jackson ist da, dabei meinten die nur den Moderator
11. Fifth Avenue (from Rockefeller Center to Central Park) – auch schon oft gelaufen, abends schön, vorbei an Tiffany's und dem ganzen Kram, in der Mittagshitze nicht ohne Zwischenstopp bei **Starbucks** auszuhalten
12. Central Park (a long walk and a baseball game) – wenn ich

dran denke, wie wurscht mir der Englische Garten war und ist und sein wird, dann ist es schon merkwürdig, wie viele schöne Abende ich gern und freiwillig im Central Park verbracht habe
13. JFK Airport (international terminal) – der Kreis schließt sich mit dem ersten und letzten Geräusch einer New-York-Reise

13.08.01 BEWERBUNG

hallo frau buschheuer,
ich habe gerade ihr buch **ruf! mich! an!** angefangen zu lesen, und wollte mal auf gut glück fragen, ob sie interesse an einem haus- oder putzsklaven haben.
liebe grüße
dieter b.

Lieber Dieter Bohlen,
vielen Dank für Ihr Interesse. Leider muss ich Ihnen absagen. Mein jetziger Putzsklave, den ich seit einigen Jahren als Freelancer beschäftige, hat sich kürzlich bei mir auf Festanstellung reingeklagt. Ich bin also fürs Erste versorgt, jedenfalls so lange, bis er sich ernsthaft etwas zuschulden kommen lässt.
Gegebenenfalls besteht aber Bedarf, zwischendurch ein wenig aufzustocken, vor allem jetzt um die Verlobungs- und Hochzeitszeit mit Robert de Niro. Könnte ich Sie auch tageweise buchen? Und falls ja, verfügen Sie über ein Zeugnis von Ihrer letzten Herrin? Anderenfalls wünsche ich Ihnen noch alles Gutes auf Ihrem weiteren Lebensweg.
Else Buschheuer

ereilen mich folgende Nachrichten: Harald Schmidt ist aus dem Urlaub zurück, Zlatko hat Marlene Dietrich vermöbelt, es gibt neue Details über die Beziehung Remarques zu Ebru (oder war es andersrum?) und die Mauer stünde heute 40 Jahre, die fette Sau, die tote.
Ich hocke währenddessen hier und lese das Manuskript des neuen Buches meines schwerstbegabten Kollegen Moritz Rinke, **Der Blauwal im Kirschgarten**, welches hoffentlich bald erscheint, weil es sehr kurzweilig ist und Ihnen sicher Freude bereiten wird.
Wenn der wüsste, dass ich das Buch, welches ich als e-mail-attachment gekriegt habe, mal eben auf Diskette gemacht und nebenan in den Copyshop Prince Street zum Ausdrucken gebracht habe, wofür ich 40 Dollar bezahlt habe! Für 142 Seiten, von denen übrigens eine fehlt. Die Amis haben doch den Schuss nicht gehört. Da hätt ich mir doch lieber direkt das Buch gekauft, dann hätte Moritz auch was davon gehabt.
Andererseits: Es ist für die Kunst, im weitesten Sinne, und allein über die Naumann-Geschichte habe ich mich so amüsiert, dass die 40 Dollar nicht zum Fenster rausgeschmissen sind. Draußen bollert ein Mordsgewitter, als hätte sich der große Himmel über New York meinem kleinen Groll angeschlossen. Wenn neulich beim ersten Kulturweltspiegel so ein Wetter gewesen wäre, denke ich melancholisch vor mich hin, dann hätten wir locker eine Drei-Millionen-Quote gekriegt.
Sofort stehen überall die wiesenflinken chinesischen Schirmverkäufer draußen und schlagen die braun-lila-karierten Ladenhüter für 10 Dollar das Stück ab. Ich werde mir während der nächsten Hitzewelle einen kleinen handlichen Vorrat an Schirmen anlegen und diese dann bei Regen zum fünffachen Preis verkaufen, für unvor-

hergesehene Ausgaben wie das Ausdrucken von Fremdmanuskripten.

14.8.01 AUFBAU GOES HIPHOP

Morgen das neue Heft mit meiner kleinen bescheidenen **Woody-Allen-Besprechung** und einem englischsprachigen Artikel von unserer 22jährigen Hiphop-Spezialistin Sara über ihr Lieblingsthema.
Gestern auf Video **Annie Hall** und **Manhattan** gesehen, zum x-ten Mal, aber nun ganz neu. Wo ist das gedreht? War ich da schon? Funktioniert New York in Schwarzweiß besser als in Farbe? Ist Gershwin wirklich die richtige Musik, um Manhattan zu beschreiben? Hat sich New York verändert seitdem? Kuck! Dort! Die Achterbahn auf Coney Island, mit der ich schon gefahren bin. Und da! Das Tor am Washington Square Park, das auch in **When Harry met Sally** vorkommt, da, wo die langweilige Fifth zur spannenden Thompson wird! Und welcher Basketballplatz mag das sein? Der, vor dem ich immer morgens mit meinem Kaffee-Pappbecher sitze? Und welches Kino ist das, wo Allen den Professor hinter der Säule vorzaubert?

15.08.01 **BREAKFAST AT TIFFANY'S**

Holly Golightly als Vorgängerin von Ally McBeal. Romantisch, spleenig, freiheitsliebend – und dünn. Wie sagt sie noch zu George Peppard, diesem farblosen blondhaarigen blauäugigen Bürschchen? »You must not give your love to a wild thing!« So oder ähnlich.
Wie viele Mädchen haben seitdem ihr Parfüm im Briefkasten depo-

niert, ihr Telefon in der Kleidertruhe, ihre Katze Katze genannt, sind in Schubladen gestiegen, um Schnaps vom Regal zu holen, haben die Haare toupiert und ein Tuch drübergebunden und reitgertenlange Zigarettenspitzen benutzt und die Augenbrauen buschig wachsen lassen so wie Audrey Hepburn?
Viel New York sieht man nicht, die Fifth vor Tiffany natürlich, ein Stück Central Park und das Haus, in dem Holly und Fred/Paul wohnen. Upper West Side? Das ansonsten so gut informierte Buch **Manhattan on film** von Chuck Katz gibt keinen Aufschluss darüber. Ansonsten viele lustige Rückprojektionen und die schön-kitschige Musik von H. Mancini, Moonriver & Co.
Kein Top-Ten-Film. Aber einer für die Top Hundert.
Jerry Springer zeigt »Hedonism II« mit dicken Nackten am Strand.
Mit meinem Roman geht es nicht weiter (ein Satz seit einem Jahr, und selbst der taugt nicht viel) und Tuuschugrrieetsch freut sich, dass der Sommer bald vorbei ist, das sieht er daran, dass sich das Licht ändert.
Gestern Scott Stringer kennen gelernt, Bügermeister-Anwärter oder nee, irgendein anderer Anwärter, gerade als ich mit meinem Verlobten Robert de Niro auf dem Weg in den Central Park war, um dort wilden romantischen Sex im Freien zu haben (Augenzeugen: 1 Ratte, 1 Cop). Daher nur kurzes Händeschütteln. »It's a big year in city politics, and not just because of term limits«, rief Scottie uns noch nach und Bob sagte Yeah und nix wie weg und Verkehrli.

16.08.01 EIN WIRKLICH ABGEFAHRENER ABEND

Mit Heike »um die Häuser gezogen« (irgendwann muss ich ja mal rausfinden, was das ist). Also, Heike hat mal hier gelebt und ist

jetzt zu Besuch da und kennt ganz viele Stellen, wo Parties sind, und Leute, die Poetry Slams machen, oder Leute, die Leute kennen, die Poetry Slams machen, oder eben zum Teil die Poeten selber.
Also, Heike nimmt mich mit zu einer Party und ich kündige gleich an, dass ich eventuell komme, aber dass es sein kann, dass ich einen soziophobischen Anfall kriege und mich auf den Boden setze und immer so mit dem Oberkörper vor und zurück schaukle.
Ich also skeptisch hin in ein Viertel, welches Meat Packing District heißt und wo morgens um vier überall Schweinehälften hängen sollen, die man glücklicherweise abends um 9 nur riecht und ahnt.
Die Kneipe heißt FRESSEN und man muss mit dem Lastenaufzug in ein hippes Party-Irgendwas, wo Heike einige Österreicher kennt, die sowohl mit Banken als auch mit Kunst zu tun haben, mit welcher, ist mir entfallen, aber nett, nur zu FRESSEN gibt es nix.
Dies nur das Vorgeplänkel, denn um 11 holt uns Bob ab. Bob ist ein Poetry Slam Veranstalter, lebt in TriBeCa, um die fünfzig, Filzhut, Jeep und gute Laune. Bob fährt mit uns in die Bronx, zum Grand Concourse, durch den ich neulich mit zitternden Knien und Kreditkarte im Schuh gewandert bin.
Heike und ich also mit Bob in der Bronx, als wären wir jede Nacht dort unterwegs, Bob will dorthin, weil ein Freund von ihm, Papa Suso, eine Party macht. Papa Suso ist mal bei Bob aufgetreten, beim Poetry Slam, von dem mich hoffentlich nie einer fragt, was das genau ist, aber es ist was Gutes, Künstlerisches, Hippes.
Papa Suso wartet schon. Er sieht aus wie Rudi aus der »Galerie Bremer«, Fasanenstraße, Berlin-Charlottenburg, nur dass er so ein weißes seidenes Käppchen auf hat und ein weißes bodenlanges Gewand an. Bob und Papa Suso begrüßen sich ausgesprochen herzlich und nun geht es in eine Privatwohnung, in welcher sich ungefähr fünfzig prächtig gewandete sehr schöne tiefschwarze gambische Frauen aufhalten, sowie einige gambische Kinder, die

immer mit mir High Five machen wollen. Riesen-Tanzparty, aus religiösen Gründen kein Alkohol, und in der Küche gibt's Fleisch und Fischpasteten und Nudeln und Reis, nur keine Gabeln, und ich weiß jetzt nicht, ob die linke Hand, die bei den Äthiopiern die Nicht-Ess-Hand ist, vielleicht bei den Gambiern grade die Ess-Hand ist. Ich überlege kurz, ob es Zeit für meinen soziophobischen Anfall ist, verwerfe den aber dann und esse einfach mit beiden Händen, weil Hunger.

Die gambischen Frauen haben Gewänder aus knallbunten Gardinen an, Mützen oder Kopftücher aus demselben schrillen Stoff, mit Goldbrokatimitat und Bordüren und Borten und Kordeln und Volants und viel Goldschmuck, bzw. goldfarbenen Schmuck. Jedenfalls kommen Heike und ich dagegen optisch nicht so gut weg, eben fad und weiß und scheiße angezogen. Papa Suso freut sich trotzdem und nimmt Heike und mich herzlich auf, weil wir ja mit Bob gekommen, also Bobs Freunde sind. Und Bobs Freunde sind auch seine Freunde. Papa Suso hat drei oder vier Ehefrauen, die vermutlich anwesend sind, was einer weiteren Eheschließung theoretisch nicht im Wege stünde.

Er ist ein Griot, eine Mischung aus Sänger, Prediger, spirituellem ichweißnichtwas, und es ist noch ein jüngerer Griot da, des weiteren ein Nicht-Griot, der auf ein Baby aufpasst, also drei Männer auf fünfzig Frauen. Der andere Griot, der ein bisschen wie Diether Krebs aussieht, nur eben in Schwarz, kommt jetzt in unsere Richtung getanzt und wurschtelt so vor dem Bauch an seinem raschelnden dunkelroten Gewand rum und lacht und fängt an, mörderisch loszusingen. Bob flippt total aus und swingt mit und klatscht und Papa Suso kriegt auch gleich gute Laune. Jedenfalls singt der Griot sinngemäß, dass Bob all the way down from Manhattan gekommen ist und dass er ein super Typ sei, sein müsse, weil er ein Freund von Papa Suso ist und allein deswegen schon.

Und Bob zieht seine Geldbörse raus und tut dem Griot einen Dollar in die Hand. Hoffentlich geht das gut, denke ich, aber der Griot freut sich und dann kommt eine von den Frauen und fängt auch mörderisch an zu singen, auch was Bob für eine Fachkraft ist und Bob gibt der auch einen Dollar. Dann kommt natürlich noch eine und noch eine und ich ahne schon, was passieren wird, denn jetzt fragt mich die eine Frau, wie ich heiße. Ich sags ihr und sie singt, das nicht nur der Bohohob so toll sei, sondern auch die Ehehehelse, weil die mit Bohohob gekommen sei und Bohohob ein Freund von Papa Suso sei. Das ist, wie ich hinterher erfahre, eine Segnung, aber etwa nach fünf Minuten Segnerei sind meine kleinen Scheine alle und ich gerate ins Schwitzen. Im Augenwinkel sehe ich, wie Bob schon langsam seine großen Scheine rauszieht und mache zur Ablenkung ein paar Runden High Five mit einem gambischen Kind. Dann naht sich der gesungene griotische Segen aber dem Ende und die gambischen Frauen legen eine gambische CD in den CD-Player, der in der Schrankwand steht und tanzen noch ein bißchen, wobei sie kokett die Gewänder schwenken. Ich bin ganz froh, dass mich keiner zum Tanzen auffordert, weil ich kein Gewand zum Schwenken habe. Statt dessen würde ich gern ein Foto machen, aber ich fürchte, dass meine Digi-Camera für die Segnung in Zahlung genommen werden könnte.
Dann bringen wir Papa Suso nach Hause und machen uns wieder auf den Weg nach Manhattan. Erleben vorher aber noch eine größere Polizeikontrolle, bei der die Untersuchten freiwillig die Arme breit machen und aufs Autodach legen, die Beine fast in den Spagat stellen. Es sieht aus, als würde eine Szene für **Bad Lieutenant** gedreht, aber eben ohne Kameras. Bob ist cool (weil gesegnet) und fährt im Schritttempo vorbei.
Das war mein österreichischer Abend in dem Schweinehälftenviertel und meine westafrikanische Nacht in der Bronx.

Nun habe ich einen kleinen soziophobischen Anfall gekriegt, sitze auf dem Boden von meinem Wohnklo in SoHo und schaukel mich mit dem Oberkörper immer vor und zurück, vor und zurück in den Schlaf.

17.08.01 GELESEN:

Erika Pluhar: **Marisa**
Lange habe ich mir diese mir völlig unbekannte Italo-Western-Schönheit angesehen, die auf der ersten Seite prangt. Jeder willkürlich augesuchte Gesichtsausschnitt perfekt. Grüne Katzenaugen, weißgeschminkte aufgeworfene Lippen, Nase edel und gerade. Die Sophia-Loren-Welle. Die Brigit-Bardot-Welle, die Lollo glotzt auch mit durch.
Aber will ich ein Buch über die Frau schreiben? Ich kann ihr Leben hersagen, ohne jemals von ihr gehört zu haben: hoffnungsvolle sexy Filmschönheit, dann Suff, Verfettung, falsche Ratgeber, Erfolglosgkeit, Armut. Es gibt unzählige dieser Fälle.
Pluhar schreibt (von Stil her manierlich, vom Tonfall her bescheiden, fast zu bescheiden) über ihre über dreißigjährige Freundschaft zu Marisa Mell. Mell bleibt blass, über Pluhar wüßte man gern mehr. Im ersten Drittel des Buches kommt mir diese Freundschaft eher vor wie eine zur Freundschaft aufgeblasene Bekanntschaft, angereichert durch Pluhars Marisa-Träume. Alle paar Jahre ruft Marisa an, aber als ihr ein Unfall das Gesicht entstellt und auch später, wenn es ihr schlecht geht, sie auf einen Befund wartet, rührt sich Pluhar nicht, weil sie eben eigene Sorgen hat. Menschlich. Allzumenschlich. Aber Freundschaft?
Erst am Ende des Buches, als es ans Sterben geht, wachsen beide über sich selbst hinaus. Eher wäre besser bewesen.

17.08.01 RDN

hat heute Geburtstag. Ich habe mir für meinen Spatz was ganz Besonderes ausgedacht:
Gleich nachmittags nach dem Kaffetrinken mit dem de-Niro-Clan, den ich ja schon von unserer Verlobung her kenne, also wenn die anderen alle weg sind, komme ich im gambischen Gewand angewackelt, mit Turban und einem ganzen Blech Streuselkuchen. Erst singe ich ihm ein Lied vor und tanze ein bisschen und segne ein bisschen, dann darf er uns alle beide vernaschen.

18.08.01 NEU IN MEINEN MOVIE TOP TEN

The Taking of Pelham One Two Three von Joseph Sargent, USA 1974
Dafür fliegt raus: **Sue** von Amos Kollek, hier noch mal gewürdigt: Anna Thomson spielt Sue, eine traurige, verzweifelt schöne Frau, die nicht alt sein will und nicht allein. Sie lebt in einer kleinen Wohnung in Manhattan – allein, ohne Arbeit. Sie liebt den Holly-Golightly-Look mit Turmfrisur, Kopftuch, Sonnenbrille, Kurzmantel. Sie trinkt, sie fickt, sie läuft durch den Regen. Sie spricht fremde Menschen an und drängt der Frau von der Telefonauskunft ein Gespräch auf. Sie lehnt Hilfe ab, sie lehnt Liebe ab, aber jedes Nein ist ein Schrei quer durch die endlosen Häuserfluchten von New York. Ich glaube, sie hat Collagen unter den Jochbeinen und aufgespritzte Lippen, auf jeden Fall aber sind Silikonimplantate in ihren Brüsten und wer weiß, ob die Nase noch original ist. Ihr Gesicht sieht aus wie neu geschnitzt, ganz ohne Not. Verschlimmbessert, nennt man das.
Irgendein Schönheitschirurg hat sie um einige Tausend Dollar

ärmer gemacht und gesagt: »You look so great!« Was ist das für eine Frau, Sue, die auf Wunsch einem fremden Bettler ihre Brüste zeigt, die ihre Telefonnummer auf Zeitungsränder schreibt und keinen Job kriegt, obwohl sie klug ist und eloquent oder weil sie das Kainszeichen hat auf ihrer runden weißen Stirn?
Gehetzt wirkt sie, unruhig, wahllos in der Wahl ihrer Gesellschaft. »Bisher hat mich noch jeder verletzt«, sagt sie. »Es liegt an mir, ich bin eben so verletzlich.«
Amos Kollek sah, wie eine junge Frau einem alten Mann ihre Brüste zeigte. Und machte einen Film über New York, über die Einsamkeit, das Älterwerden und die verdammt schwierige Sache mit der Menschenwürde.

19.08.01 SUBOTNIK BEIM **AUFBAU**

Ausmisten beim Aufbau. Nee halt! Kommando zurück! Ausmisten klingt nach Mist. Im Aufbau gibt's aber keinen Mist. Im Aufbau ist alles historisch. Allerdings ähneln sich im Aufräum-Angang beide frappierend, das historische Relikt und der olle Mist – sie sind staubig.
Im Rücken blicken finster/bedeutend/renommiert die drei Weisen aus dem Gesternland: Thomas Mann, Albert Einstein, Franklin D. Roosevelt. Folgende Einwände irrlichtern durch den mit schwer tragenden Regalen überfrachteten Korridor und machen das Wegschmeißen schwer bis unmöglich: »... dem Leo-Baeck-Institut vermachen« – »das gehört aber Anja« – »Das müssen wir aufheben, falls das mal einer braucht« – »Da greift der Andreas aber gerne hinter sich und zieht ein Buch raus« – »Da legen wir die noch zu besprechenden Exemplare immer drauf, als Erinnerung« – »Da müssen wir erst den Hausmeister fragen, ob man die alten Neon-

röhren einfach so wegschmeißen kann« – »Das da hinten auf dem Fensterbrett sind aber Monikas private Sachen« – »das MÜSSEN wir aufheben« – »Das ist historisch« – »Das sind die Computer-Kartons, falls wir die Geräte mal einschicken müssen« – »Telefonbücher sollte man auch ein paar alte dahaben« – »In den FAZ-Feuilletons aus den 90ern sind immer so schöne Artikel drin« – »Die Mäntel hängen hier, falls es mal kalt wird« (statt »Mäntel« kann man auch beliebig »Schuhe«, statt »Mäntel/kalt« auch »Schirme/Regen« oder »Anzüge/Empfang« einsetzen).
Ein Blick in die Schaltzentrale der »wichtigsten Zeitung, von der Sie noch nie gehört haben« (Jerusalem Report über **AUFBAU**) lässt den aufräumwilligen Praktikanten schon im Vorfeld verzagen. Schon unzählige Aufräumer sind hier im Vorfeld verzagt, viele davon im Nachhinein verzweifelt, denn wie durch ein Wunder wächst über Nacht das Weggeräumte wieder nach. Bleibt die Frage: wer gießt heimlich die Papierberge und macht sie wieder wachsen?
Der Zahn der Zeit könnte schuld sein. Aber der muss schon für alles herhalten, so lange es die Menschheit gibt. Mittlerweile dürften der Zeit die Zähne langsam mal ausfallen.
Immerhin. Die Topfpflanzen hat irgendwann keiner mehr gegossen. Früher, unter Henry »der Legende« Marx, sah das Aufbau-Büro aus wie ein Gewächshaus. Das sah ich in einem Dokumentarfilm. Nun hat offenbar das Papier gesiegt: Berge von Büchern und Papieren türmen sich auf Tischen, Beistelltischen, in Kartons, auf Fensterbrettern und Regalen, auf Aktenschränken, Aktenschränken, Aktenschränken sowie darin, davor, dazwischen, darunter.
Und das soll nun weg oder anders oder nicht oder was?
Zögerlich, Beschluss fassend, verwerfend, die Ärmel hoch- und wieder runterkrempelnd. Ich wär' dann soweit! Wann geht es los? Jetzt!

Okay, jetzt. Und wo?

Tja wo? (Und die Mutter blicket stumm/Auf dem vollen Tisch herum.)

Im Flur! Im Flur geht's los! Da im Regal haben wir letztes Jahr aufgeräumt, die beiden unteren Fächer. Das darüber ist vor fünf Jahren aufgeräumt worden, das vorletzte oben vor zehn Jahren, aber ganz oben war schon seit zwanzig Jahren keiner mehr.

Ha! Das klingt nach Schatzsuche, Gralshebung und Staubaspiration vom Feinsten! Da will ich hoch, hoch hinaus, mit der wackeligen Leiter, mit Putzschwamm und Gefallsucht, die nach langem schmerzvollen Ringen über die Fallsucht siegt. Hinauf! Da gibt's kein Halten mehr! Mappen heruntergereicht, Kisten über Kisten über Kartons, Wollmäuse fallen wie Sterntaler vom Himmel, nur mehr und langsamer, fallen auf Schreibmaschinentische ohne Schreibmaschinen, auf »50 Jahre Aufbau«-Kataloge, auf die Abonnenten-Kartei, von welcher »aus unerfindlichen Gründen« alle Ausdrucke aufbewahrt worden sind, auf Kisten mit Jubiläumsausgaben und jüngere Jahrgänge, fallen auf weitere putzende Praktikanten, von denen einer bei Cola und Kuschelrock mit dem Teppichmesser durch die alte Auslegware fährt wie ein Metzger durchs Rind.

Heute ist ein historischer Tag, heute wird der alte Teppichboden rausgerissen, unter dem sich noch älterer Teppichboden befindet, auf dem berühmte Füße gegangen sind, ratlos, geschäftig, stockend, stampfend. In guten Schuhen, abgelaufenen Schuhen, zu engen Schuhen, robusten Schuhen: Manfred George, Hannah Arendt, vielleicht auch Einstein, der hat ja drüben in Princeton gewohnt, Thomas Mann eher nicht, der lebte ja in Kalifornien (oder doch?, denn er war im Aufbau-Beirat, wie Lion Feuchtwanger auch und ...) — Aaah! Hier atmet Geschichte. Was macht's, wenn man davon eine Staublunge kriegt?

Da darf man eigentlich nix wegschmeißen! Gar nix! Das wäre Fre-

vel, Sünde, Hühnerkram. Da darf man nur behutsam ändern, Änderungen vornehmen, die niemandem wehtun, keinem Leser wehtun, keinem Toten wehtun, höchstens einem Teppich und einem Staub.
Da! Ein Rolodex-Telefonregister, das noch die Telefonnummer von Hannah Arendt enthält (falls jemand anrufen will: die Telefonnummer steht in der New York Times vom 23.6.2001, aber es wird niemand zu Hause sein). Aufheben? Wegwerfen? Dem Leo-Baeck-Institut ...?
Wer will, darf, wer kann das entscheiden?
Und da! Spendenquittungen, falls mal die Steuer kommt. Aufheben!
Und hier! Alte Zeitschriften, falls man mal in alten Zeitschriften blättern will, Sütterlin-Briefe von Lesern, die längst gestorben sind, schwer zu definierende Dokumente in beeindruckenden Ledermappen, die feucht abgewischt und wieder ins Regal gepackt werden.
Aufheben!
Mal versteigern? Ein Aufbau-Museum machen? Verschenken? An Leo Baeck? Eines Tages werden sie wertvoll sein, heute und morgen vielleicht noch nicht, aber in hundert Jahren, wenn der Aufbau immer noch wacker gegen Staub und Vergessen, fürs Erbe und ums Überleben kämpft. Wenn neue Enthusiasten hier sind, die für kein oder wenig Geld viel oder sehr viel arbeiten, nächtelang, ohne Urlaub, ohne Pausen arbeiten und Zeitung machen und Abos verkaufen und Geschichten redigieren und immer neue Praktikanten einweisen, immer von vorn und für kurz, die Schoko Mousse vom Fairway holen und streiten, wo am Produktionsmontag Essen gegangen wird.
Aus den Briefumschlägen, die wir an diesem Tag aus Kartons holen, kann man eine Kette tackern, einmal zum Mond, drum herum und zurück. Eine Briefkette. Eine Kettenbrief-Aktion um die Welt, im Namen des Aufbaus, weltumspannend, traditionsbewusst, immerhin wurde diese Zeitung in ihrer Blütezeit in über

dreißig Ländern gelesen, Argentinien, Brasilien, Australien, Südafrika, Großbritannien, Deutschland natürlich, Frankreich, Israel auch, früher gab es eine große jüdische Kolonie in Shanghai und auf den Philippinen und auf Kuba, besonders stolz ist der Aufbau auf eine über 90jährige Leserin aus Simbabwe. Eine Briefumschlag-Kette um die ganze Welt. Aufheben! Alle Bände sind seit dem Gründungsjahr 1934 in doppelter Ausführung gebunden vorhanden, die alten völlig zerschlissen, denn das Papier war sehr schlecht in den 30er 40er Jahren, die Wartung ließ auch zu wünschen übrig. Alles aufheben! Auch den Hanukkah-Leuchter ohne Leuchten. Irgendwo sind die Leuchten und wenn wir den Leuchter jetzt wegwerfen und nachher die Leuchten finden …
Traurig warten vergilbte Kartoons, sich von Aktenschränken wegbiegend, von morschem Tesaband gehalten, auf das Ende der Sieben-Tage-Woche. Weg damit! Runterreißen! Halt! Nein! Das sind Erinnerungen! Da wohnt der Geist der alten Aufbau-Redakteure! Merkwürdig nur eines. Nach mehrstündigem engagierten Ausdünnen des aktuellen Bestandes stehen große Papierstapel neben dem Lastenaufzug im Flur der Büroetage des vierten Stockes, die Karate-Kämpfer dürften Schwierigkeiten haben, zum Klo zu kommen, der Hausmeister wird die Hände über dem Kopf zusammenschlagen und möglicherweise fluchen oder weinen – trotzdem sieht im flirrenden Licht der Abendsonne das Büro aus wie immer. Gemütlich, irgendwie 50er, nach Arbeit – und brechend voll.

19.08.01 GELESEN

Max Goldt: **Der Krapfen auf dem Sims**
Also, Herr Goldt! Obwohl mich Sibylle Berg zuweilen zärtlich »Medienfotze« nennt, womit sie vermutlich Recht hat, stimme ich

Ihren Überlegungen zum Thema Zynismus/Sarkasmus vollends zu (das Prädikat »herrlich zynisch« hat mich schon fast in die Inkontinenz getrieben).
Des weiteren stelle ich fest, dass Sie im oben erwähnten Buch über den Film **Sue** schreiben, den ich erst gestern hier im Tagebuch behandelte, und über den ich in Büchern bisher nichts gelesen habe. Koinzidenz?
Außerdem haben Sie offenbar vor zehn Jahren eine gewisse Else aus der DDR rausgeheiratet, von der Sie inzwischen geschieden sind, was Ihnen eine gewisse Routine im Else-Heiraten und von-Else-Scheiden-lassen verleiht.
Jetzt komm ich zum Punkt: Vorhin hat Robert de Niro sich erst beschwert, dass ich den ganzen Tag lese und dabei Gefillte-Fish-Rülpse mache, dann hat er meinen »singenden Rabbi« runtergeschmissen. Ich habe also mit sofortiger Wirkung die Verlobung mit de Niro gelöst und wäre nun für Sie frei. Hoffe, Tex Rubinowitz teilt Ihnen das beizeiten mit.

19.08.01 NACHSATZ ZU GOLDT

Nachdem ich nun weiß, dass Max Goldt der Schreiber der herrlichen Lieder »Wissenswertes über Erlangen« und »Königin mit Rädern untendran« ist, bin ich bereit, seinen Vorschlägen bedingungslos zu folgen.
Daher verhänge ich über mich eine Interview- und Fernseh-PR-Auftritts-Sperre. Mit einer Ausnahme. **Zimmer frei**, da hab ich schon zugesagt.

19.08.01 EINE STUNDE GEWEINT

nach dem Empfang einer e-mail von meinem Leser Max:

»Tut mir ehrlich leid, daß es mit Ihnen und Herrn de Niro nicht mehr so klappt. Den Else-Bonus bei meinem Namensvetter Max Goldt sollten Sie vielleicht nicht überbewerten, denn Max Goldt ist nach landläufiger Meinung – und eigenem Bekenntnis – schwul. Der alte Sack.«

20.08.01 CHELSEA

Wenn man am Flatiron, also dort, wo sich Fifth Avenue und Broadway kreuzen, immer nach Westen geht, immer die 23rd street lang, dann kommt man nach Chelsea.
Dort habe ich heute eine Bekannte aus Zella-Mehlis besucht, die mit ihrer Familie in den **London Terraces** wohnt, einem riesengroßen Haus aus roten Ziegelsteinen, dass sich von der 23rd bis zur 24th zieht, mit x Aufgängen und x Stockwerken zwischen der 9. und 10. Avenue. Sehr beeindruckt war ich vom Doorman, vom selbstgebackenen Nusskuchen und der Aussicht, die sich mir bot, als wir auf die Dachterrasse gegangen sind.
Hier wohnt Blondie, die Legende, und ein mir unbekannter Schauspieler namens Waterstein aus der mir unbekannten Erfolgsserie **Law and Order**. Von dort machte ich auch ein investigatives Foto vom Penthouse von Susan Sontag, welches gleich neben dem Penthouse von Annie Leibowitz liegt. Aber das Penthouse von Annie Leibowitz steht meist leer, sagt das Gerücht, weil Annie meist bei Susan wohnt. Ein weiteres, noch aufregenderes Gerücht sagt, dass Annie inzwischen schwanger ist, aber nicht von Susan,

sondern von Susans Bruder, aber das ist, wie gesagt, nur ein Gerücht und Gerüchte stimmen oft nicht, aber sind sie deshalb weniger schön?
Hiob, der inzwischen ein Alien geworden ist, zog es vor, bei der Tochter meiner Freundin zu bleiben, so dass ich mir mit einer McDonald's-Mini-Barbie als Maskottchen behelfen muß.
Merkwürdige Dinge gehen vor innerhalb meiner Amerikanisierung: aus Hiob wird ein Alien, aus dem Alien wird eine McDonald's-Barbie. Ich trinke Cola und Bier neuerdings, und zwar fast ständig. Und überlege, wie man endlich das metrische System einführen kann in diesem Land, denn das ist ja kein Zustand mit diesen miles und feet und inches, gallons, quarts und pints, pounds und ounces.
Auf dem Rückweg ereilt mich ein sintflutartiger Regenfall, aber wirklich, also nicht das, was man in Deutschland sintflutartigen Regenfall nennt, sondern richtig doll. Das erkannte ich daran, dass es mir erst im fünften Anlauf gelang, die überschwemmten U-Bahn-Stufen hinauf ans Tageslicht zu kommen, woraufhin ich bis zu den Oberschenkeln klitschenass war. Dann durch Sturzbäche auf Straßen, was nicht schlimm war, da Schuhe und Hose ohnehin hinüber. Die in den Hausfluren Schutz Suchenden männlichen Amerikaner fanden meinen Regenmarsch toll, was sie durch schrille Pfiffe deutlich machten, denn klitschnasse Frauen – sowas gefällt dem Ami. Da freut er sich.
Dann einen Schirm für 15 Dollar gekauft, welchen ich beim letzten Regen aus Hochmut für fünf Dollar mit dem Argument »too much« abgelehnt hatte. Lehrgeld. In Amerika zahlt man jeden Tag Lehrgeld.

20.08.01 GELESEN:

Elena Lappin: **Natashas Nase**
erscheint im September bei Kiepenheuer & Witsch
Meine Besprechung im nächsten **AUFBAU** (ab 30.8.).

21.08.01 EIN VERGLEICH

Gefilte Fish von Mother's kostet bei Fairway 4 Dollar 99. Er ist old fashioned und es ist no sugar added. Er enthält sechs Stück in jelled broth. Deckel hellblau, Etikett hellblau mit pink und gelb. Schmeckt gut, für meinen Geschmack vielleicht etwas zu wenig süß.
Preiswerter (3 Dollar 99) ist Gefilte Fish von Rokeach – friends of the family, old Vienna style, delicious sweet recipe. Der ist wirklich lecker, ich esse am Tag ein ganzes Glas (6 pieces, 680 grams) auf.

21.08.01 EINE AMERIKANISCHE BAHNFAHRT

Merkwürdigerweise muss ich in amerikanischen Zügen öfter an Wim Wenders denken als in deutschen. Nun werden Sie sagen, Sie mussten bisher nie in Zügen an Wim Wenders denken, weder in amerikanischen noch in deutschen. Kann ich nur sagen: Aber ab jehetzt!
Heute reiste ich nach White Plains (Metro North from Grand Central), wo ich Bekannte von Bekannten besuchte. Als Zuglektüre diente mir Jerofejews **Reise nach Petuschki**, so konnte ich, während ich (nüchtern) im Zug fuhr, lesen, wie jemand (besoffen) im

Zug fährt. Das unterhielt mich wider Erwarten ganz gut und ist vermutlich auch besser als andersrum.
Rumpelzug. Rückwärts fahrend. Kunstledersitze. Weinrot. Nichtraucher. Natürlich. Nichtklo. Leider. Dafür Telefon. Immerhin.
Dann kommt der Fahrkartenkontrolleur und kontrolliert Fahrkarten. Meine gefällt ihm nicht, obwohl sie nicht minder hübsch und rank und schlank ist als die der anderen Passagiere. Aber der Fahrkartenkontrolleur, der Gierschlund, will mir einen Zuschlag aus dem Kreuz leiern. Früher, als ich noch eine freundliche Touristin war, hätte ich die anstandslos gezahlt, dies und mehr. Aber nun, wo ich sogar ein amerikanisches Girokonto besitze, mit gültiger ATM-Card, das ist doch fast schon die Vorstufe zur Social Security Number, fühle ich mich ermutigt, die Maske scheinheiliger Freundlichkeit fallen zu lassen, verzichte fortan auf vorauseilenden Gehorsam, kämpfe um mein Recht. Amis erkennt man daran, dass sie immer um ihr Recht kämpfen. Manchmal, wenn sie einen Zigarettenkonzern verklagen, kriegen sie dann drei Milliarden Dollar, weil sie um ihr Recht gekämpft haben.
Einen Teil des Gespräches mit dem Kontrolleur bestreite ich mit einer kleinen adretten fragmentarischen Gegenfrage, die ich jüngst in der Subway aufschnappte und die mir besser als »mirnixdirnix« gefällt …
Kontrolleur: Das ist nicht das richtige Ticket.
Ich: Which means …?
Kontrolleur: Sie müssen noch zwei Dollar fünfzig draufzahlen.
Ich: Why?
Kontrolleur: Das ist ein Rush-Hour-Zug.
Ich: Which means …? (Damit kann man die Biester echt zur Weißglut bringen).
Kontolleur (augenrollend): Dass es teurer ist.
Ich (in schlichtweg beeindruckendem amerikanischen Englisch):

Well, (actually) das ist genau (exactly) der Zug, für den ich eben am Schalter (basically) eine Karte gelöst habe.
Kontrolleur (sagt was Unfreundliches).
Andere Passagiere ergreifen Partei, manche für ihn, manche für mich. Während eine lautstarke Grundsatzdebatte über die Bahn an sich ins Rollen kommt, klinke ich mich aus, lese weiter, setze meine Reise nach White Plains fort und bleibe ungeschoren.

22.08.01 GELESEN:

Wenedikt Jerofejew: **Die Reise nach Petuschki**
Obwohl Alkoholismus, wie wir alle wissen, nicht sehr vergnüglich ist, ist es immer noch vergnüglicher, einem gebildeten Besoffenen bei seinen Weltbetrachtungen zuzuhören als einem Plumpskopp. Falls man die Wahl hat. Die Sinne von Jerofejews Helden werden durchs Saufen tatsächlich geschärft, leider zerspringt der so entstandene Scharfsinn wenige Sekunden später in tausend Scherben. Danke, Micha Lampert, für diese Empfehlung. Ich hoffe, dass es Ihnen irgendwann gelingt, diesen Film zu produzieren. Die Rechte daran haben Sie ja schon seit vielen Jahren. Und meine Filmrechte wollten Sie auch, gleich mal auf eine Serviette gekritzelt, aber ich hatte sie selber gar nicht mehr.
Danke übrigens auch, dass Sie mir mal auf dem Flug von München nach Berlin sehr geduldig und unter Zuhilfenahme mehrerer Wodkas den Unterschied zwischen einem Trinker und einem Alkoholiker erklärt haben. Den Unterschied habe ich inzwischen vergessen, jedoch habe ich mir gemerkt, dass Sie ein Trinker sind und keinesfalls ein Alkoholiker.
Leseprobe: »Weil ich seelisch krank bin, das sieht man mir nur nicht an. Weil ich, seit ich mich erinnern kann, nichts anderes tue,

als seelische Gesundheit zu simulieren, jeden Augenblick; und darauf verschwende ich meine ganzen Kräfte (restlos alle), die geistigen, die physischen und alle sonstigen. Daher kommt es, dass ich so langweilig bin. Alles, worüber ihr redet, alles, was euch tagtäglich beschäftigt, ist mir unendlich fremd. Ja, und darüber, was mich beschäftigt, darüber werde ich nie und niemandem ein einziges Wort sagen. Vielleicht aus Angst, für verrückt erklärt zu werden, vielleicht aus sonst einem Grund, jedenfalls – kein Wort.«

Peter Bichsel: **Kindergeschichten**

Seit ich in meiner Tagesspiegel-Kolumne (die im Übrigen mit sofortiger Wirkung eingestellt ist) nach dem Mann fragte, der die Namen der Gegenstände verwechselt und fast fünfhundert (sic!) Zuschriften bekam, gleichen Tenors: »Sie kennen Bichsel nicht? Den kennt doch jedes Kind?«, seitdem liegt das Buch bei mir rum und heute durfte es mich nach Washington Heights zum Interview mit Hilde Slager begleiten, denn es dauert lange, fast 200 Straßen hoch zu fahren und zurück. Sehr sehr schönes Buch mit sehr sehr einfachen und trotzdem (und deswegen?) klugen Kindergeschichten.

23.08.01 DIE SACHE MIT DEN ZÜGEN

ist hier gar nicht so ohne. Es gibt die Nördliche Linie, die Long Island Railroad und noch x andere Zugsysteme, natürlich mit getrennten Fahrkartenschaltern, manchmal sogar mit separaten Bahnhöfen (Penn Station, Grand Central). Die Bahn, mit der ich morgen fahre, heißt so ähnlich wie die Donkosaken, so wie Kojack, Kasack, Kanack Attack, wartet mal, Amtrak. Genau, könnte auch eine russische sein. Ich also gestern eine halbe Stunde am falschen Ticketschalter gestanden (Long Island Railroad), dann am

richtigen verzweifelt (sibirische Menschenschlangen, passend zum Amtrak-Sound), dann im Schweiße meines Angesichts am Automaten (los, komm schon, steck sie rein, deine Kreditkarte, steck sie tieeef rein) ein Hin- und Rückticket nach Connecticut gekauft (42 Dollar pro Fahrt), um zu Hause festzustellen, dass dieses Ticket praktisch immer gilt, außer freitags und samstags in der von mir geplanten Zeit zwischen 11 a.m. und 11 p.m.
Die nächste Auseinandersetzung mit dem nächsten Zugkontrolleur ist also schon vorhersehbar: Morgen. Auf dem Weg zu Badestrand, Landidyll und Indianercasino.

23.8.01 DIE SACHE MIT DEN ALTEN FRAUEN

Hab noch nie so viele stolze schöne alte Frauen gesehen wie hier in New York. Alt im Sinne von alt. Also richtig gealterte, die sich trotzdem schön machen, ohne sich jünger zu machen. Dicke schwarzhäutige, mit engen T-Shirts und weißen Haaren, die Gospels summen in der U-Bahn. Damenhafte weißhäutige Upper-West-Side-Ladies,die nicht ohne passendes Hut-Make-up-Kostüm-Ensemble in den Supermarkt gehen. Künstlerinnen mit weiten Leinenkleidern, langen Ohrringen und grauem Bubikopf. Sicher ist es hier genauso schwer wie anderswo, alt zu werden, vielleicht auch schwerer, im Land des Liftings. Aber die taffe Stadt New York bringt eine taffe Spezies von alten Frauen hervor, kämpferisch, die in Turnschuhen auf den Broadway laufen und nach einem Taxi pfeifen. Die einem zudringlichen Bettler schon mal eins mit dem Stock versetzen, die schimpfen können wie ein Rohrspatz und indigniert sein wie eine richtige Dame, alles auf einmal.
Ich sehe Omas, die sich blind und/oder lahm ins Café tasten, sich einen doppelten Espresso in den Pappbecher füllen lassen, sich

vor die Tür auf die Bank setzen und eine rauchen. Ich sehe Omas, die angstlos durch die Nacht humpeln, schlurfen, schreiten.
Ich sehe Schmuck, Schminke, rote Fingernägel, die gar nicht den Eindruck der Jugendlichkeit vermitteln, die vielmehr sagen: Schaut her, ich bin alt, und ich finde, das mir das steht. Faltige Hälse werden nicht versteckt. Krampfadern werden nicht versteckt. Kein Figurfehler wird hier kaschiert. Oder kommt mir das nur so vor? Jedes einzelne Accessoire ist ein Ausdruck von Lebensfreude und Stärke. Die New Yorker Omas, die lass ich jetzt einfach mal hochleben! Und singe in Abwandlung von Sinatra: Wer es hier in New York schafft, alt zu werden, der schafft es überall.

24.08.01 AUSFLUG IN DIE SOMMERFRISCHE

Eine der FAQs ist, ob ich schon am Strand war. So, ihr Lieben, ich kann Vollzug melden. Heute war ich am Strand. In **Watch Hill** in **Rhode Island**, mit einer glücklichen und braun gebrannten Familie aus Connecticut.
Freilich, ich hab mich ein wenig quergestellt, ein wenig bitten lassen, bin schließlich vierfach überstimmt worden und saß am Strand, finsteren Blickes, trotzig der schönen Aussicht den Respekt verweigernd, saß da auf einem Königin-Mutter-Stühlchen unter einem regenbogenfarbenen Sonnenschirm, alle Sachen noch an, Schirmmütze auf, Sonnenbrille auf, demonstrativ am Buch hängend.
Ich meine: Zum einen bin ich schrullig, zum anderen so etwas nicht gewöhnt. Man will ja nicht gleich am ersten Tag eine Überdosis Horizont. Keiner will das.
Und dann dieses Wasser. Ich meine, das macht solchen Lärm. Da ist ja die Autobahn neben dem Haus meiner Tante Hilde nix dagegen. Und immer Redundanzen. Welle hoch, Welle runter. Man wird

ja ganz blöde davon. Oder leer im Kopf und offen für Neues. Das wird die Zukunft zeigen.
Es stellte sich jedenfalls keine spontane Beeindruckung ein, obwohl das ein sauschöner Strand sein soll, woraufhin ich an die Geschichte von Moritz Rinke dachte, die über die beiden Philosophen, die auf einem Berg sitzen und den Sonnenuntergang sehen und nix dabei fühlen. Dafür haben sie verschiedene philosophische Erklärungen, die ich jetzt vergessen habe. Ich kann mich nur noch daran erinnern, dass sie zum Schluss ein Polaroid vom Sonnenuntergang machen und über der Betrachtung desselben in Tränen ausbrechen. Die braun gebrannte Familie ging dann ins Wasser und spielte Kooshball und buddelte im Sand und machte sich so lecker und athletisch und fotogen in allem, dass ich anhub, sie zu fotografieren und dafür meine ganze Aufmerksamkeit und Leidenschaft benutzen musste. Wie froh ich war, endlich am Strand gewesen zu sein. Und wie froh aber auch, diesen am späteren Nachmittag wieder verlassen zu können.
Um das Gleichgewicht wieder herzustellen, durfte ich abends einen Wunsch äußern. Also fuhren wir ins Indianercasino. Das heißt **Foxwoods** und ist ein Kracher. Aus verschiedenen Gründen. Einmal, weil die Indianer so schlau waren, die spezielle Gesetzgebung in ihren Reservaten gewinnbringend zu nutzen, auch mitten in einem Staat wie Connecticut, wo das Glücksspiel verboten ist. Also entstand die größte einzelne Spielhalle der Welt. So groß, das Zubringerbusse die Spielwilligen aller Länder von den Parkplätzen ins Casino transportieren müssen. Die, die kommen, sind immer etwas schwerer und reicher und fröhlicher als die, die gehen.
Ein Riesengebäude mit vielen lichtgleißenden klingelnden rasselnden Räumen, in welchen unbewegten Gesichts viele hochbetagte Spielsüchtige sitzen, die sich schon lange nicht mehr freuen oder ärgern können ... In den unendlichen Weiten der Automatenhallen

löste das Geräusch der schweren Dollarchips, die in die Auffangschale prasseln, eine Sehnsucht aus (merkwürdigerweise ebenjene, die beim Betrachten des Horizonts und Lärmen des Ozeans ausblieb) ... wovon sprach ich? ... ach ja, eine Sehnsucht. Irgendeine. Irgendwo gewinnt immer einer. Rechts von dir. Links von dir. Vor dir. Hinter dir. Nur du nicht.

25.08.01 SCHEMITZUN

Ich fand ja erst, dass das jiddisch klingt, aber das muss indianisch sein. **Schemitzun** ist ein riesengroßes Indianerfest, gibt's einmal im Jahr, fünfhundert Stämme tanzen hier. Ich also hin.
In einem monströsen Zelt tanzen Männer und Frauen von 500 Indianerstämmen zu monotonen Rhythmen und traurig geschriebenen (etwas kaströs klingenden) Kriegergesängen. Federn, Schellen, halbnackte Körper, bemalte Gesichter, weiche Mokassins (Fußstreichler, mit Perlen besetzt). Jeder trägt an der Hüfte eine Pappnummer, denn der schönste, der hoheitsvollste, der beste Tänzer gewinnt ein Preisgeld. Jeder von den Indianern braucht dieses Preisgeld dringend.
Ich betrachte die Indianer, die Männer mit federbespannten Lederkostümen, Plastik und echt gemischt, wie riesige träge schwere wütende Urwaldvögel, ich sehe ihre gemeißelten Häuptlingsgesichter, sehe alte weißhaarige Frauen mit Dutt, aber auch dunklere Hautschattierungen, auch blonde Haare, auch blaue Augen. »That's what Indians look like today«, sagt eine Frau, eine der wenigen Weißen, die hier sind, um sich an dem Spektakel zu erfreuen.
Wie sie aussehen, sehe ich selbst. Aber was fühlen sie? Den Verlust ihres Landes? Sich zur Schau gestellt? Treibt sie die Armut hierher? Oder die Sehnsucht, mit anderen, mit Gleichen zusam-

men zu sein, zu singen, zu tanzen? Geraten sie in Verzückung, in Trance, wenn sie die Trommelklänge und Lieder ihrer Ahnen hören? Wird dieser kleine rausgeputzte Indianerjunge (denke an die Bücher meiner Kindheit ... **Blauvogel** ... **Zauberer der Smaragdenstadt**. ... Das eiserne Büffelchen...). Ist dieses lächelnde Baby dort auf dem Schoß des ekstatisch trommelnden Indianervaters in einer untergehenden Kultur geborgen, ist es glücklich, gut aufgehoben oder bloß taub?

Und was singen sie? Wir hassen euch, ihr hässlichen Weißen, ihr Kulturdiebe, die ihr jetzt grinsend am Rand steht und Hirschwurst fresst und unsere Teppiche begrapscht und unsere Schuhe und Mützen und Dreamcatcher, um die ihr feilschen wollt, und die ihr nichts, nicht versteht.

Ist es das, was die Indianer singen?

25.08.01 GELESEN:

Haruki Murakami: **Wie ich eines schönen Morgens im April das 100prozentige Mädchen sah**

Geschichten von Murakami. Er ist für mich ein großer Geschichtenerzähler, weniger ein Romanschreiber.

Leseprobe ohne Kommentar:

»Das Gedächtnis ähnelt einem Roman, beziehungsweise ähnelt der Roman dem Gedächtnis ... Man mag sich auch noch so sehr um eine klare Form bemühen, die Gedanken wandern hierhin und dorthin und verlieren zuletzt sogar ihren Zusammenhang. Als legte man ein paar erschöpfte Kätzchen übereinander. Sie sind lebendig und warm, aber fragil.«

Invar Ambjörnson: **Ententanz**

Vielen Dank an den Mann mit dem Hut aus Köln, der mir dieses

Buch empfahl (oder sogar schickte). Kaufen! Ambjörnson ist ein Guter. Und er wird vielen Lesern mit seinem leicht debilen Helden und dessen Mutti eine ödipale Freude bereiten.

27.08.01 JESUS-BABY UND DIE BLACK BARBIE

Gestern endlich habe ich mich gründlich durch Harlem gegospelt. Lange geplant und nach zwei Monaten New York mehr als überfällig. Als undurchführbar erwies sich das Vorhaben, in den angeblich besten Gottesdienst zu gehen, da dieser bedauerlicherweise auch in allen Reiseführern als bester Gottesdienst aufgeführt ist. Nur Frühaufsteher, die schon am Sonntagmorgen dreihundert andere verpennte europäische Touristen sehen und mit denen in einer Schlange stehen möchten, sei es empfohlen, in die Abessynian Church zu gehen.
Doch auch Masochisten sollten unbedingt hingehen. Ein schwarzer Betreuer rächt sich nämlich gründlich für die widerliche Sklavenhaltervergangenheit der Weißen, indem er alle zehn Minuten rausgestiefelt kommt und rumbrüllt, wir sollen aufrutschen und zurücktreten (abwechselnd) und ja keine Fotos machen und ja nicht den Gottesdienst eher verlassen, denn dieser sei zum Predigen gedacht und ganz und gar keine Touristenattraktion und die hinteren kommen sowieso nicht rein. Das Theater habe ich eine Stunde mitgemacht, interessehalber und sturheitshalber und mit einer Restscherbe von Hoffnung, obwohl ich zu den Hinteren gehörte und folgerichtig sowieso nicht reinkam. Nachdem ich also nicht reingekommen war, wurde ich in einen anderen Gottesdienst umgeleitet, einmal um den Block, Mother's irgendwas, der jedoch keine rechte Stimmung aufkommen ließ, weil er dauernd von weiteren abgeblitzten übelgelaunten Touristen gestört wurde.

Erfahrungswert: Am besten ist es, am Sonntagvormittag durch Harlem zu laufen, die 125. Straße einmal von Ost nach West oder andersrum oder beides oder irgendwo anders lang. Und überall, wo eine Kirche kommt, aus der Gesang erschallt, reingehen! Einfach reingehen! In den kleinen Kirchen singen zwar keine großen stimmgewaltigen Chöre, aber es sind ausschließlich Schwarze da, die einen sehr freundlich aufnehmen und die für niemanden eine Show machen, sondern einfach singen, Halleluja und Jesus-Babe und ähnliches.
Bilder, die geblieben sind: Ein kleiner schwarzer Junge im Anzug, der stolz und ausdauernd, wenn auch nicht taktgetreu auf das Schlagzeug neben der Predigerin haut. Ein nassgeschwitzter Mann an der Orgel, hingebungsvoll, mit geschlossenen Augen. Ein alter weißbärtiger Mann im roten Jackett, vorne tanzend wie ein Derwisch, alle Glieder schüttelnd. Ein kleines Mädchen, das verwundert seine Großmutter ansieht, die in Trance gefallen ist, die mit gesenktem Kopf und zuckenden Armen dasteht, sich wiegend in der Musik. Die Predigerin mit einem hohen Turban auf dem Kopf, Amen rufend (Aimännn!), Amen singend, winkend (die Gemeinde winkt zurück), beide Handflächen gen Himmel hebend (alle tun es ihr nach, ich aber lieber nicht).
Nach dem Gospeln ist Soulfood-essen ein Muss. Da können Sie in Harlem jeden fragen. Einträchtig mampfen Touris und Harlemiten (?) nebeneinander. Schmeckt gar nicht schlecht, wenn man auf alle möglichen Tier- und Fischteile steht. Gut gewürzt jedenfalls. Soulfood-Läden und McDonald's-Filialen sind bestens gefüllt am Sonntagmittag in Harlem. Schwarze Omas, schick gemacht mit goldenen Mützchen und festlichen Kleidern, zuzzeln zahnlos Knöchlein. Black Barbie (aktuelle Zugabe zum Happy Meal) leider in allen McDonald's-Filialen ausverkauft.

27.08.01 EB TESTET AMERIKANISCHE PRODUKTE

Heute: Rugelach
Dieses proppenteure Gebäck (396 Gramm kosten bei Fairway sieben Dollar) erregte mein Interesse, nicht nur, weil es laut Verpackung »old world, revolutionary, creamy, flaky, down to earth, very **Hester Street** and very Columbus Avenue« ist.
Aha. Na denn.
Des weiteren sind Rugelach nämlich »hand rolled in Lower Manhattan«. Das klingt wie mundgeblasen in Limbach-Oberfrohna. Mit den osteuropäischen Juden vor über hundert Jahren hier in Amerika eingetroffen (meine hoffentlich frischer, kalauert EB, während sie die Tüte aufreißt). Mit den Rugelach, so die Verpackung weiter, kamen auch Hoffnungen und Träume. Hoffnungen und Träume – man weiß nicht, was aus ihnen geworden ist. Aber die Rugelach, die sind immer noch da.
Alles koscher, mit extra Siegel. Kartoffelgroße Teigbrösel mit Füllung. Schmecken gut, sehr süß, sehr schwer (down to earth, jetzt versteh ich) und ich kann besonders die mit Aprikosengeschmack empfehlen. Aber nur, wenn man sehr schnell sehr dick werden will.
Weitere Produkttests in lockerer Folge hier in diesem Tagebuch.

29.08.01 ZEITENWENDE

Freunde der Sonne! Die fetten Zeiten sind vorbei. Ich bin in Trauer. Das ist ein Zeichen. Wenn das kein Zeichen ist, mein Leben wieder draußen zu leben, das Netz zu verlassen, woanders hinzugehen, neu anzufangen – oder ganz aufzuhören.
Die Sache ist die: Mein Laptop hat sein Leben ausgehaucht. Ein Fujitsu Lifebook. Er hatte keinen Namen, aber die Katze aus »Früh-

stück bei Tiffany« hat auch keinen Namen und wurde trotzdem geliebt. Drei Tage saß ich händeringend an seinem Totenbett. Erinnerte mich an unsere Ups and Downs, unsere Magic Moments: Wie meine Fingerkuppen über seine Tasten glitten, wie er hochfuhr, unter meinen Händen heiß wurde, wie er sich ins Netz grub, wieder und wieder, wie fleißig er meine e-Mails einfing und auflistete. Wie ich meine Bücher auf ihm tippte. Das ist nun vorbei.
Seine sterblichen Überreste sind in der Gewalt dreier hämischer Chinesen. Ich habe geweint, sie haben gelacht. Mit meinem Laptop entschlummerten alle meine Daten. Der angefangene Roman. Alle Mailadressen, Textfragmente, Kurzgeschichten, Fotos. Das ist ein Zeichen, und es ist nicht schwer zu lesen. Am iMac in der **AUFBAU**-Redaktion schreibe ich diesen Tagebucheintrag, vielleicht ist es sogar der letzte. Ich kann jetzt nicht einfach so weitermachen, als sei nichts geschehen. Danke fürs Lesen (*weint*), danke für die vielen Zuschriften, die mein Laptop mit ins Grab genommen hat, die freundlichen (*weint bitterlich*), euphorischen, kritischen, die bösen, dummen, gemeinen, die perversen (*schüttelt sich*), danke für-

Hier bricht der Eintrag ab. Wir alle machen uns große Sorgen um Else Buschheuer. Telefonisch ist sie nicht zu erreichen. Auch beim AUFBAU weiß niemand Bescheid. Wer hat Else Buschheuer nach dem 29.8. gesehen oder von ihr gehört? Sachdienliche Hinweise bitte an mich. ***Der Webmaster***

31.08.01 XY – UNGELÖST

Sehr geehrter Webmaster,
ich fand Else Buschheuer jüngst in einer New Yorker Nacktputzkartei. Erkannte sie gleich an ihrer **AUFBAU**-Mütze mit dem grünen

durchsichtigen Schirm. Leider ist sie, wie ich erfahren musste, zur Zeit »not available«. In der Hoffnung, Ihnen mit meiner Beobachtung weiterhelfen zu können,
Ihr ergebener Rudi K.

Lieber Herr Walka,
heute habe ich wirklich gute Nachrichten für Sie! Und zwar maile ich die Ihnen direkt aus dem Polo Towers Plaza Internetcafé 3743 Las Vegas Boulevard (Tel: 702/736-4782).
Wie ich gestern Abend mit eigenen Augen erleben durfte, gastiert Else Buschheuer derzeit in einer Gastrolle als weiße Tigerin in der legendären Show von Siegfried und Roy im Hotel »Mirage« in Las Vegas. In der Pause hatte ich kurz Gelegenheit, sie zu sprechen. Sie befindet sich bei bester Gesundheit, sie sieht, wie meine Mutter sagen würde, »wohl« aus, ihr Gesicht unter der **AUFBAU**-Mütze mit dem grünen durchsichtigen Schirm ist relativ rund geworden, da sie, wie sie nicht ohne Stolz berichtete, mehrmals täglich mit putzlappengroßen argentinischen Steaks gefüttert wird. Sie schien mich allerdings nicht zu erkennen, obwohl wir einander bereits mehrfach vorgestellt wurden. An Konversation über Weltgeschehen/Internet/Kulturweltspiegel zeigte sie keinerlei Interesse. Stattdessen hat sie mich gleich als erstes gefragt, ob sie zu dick sei. Ich verneinte, was aber gelogen war (ca. 8 Kilo Übergewicht).
MfG
Christian S.

Lieber Webmaster.
gibt es eigentlich eine Belohnung, wenn man Else Buschheuer findet? Und spielt es eine Rolle, ob tot oder lebendig? Ich habe jedenfalls gestern so mirnixdirnix in South Miami Beach am Strand gele-

gen (da wo nur schöne Menschen und Ottifanten reindürfen). Plötzlich sehe ich, wie Else Buschheuer draußen aus so einem alten Amischlitten, einem Cadillac Eldorado steigt, und auch versucht, aufs Strandgelände zu kommen. Hat sie dann später geschafft. Auf einmal stand sie direkt vor mir, da konnte ich ihre **AUFBAU**-Mütze mit dem grünen durchsichtigen Schirm gut erkennen. Weil ich ein komischer Mensch bin, sprach ich die legendären Worte »Geh mir aus der Sonne« und machte ein Beweisfoto.
Otto W.

01.09.01 XY – UNGELÖST II

Auf CNN kam gerade, dass Else Buschheuer ins Lobster Business eingestiegen ist. Was mich wundert, weil mir meine Tante aus Hamburg vorgestern erzählt hat, dass Else Buschheuer dort (also in Hamburg) an den Litfasssäulen hängt. Vielleicht aber in derselben Sache.
Gruß
ein aufmerksamer Zeitgenosse, der lieber anonym bleiben will

Die Buschheuer soll doch bleiben, wo der Pfeffer wächst.
Roger W.

02.09.01 THE LADY VANISHES

Eine Dame verschwindet
Thriller, Komödie
GB 2001
Gaumont British/Gainsborough

R: Alfred Hitchcock
D: Else Buschheuer, Margaret Lockwood, Michael Redgrave, Paul Lukas, Googie Withers, Cecil Parker, Linden Travers, Catherine Lacey. DB: Sidney Gilliat, Frank Launder
V: (R) Ethel Lina White: The Wheel Spins
K: Jack Cox
M: Louis Levy
97m S/W

Auf der Rückreise von einem Balkanurlaub lernt die Engländerin Iris Henderson (Margaret Lockwood) Miss Busheuer (Else Buschheuer) kennen, eine nette, ältere Dame. Als Iris nach einem Nickerchen im Zug wieder aufwacht, ist Miss Busheuer verschwunden. Fast alle Passagiere im Zug behaupten, Miss Busheuer nie gesehen zu haben. Zusammen mit dem Volksliedforscher Gilbert Redman (Michael Redgrave), der ihr helfen will, durchsucht sie den Zug. Dabei treffen sie neben anderen merkwürdigen Gestalten auf den Gehirnchirurgen Dr. Hartz (Paul Lukas). In seiner Begleitung befindet sich eine Nonne, die eine vollkommen einbandagierte Patientin betreut – Miss Busheuer, wie sich später herausstellt. Der Zug wird überfallen. Miss Busheuer, die in Wahrheit eine Agentin ist, die eine als Kinderlied getarnte Botschaft übermitteln soll, kann entkommen. Der Angriff auf den Zug kann abgewehrt werden. In London treffen Iris und Gilbert, inzwischen ineinander verliebt, Miss Busheuer wieder.

04.09.01 COMPUTER

auferstanden, ich auch, aber daten futsch wer also von mir mails erwartet warum auch immer muss mir zuerst schreiben weil alles verloren keine adressen mehr viel gutes weg viel scheiß und ballast weg und muss man nicht überhaupt ab und zu mal alles wegschmeißen keiner will ein messi sein keiner nein nein das leben ohne computer … ich würde mal sagen mir ist die umkehrung von »aus dem leben gerissen« passiert – bin wieder ins leben gerissen und gefällt mir gut so

hier wird also keine regelmäßige else-sieht-die-welt-schulaufsatz-party stattfinden nur noch flashs nie mehr hausaufgaben mein verstand (auch wenn sie jetzt zweifeln dochdoch) mein verstand ist unversehrt mein vokabular ist unversehrt aber der rest der rest ist im orkus wechwech

was meinen kleinen computer betrifft, so hat er die tödliche virusgrippe überlebt wie durch ein wunder mit des chinesen chins hilfe dem ich von meinem wohnklo in soho aus kusshände zuwerfe

was mich betrifft, so danke ich euch, ihnen, liebe freunde und feinde für die überwältigende anzahl an hinweisen zum verbleib meiner person, alle mails wurden mir von meinem webmaster zugestellt und ich muss sagen null punkte meine lieben ich war weder im lobsterbusiness noch hab ich eine gastrolle in der lindenstraße gespielt noch hab ich mit dem papst eine herrenbudike in wuppertal eröffnet ich war schlichtweg investigativ in der kanalisation von new york unterwegs, das ergebnis lesen sie im nächsen **aufbau**, welcher morgen in einer woche erscheint und jetzt ruhe im karton

04.09.01 GELESEN:

Elke Naters: **G. L. A. M.**

Kann ich, ehrlich gesagt, nicht so richtig was mit anfangen, Elke. Aber warte, jetzt les ich deine anderen Bücher und dann, wenn ich richtig eingegroovt bin, G. L. A. M. noch mal. Vielleicht.

Elke Naters, Sven Lager: **the buch**
Kleine feine Sammlung von kleinen mitunter feinen Texten. Bin noch nicht durch, freue mich aber über Begabtenförderung jeglicher Art (ein kleiner Beitrag zur Weltrettung, wenn Sie mich fragen). Gut und sehr gut fielen mir folgende Autoren auf: Sabine Weber (danke für den Satz »Vielleicht wüde ich ihn auch einkochen und seine Essenz um den Hals tragen« und andere Petitessen). Kathrin Glosch. Britta Höper. Andrian Kreye (danke für den Begriff Dotcoms, falls geklaut, Dank bitte weitergeben). Und Kummers Tom zuweilen.
Banana Yoshimoto: **Amrita**
Da weiß ich jetzt nicht, warum um die kleine Maus mit dem traurigen Nickelbrillen-Autorenfoto so viel Theater gemacht wird. Möglicherweise ein Übersetzungsproblem. Murakami für Arme, sach ich mal. Hat schon was zu erzählen, Banana, aber erzählt es nicht so schön.
Edna Mazya: **Schlamassel**
Ein Liebesroman, sagt das. Aber fucking viel mehr, sag ich. Lassen Sie sich nicht von dem dusseligen Klappentext abschrecken. Das ist ein echtes Lebensstück, ein echtes Todesstück, ein Krimi, ein kleines Kunstwerk, ein überraschendes tiefes kleines Geschichtchen. Jedes Kapitel ein Satz – und stört gar nicht. Mehr wird an dieser Stelle nicht verraten, weil ich duschen muss. Kaufen und lesen, aber flott.

04.09.01 GEDRÄNGEL IM WOHNKLO

Vier Mann in dieser winzigen Bude. Kamerateam von **Zimmer frei**. Meine hartnäckige Weigerung, Umfeld-, Homestory und Lobhudelei in Berlin drehen zu lassen, hat den Jungs eine Dienstreise nach

New York beschert. Haben heute beim **AUFBAU** gedreht und brainstormen nun, wie sie mich aus der Wohnung rauskriegen, um mit der Kamera in alle Nischen zu kucken und süffisante Sachen zu sagen. Will aber nicht raus.

05.09.01 ES IST NICHT GUT,

dass der Mensch allein sei. Es ist nicht gut, dass der Mensch allein trinkt. Rauchen sowieso nicht. Schon gar nicht nachts um eins, wenn der Schlaf besonders wichtig ist.
Soll sich paaren, der Mensch, Vitamine essen und die Schuhe ausziehen, bevor er seine Wohnung betritt. Soll eine Krankenversicherung abschließen, der Mensch, soll Sport treiben, um sich länger jung zu halten und sich besser paaren zu können, öfter, ernsthafter, Beziehungen führen, denn dazu ist er gemacht, um an sowas zu scheitern und nix draus zu lernen und wieder paaren und wieder scheitern.
Soll nicht tagelang aus derselben Wasserflasche trinken, weil sich sonst die Bakterien vermehren und er außerdem austrocknet, der Mensch, mumifiziert bei lebendigem Leib – und, glaubt mir, dass sieht gar nicht gut aus.
Kann gut und gerne allein bleiben, der Mensch, aber wer macht ihm dann den Wein mit dem Bröselkorken auf? Wer massiert seine schmerzenden Muskelwürste im Nackenbereich? Wer sagt: Steht dir gut, dein neues Lächeln? Oder: Ist die Hose neu? (Nein, hab ich schon ganz lange. Nein, mit Perwoll gewaschen. Ja, war aber billig.) Oder: Du hast da was zwischen den Zähnen. Wer?
Es ist nicht gut, dass der Mensch allein trinkt. Billigen Wein, den er mit nackten Füßen auf schmutzigen Dielen festhält (Uuuh! Ist das kalt!), während er oben angestrengt am billigen Korkenzieher

zerrt, um den billigen Korken rauszuhebeln. Und wer freut sich mit ihm, wenn er es geschafft hat? Und wer stößt mit ihm an, dass es Kling macht (Anja und Gerit Kling), und wer sieht ihm in die Augen, wenn es Kling macht und sagt: Auf uns! (alternativ: Auf den Weltfrieden! Auf die Weltrettung! Auf die Entspannungspolitik im Nahen Osten! Es lebe der **AUFBAU**! Es lebe der Kulturweltspiegel! Es lebe die Liebe! Na Sdarowje!)

Es ist nicht gut, dass der Mensch sich nachts im Internet die Bücher seiner Kindheit über **www.zvab.com** sucht, dass er sie nicht mehr besitzt, seine eigenen weggeschmissen hat und damit ein Stück der Kindheit, dass er sie nun vermisst und wiederhaben will und kaufen muss in lädiertem, preisgesenktem Zustand, von fremden Kindern mit Rotstift bekritzelt. Der Mensch vermisst auch Hiob, jenes Maskottchen, welches aus Versehen in einer Mülltonne starb, der Mensch vermisst auch seinen Computer, wie er früher war, er vermisst Frau R., Frau M., Frau G., Frau S., Frau D., Frau K.

In New York ist es Herbst geworden – und der Mensch ist auch nicht mehr ganz frisch. Vielleicht ist sein Bauch so dick, weil er mit dem neuen Roman schwanger geht. Bestenfalls.

05.09.01 SKIZZEN

Als die Umrisse der Stadt sich hinterm Wasser aus dem Nebel schälten, überfiel mich eine große Liebe für die Stadt wie ein Hunger.

Ich sah nach oben und war unendlich erleichtert. Der Himmel, der mich draußen zu erdrücken drohte, würde mir hier nicht auf den Kopf fallen können. Bei so hohen Häusern. Die halten doch alles ab, dachte ich, und war beruhigt. Und war zu Hause.

05.09.01 ÄNDERUNG **FILM TOP TEN**

Neu von Null auf Zwei: Annie Hall von Woody Allen.
Raus nach bedauerlicherweise kurzer Zeit: **The Taking of Pelha One Two Three** von Joseph Sargent.
Hier der Text zur Rettung.

Sehr begrüße ich, wenn beim ersten Anschauen eines Filmes auch das Drumherum stimmt. Bei Taking of Pelham One Two Three war das Drumherum vom Feinsten. Innerhalb der NYPD-Reihe im Filmforum Houston Street im vollen Kino, voll mit begeistertem (leider popcornfressenden) Kennerpublikum.
Also, erst mal: Ich bin wirklich kein Matthau-Fan, aber in diesem Film ist Knautschi groß mit seinem fiesen gelben Schlips und dem bunt gekachelten Hemd und dem schuldbewussten Blick, als er die japanische Delegation »Monkeys« nennt, worauf sich herausstellt, dass die alle Englisch können. Sehr niedlich auch, wie er dem niesenden Gangster immer auf Deutsch »Gesoon-Heit« wünscht, ein Running-Gag im Film.
Eine schöne Nebenrolle hat Jerry Stiller (Vater von Ben Stiller), den ich als Seinfelds Vater aus der Serie kenne. Damals noch nicht als kulanter Gutmensch von unerwarteter Lebensart festgelegt: Hector Elizondo als Killer Mr. Grey (für mich wird er immer der gütige Hoteldirektor aus Pretty Woman sein). Sehr gut in diesem Film Martin Balsam (Psycho, Breakfast at Tiffany's), den zum Schluss ein Nieser verrät.
Aber die U-Bahn. Ich hab wirklich ein U-Bahn-Faible entwickelt hier in New York, die Linie 6 kenne ich gut. Die sieht noch genauso aus wie im Film, original genauso, nach fast 30 Jahren.
Der Film ist von Anfang bis Ende genauso rasant wie seine

U-Bahn-Fahrten, bis zur letzten Sekunde, bis zum brüllend komischen Schluss.

06.09.01 GELESEN:

Elke Naters: **Königinnen**
Besser als G. L.A. M., das allemal. Wenngleich kein Satz für die Ewigkeit. Sehr schönes Autorenfoto hinten im Einband, das man lange betrachten kann. Jean Seberg, nicht nur die Frisur, auch ein trotziger Ausdruck im Gesicht.
Aber vieles bleibt fremd, all diese Gucci (die Autorin hat einen massiven Schuhtick) und Chanel (der Lippenstift von denen ist zwar Scheiße, aber es ist wichtig, ihn aus der Tasche zu ziehen ???) und Dingsbums Styling Kack-Kram. Nicht meins. Möglicherweise eine Frage der Sozialisation, hat mich nie interessiert, dieser ganze Designer-Mist. Mior haddn ja nüscht, es gob jo nüscht.
Viele gut beobachtete Freundinnen-Situationen, das ja. (Aber nehmen sich Freundinnen wirklich immer den Mann weg?) Schöne Sachen über Liebe. Ich steh auf Idealisierung von Liebe. Ich bin immer begeistert, wenn jemand glücklich ist. Kann mich nicht sattsehen an glücklichen Familien. Mir reicht aber kucken. Neidlos kucken. Man weiß ja mittlerweile, wie solche Sachen enden.

07.09.01 ICH HABE EINEN TRAUM II

Mein Mann und ich, wir haben unsere Karrieren hinter uns. Sie interessieren uns nicht mehr. Wir haben in unseren Leben Geld verdient. Nun wollen wir nach Hause kommen. Wir lieben uns sehr und wir lieben Amerika. Besonders den Wilden Westen, Texas, Arizona, Utah, Nevada, das dürre Land, die Weite, die Hitze. Hier wollen wir leben.

Wir zählen unser Geld zusammen. Es reicht nicht. Wir nehmen einen Kredit auf, pumpen Freunde an, addieren, subtrahieren, multiplizieren. Schließlich kaufen wir das heruntergekommene Beale Hotel in Kingman, Arizona, direkt an der **Route 66**. Seit über einem Jahr ist es geschlossen. Eine Million Dollar kostet seine Wiederherstellung.

Die Locals sind erst reserviert. Wir sind Touristen, Zugezogene, Europäer (mein Mann ist kein Deutscher). Aber schließlich nehmen sie uns in die Gemeinde auf und helfen uns. Immerhin bringen wir Geld und Ideen nach Kingman.

Das Beale Hotel ist ein graues Gebäude mit kaputten Scheiben und vernagelten Türen. Hier haben Clark Gable und Carol Lombard 1939 geheiratet. Von hier aus flohen sie vor der Presse zum Oakman Hotel in Oakman, um dort ihre Hochzeitsnacht zu verbringen. Das Oakman Hotel ist noch in Betrieb, die Leute müssen Geld haben, denn Bar und Restaurant sind lückenlos mit von Gästen signierten Dollarscheinen tapeziert, Gables und Lombards Honeymoonsuite ist zu vermieten und original eingerichtet, mit Grammophon und allem möglichen Tinnef.

Aber dem Beale Hotel in Kingman geht's schlecht, und das, obwohl es an der so gefeierten Route 66 liegt. Allen Downtowns in amerikanischen Kleinstädten geht's schlecht, weil die großen neuen Malls, in denen man mit dem Auto immer 5 Meter weiter fährt, zum nächsten Laden, in der Peripherie liegen.

Mein Mann und ich, wir lassen das Beale Hotel neu erstehen, richten neben der Lobby ein Kino ein, in welchem wir alte Filme zeigen, mit Gable- und Lombard-Schwerpunkt. Unser Hotelbetrieb läuft sehr gut. Viele Jahre lang leiten wir das Beale Hotel. Aus aller

Welt reisen Menschen an, um an diesem traditionsreichen Ort zu übernachten. Downtown Kingman erlebt einen ungeheuren Aufschwung, die Route 66 auch.
Wir sind zusammen alt und dick geworden. Wir lieben uns immer noch. Einmal in der Woche koche ich selbst für meine Gäste. Saure Eier nach dem Rezept meiner Großmutter.

07.09.01 FRAGT EURE OPAS!

Fragt sie, ob sie sich erinnern können an den zweiten Boxkampf zwischen Max Schmeling und Joe Louis am 22. Juni 1938 im Yankee Stadion. Haben sie morgens um drei vorm Radio gehockt? Sich wach gehalten, getobt, als Schmeling in der ersten Runde zu Boden ging?
Was war damals die vorherrschende Meinung von Joe Louis? Wie veränderte sich die Haltung zu Schmeling, nachdem er gegen Louis verloren hatte? Zuschriften bitte an mich, ich leite sie an den New Yorker Journalisten David Magolick weiter, der ein Buch darüber schreibt und händeringend Zeitzeugen aus Deutschland sucht.

08.09.01 GELESEN:

Elke Naters: **Lügen**.
Laut Amazon das Buch, das auch RMA-Leser bestellen. Hat mir gefallen. Wieder eine Freundinnen-Geschichte, diesmal ohne großen Mode-Schnickschnack. Vielleicht liegt es daran, dass die Ich-Erzählerin diesmal nicht glücklich liiert mit Kind ist. Glücklich liiert mit Kind ist sicher was ganz Schönes, aber meiner Meinung nach nicht literabel.

08.09.01 GELESEN:

Norbert Bogdon: **Tagebuch eines Arschlochs**.
Geeigneterer Titel: Tagebuch eines Langweilers. Das Buch ist schlecht, unwichtig, uninteressant, hochgradig unbegabt. Ich habe mich mit großer Mühe bis Seite 41 gequält.

08.09.01 GEMÜTLICHE FERNSEHABENDE

sind zuweilen sehr beschwerlich. Auch und oder erst recht in Amerika. Erst habe ich eine halbe Stunde lang versucht, eine billige US-Produktion von 1997 auf dem spanischen Channel zu kucken, da aber (der extrem gut zerknitterte späte) Kris Kristofferson eine ziemlich fiese spanische Synchronstimme hatte und Jane Krakowski (spielt die Elaine Vassal in Ally McBeal) auch, bin ich umgeswitcht auf Superchannel, in dem »A Few Good Men« läuft, ein alter im Militärgericht spielender Streifen mit Tom Cruise, welcher aussieht wie ein Schokoladenhase in Uniform, also der Cruise, nicht der Film, das kann ich grade nicht so richtig ausdrücken, weil ich soeben ein schlechtes Buch gelesen habe – ein Umstand, der die ohnehin stattfindende Verblödung unnötig vorantreibt. In der ersten Reihe sitzt Demi Moore (Lieutenant Commander Joanne ›Jo‹ Galloway), die sich damals sympathischerweise noch zu ihrem landpomeranzigen Hamstergesicht bekannt hat, das war also bevor sie sich Rippen rausnehmen ließ und in die Jochbeine transplantieren und ihren Arsch so sehr trainierte, dass sie damit einen Nagel aus der Wand ziehen konnte, um ihre Ehe mit Bruce Willis zu retten, was ja, wie wir alle wissen, nicht geklappt hat. Im Film spitzt sich die Sache offenbar zu. Demi springt auf und bringt hölzern ihre Empörung zum Ausdruck. Dann kommt die Werbung und ich zappe weiter.

Zimmer frei hat ja hier schon die Home- und die Umfeldstory gedreht, und jetzt haben sie gefragt, welcher Promi für mich lobhudeln könnte und da hab ich Sissi Perlinger und Christiane Gerboth und Udo Lindenberg genannt, aber hoffentlich hudeln die auch, wenn ich mich nie melde.

Chin, der kleine Computer-Reparier-Chinese, der mein Windows 98 auf »Elsa« programmiert hat, hat sich etwas weniger Mühe mit dem Intaktsetzen des CD-Rom-Laufwerks gegeben, weswegen ich keine CD zum Spielen bringe. Nicht unerwähnt bleiben soll an dieser Stelle, welche CD ich eben auflegen wollte. Mein geschätzter Leser Kai Heider hat mir einen RMA-Soundtrack angefertigt, (fast) genauso, wie er vorne im Buch stehe, nur dass »Von Kopf bis Fuß auf Liebe eingestellt« nicht mit Meret Becker erhältlich ist. Sonst aber alles drauf, wirklich ein prima Geschenk. Beim **AUFBAU** standen wir alle um das große leichte Päckchen herum und ich sagte: Mönsch, wenn das nun ne Bombe ist. Und meine Kollegin sagte: Nee, das kann keine Bombe sein, da steht ja Geschenk drauf. Und ich sagte: Stimmt, sonst würde ja Bombe draufstehen, und nachher war es auch keine Bombe, aber wir haben gleich eine kleine Tanzparty gemacht beim **AUFBAU**, nach Dienstschluss natürlich, Dean Martin und Frank Schöbel und Händel. Und plötzlich wußte ich, dass ich mein nächstes Buch den Roten Gitarren widme.

Morgen sind Bürgermeisterwahlen (die haben ja alle monatelang vorm Fairway gestanden und verdutzten Touristen die Hand geschüttelt, die Anwärter, Hevesi und all die anderen) und die Ferien sind zu Ende und im Central Park wird es viel eher dunkel und die Mücken haben die Insektensprühaktion allesamt überlebt. Jetzt habe ich beim Zappen einen Film mit dem kleinwüchsigen Schauspieler aus **Zurück in die Zukunft** erwischt, dem, der inzwischen

Alzheimer hat oder Morbus Bechterew oder Parkinson, Parkinson glaub ich, wie heißt der noch der Knirps? Und das ist **Zurück in die Zukunft**, Teil zwei oder drei, weiß nicht mehr.
Auf dem History-Channel kommt ein Film über Hypnose und ein Hypnotisierter erzählt, wie er aus sich herausgetreten und durch diesen Tunnel Richtung Licht gegangen ist, ein anderer hat sogar Marsmännchen gesehen und in Deutschland ist es scheißekalt und pissenass und das wär mir ja alles egal, wenn ich nicht am Donnerstag dahin müsste.
Der Nahtodmist beelendet mich und dass ich ein so schlechtes Buch gelesen habe und dass ich nach Deutschland muss und nix Warmes dabei hab und dass ich nicht weiß, mit wem ich wann einen Termin hab in Deutschland, weil alle Termine in meinem Computer waren und mit abgestürzt sind, und dass ich auch nicht weiß, wie ich die Leute erreiche, mit denen ich einen Termin hatte, weil die Adressen auch weg sind.
Auf dem nächsten Kanal kommt ein heiterer Spot über gelungene Haartransplantationen. Nach dem Vorher-Nachher-Prinzip treten Männer auf, vorher kahle Eierköppe, hinterher geföhnte Affen. Dann wird gezeigt, wie denen Löcher in die Köpfe gebohrt werden und wie dort kleine nichtrostende Druckknöpfe angebracht werden, das finde ich hübsch, das Geräusch, wenn ich abends meinem Mann das Zweithaar abknipse und wie ich ihm zu Weihnachten hübsche bestickte Deckchen schenke, die er als Nachtbedeckung dort anbringen kann, wo tagsüber das geföhnte Zweithaar prangt.
Wenn man die Druckknopfsache weiterdenkt, so könnte man bei Ehepaaren auch um Mund und Geschlechtsteile herum welche anbringen, damit sie nicht immer so schnell wieder auseinanderfallen. Aber auch Brillen und Hüte würden besser halten, wenn sie angeknipst würden, man könnte sogar völlig nackt einkaufen gehen

und die Einkaufstasche und die Kreditkarte einfach an den Körper knipsen, eine wirklich wirklich gute Idee.
Auf dem Food-Kanal sehe ich unzählige ausgetickte nordindische Pfefferfahrer, die sich benehmen wie in der Börse. Vielleicht ist das eine Börse, eine Pfefferbörse. Aber schon geht es um Kokosnüsse und man sieht, wie die geerntet werden, im grünen Mäntelchen in Zeitlupe vor azurblauem Himmel zu Boden fallen und von super geschminkten rassigen Frauen aufgehoben werden, so aufgehoben, dass sie dabei kokett den Hintern rausstrecken. Jetzt sehe ich, dass eine der rassigen Frauen die Moderatorin des Magazins ist, welches sich als Reisemagazin entpuppt. Eben noch isst sie grazil einen Mangochutney-Keks und steigt dann noch graziler in den Zug ein, um weiter durch Indien zu fahren. Dann kommt Werbung.
Ich würde jetzt ganz gern volle Pulle »My rifle, my pony and me« hören oder »Wie ein Stern« oder »Innocent when you dream«, aber das verstockte von Chin verhexte CD-Rom-Laufwerk brummt nur oder sagt gar keinen Mucks die Sau.
Im Cruise-Film tritt inzwischen auch der schon 1992 schon sehr diabolische Jack Nicholson (Colonel Nathan R. Jessup) auf. Nicholson ist ziemlich böse mit Cruise. Demi spielt mit den Kaumuskeln. Und der Cruise steht da, lässt die Häschenzähne niedlich rauskucken und atmet tief, wobei er zum Zeichen seiner Erregung die Schultern nach oben zieht. Nicholson hält eine lange Rede auf Ausländisch, aber Cruise zeigt sich uneinsichtig. Jetzt schreien sie beide aufeinander ein und ich schreie auch: Hört mal zu, ihr Hasen, ich schalt gleich weg, wenn ihr hier nicht den Ball flachhaltet. Ruf ich dann auch und prompt sind die still. Nicholson sieht wohl, dass es keinen Sinn hat, diesem Häschenschnösel Anstand beizubringen, er bückt sich, nimmt seine Militärmütze (kahler Kopf, prima Platz für mindestens vier Druckknöpfe) und geht raus.
Und jetzt mach ich aus.

09.09.01 NICHT GELESEN:

Margaret Cezair-Thompson: **Geister im Paradies**.
Reine Geschmacksfrage. Bat meinen geschätzten Ex-Lektor Tilo Eckardt, mir mal ein Buch aus dem neuen Diana-Verlagsprogramm zu schicken. Schickt er dies. Lese ich: Margaret Cezair-Thompson. Naja. Immerhin heißt sie zu Teilen wie meine Straße. Und der Rest … was sind schon Namen!
Les ich weiter: Geister im Paradies. Denke: Hm. Das ist ja ein Titel so recht nach Oprah Winfreys und Frieda Hockaufs Geschmack. Lese hinten: »Auf ihrer Flucht aus dem Paradies … sucht eine junge Frau ihre Wurzeln … traumhaft reiches Buch über Jamaika … üppige Familiensaga … dramatisches Schicksal«. Nee also. Das klingt ja wie: ein opulenter Film. Und wenn ich schon Familiensaga lese, krieg ich Herpes. Brrr!
Lese vorne innen, den Umschlagtext, erster Satz: »1980: Jamaika ist im Ausnahmezustand, das Land versinkt im Chaos.« Sorry, aber das interrressiert mich nicht, lieber Herr Eckardt!
Sehe im Wieder-zuschlagen ein gelbbraunockerbeige gehaltenes Cover, in den Otto-Katalog-Farben des »Englischen Patienten«, Fenster, Vorhang, Blick aufs Meer … üppig … reich … idyllisch … und kann nun, ohne das Buch überhaupt angelesen zu haben, mit Gewissheit sagen: Dieses Buch wird seine Leser finden. Nur ich, ich werde nicht dabei sein.

09.09.01 PETITESSEN

Stoße beim Rausgehen gegen einen Mann, der aussieht wie *Bodo Lubavich*, der von den Sammeldosen, weißer Bart, wehende schwarze Rockschöße, schwarzer breitkrempiger Hut. »In which apartment is the super*?«, fragt er mich mit einem sehr dringlichen Gesichtsausdruck. Hä? »In which apartment is the super*?« Ich habe keine Ahnung, wovon der spricht, und würde ihm jetzt gern rasch zeigen, dass zumindest mein Apartment alles andere als super ist, aber das würde vermutlich geschwätzig wirken. Außerdem bin ich auch in Eile, muss beim **AUFBAU** fünf Kilo Kulturweltspiegel und andere Hausaufgaben abholen und bei Fairway Sashimi, weil ich Gefilte Fish nicht mehr sehen kann, ich also nix wie raus und laufe Ecke 72. schon wieder dem Hevesi in die Arme, der meine Hand schüttelt (und die andere Hand dabei noch so schalenförmig drumrummacht, meine Hand also praktisch in ein warmes murkeliges Nest aus seinen Händen packt). Dabei fragt er mich, ob er aussieht wie jemand, der Mayer** heißt und ich zieh die Hand aus seinem Nest und box ihm freundschaftlich zwischen die Rippen, dass er zu Boden geht und sage: »Mayer** hä? Großes M und kleine Eier, hä?«

Auf dem Heimweg werde ich von einer Sturzflut überrascht, gegen die ich aber durch meinen 15-Dollar-Regenschirm vom letzten Mal gewappnet bin. Dann habe ich noch einen kurzen rein pantomimischen Flirt mit einem neongrün gekennzeichneten Verkehrspolizisten, unten an der Canal. Ich versuche mal, den Inhalt verbal wiederzugeben:

Ich: Ich würd dann mal gern über die Straße gehen, ich stehe nämlich mitten in der Pfütze.

Er: You talkin' to me?

Ich: Na klar, mit wem sonst, Einstein? Kann ich wohl jetzt mal rübergehen? I'm in a hurry.

Er: Ein bisschen müssen Sie sich schon noch gedulden, gell, sweetheart?

* super = Hausmeister, Anm. d. Webmasters

** Mayor = Bürgermeister, Anm. d. Webmasters

Ich: Nenn mich nicht sweetheart, du Sacknase.
Er: (zeigt mit den Händen – schönen Händen – dass er das mit der Sacknase nicht gehört haben will)
Ich: (zeige mit den Beinen, durchnässten Hosenbeinen, dass, Sacknase oder nicht, meiner Geduld hier ein Ende gesetzt ist)
Er: (geht ins Halbprofil, dass ich seinen Hintern – !! – sehen kann, zwinkert mir zu, deutet einen Diener an, kümmert sich einen Dreck um das Verkehrschaos hinter seinem Rücken, winkt mich rüber)
Ich: (gehe über die Straße, fröhlich durch Pfützen patschend und ihm und seinem Hintern Kusshände zuwerfend)
Er: (sieht mir nach, während ein besonders lauter Donner rumknallt, und versinkt nach und nach im hupenden Schlamassel der Rush Hour).

11.09.01 FLUGZEUG-CRASH INS WTC
NY 9:34 BERLIN 15:34

Ich möchte nur mal schnell anmerken, dass ich durch eines der Flugzeuge, die ins World Trade Center reingeknallt sind (das zweite), wach geworden bin. Das zweite Flugzeug war größer, der Knall war lauter. Genauer: ich habe den beängstigenden Tiefflug gehört (WTC befindet sich optisch am Ende meiner Straße, ganz nah), habe den Crash gehört, der war trotz des permanenten Straßenlärms sehr deutlich zu unterscheiden, habe vor meinem Fenster die Leute zusammenlaufen gehört und O my god rufen hören und bin dann schnell rausgelaufen auf die Straße. In jeden verdammten Turm ist ein Flugzeug geknallt. Die Flughäfen sind geschlossen, ab der Washington Bridge geht nix mehr, die U-Bahnen 1,2,3,9 fahren nicht. Bush hat schon eine Rede gehalten. Aber die beiden Türme stehen. Qualmend, durchlöchert, aber sie stehen.

11.09.01 FROM: ELKE_SERWE MAX

To: Else Buschheuer

Sent: Tuesday, September 11, 2001 11:14 AM

Subject: Re: Millet und so

--- Original Message ---

Else Buschheuer schrieb:

> ;-)
> Hier sind grade zwei Flugzeuge ins WTC geknallt, was mich
etwas unsanft
> geweckt hat.

*Hoffentlich sind Sie wohlauf! Mir ist speiübel ob dieser Geschichte,
und hier
bricht gerade die Medienhölle aus.
Passen Sie auf!*

11.09.01 --- ORIGINAL MESSAGE ---

From: Scheuring Stefan

To: ›Else Buschheuer‹

Sent: Tuesday, September 11, 2001 10:13 AM

Subject: watt is da los bei euch?

else,

alles klar bei dir? sitzt du gerade zufällig vor dem pc?

besorgte grüße aus münchen
stefan

--- Ursprüngliche Nachricht ---
Von: Else Buschheuer [mailto:feedback@else-buschheuer.de]
Gesendet: Dienstag, 11. September 2001 16:11
An: Scheuring Stefan
Betreff: Re: watt is da los bei euch?

ja, ich sitze verschreckt in meiner wohnung, telefon tot, draußen geschrei. ist jetzt eben der eine turm zusammengefallen oder nicht? man sieht nichts.

11.09.01 CRASH II
NY 9:52 Berlin 15:52

Eben ist noch ein Flugzeug ins Pentagon in Washington geknallt. Währenddessen geht in New York gar nichts mehr. Telefonieren ist unmöglich, egal wohin. Die Börse ist geschlossen, die Brücken, die Tunnel sind geschlossen. Auf meiner Straße stehen Hunderte von Menschen, trinken ihren Morgenkaffee aus dem Pappbecher, unterhalten sich leise und starren auf das furchtbar qualmende World Trade Center.

11.09.01 ANGST
NY 10:01 Berlin 16:01

Entsetzliches Wehklagen auf der Straße. Einige Kaffeebecher sind runtergefallen. Ein weiteres Gebäude ist explodiert, nein, zwei. Alles sehr nah. Erreiche per Telefon niemanden. Traue mich nicht aus dem Haus, nix zu essen da.

11.09.01 --- ORIGINAL MESSAGE ---

> From: Carola Heine
> To:
> Sent: Tuesday, September 11, 2001 10:03 AM
> Subject: ?
>
>
> geht es dir gut? ist alles in Ordnung?
> wir kennen uns natuerlich nicht, aber ich habe dein tagebuch gerade
gesehen > ich hoffe, du bist nicht ganz alleine in diesem hexenkessel :-(
>
> Carola
>
> erschuettert und in traenen vor CNN
>
--- Original Message ---
From: »Else Buschheuer«
To: Carola
Sent: Tuesday, September 11, 2001 10:11 PM
Subject: Re: ?

> doch bin ganz alleine und trau mich nicht mal einen kaffee holen, telefon
> tot
>

--- Original Message ---
From: Carola, Leserin

To: Else Buschheuer
Sent: Tuesday, September 11, 2001 10:13 AM
Subject: Re: ?

bleib lieber drinnen
gut, dass dein laptop wieder in ordnung ist
es sieht nicht gut aus momentan und staendig explodiert was neues, aber du hoerst ja die nachrichten auf cnn sicher auch

verdammt, was fuer eine sch ...
:-(
ich kann es nicht verstehen, kann man sowas ueberhaupt verstehen???

halt die ohren steif!!!
schoener mist, wenn man dann alleine ist
ach mensch :-(

11.09.01 --- ORIGINAL MESSAGE ---

From: Elke Böhme
To:
Sent: Tuesday, September 11, 2001 10:23 AM
Subject: Anschlag

Liebe Frau Buschheuer,

wir möchten uns nach diesem fürchterlichen Terroranschlag nach Ihrem Befinden erkundigen und hoffen, dass Sie von allem verschont blieben. Bitte geben Sie doch mal ein kurzes Lebenszeichen.

Danke und herzliche Grüsse

Elke Böhme

>>> »Else Buschheuer« 11.09.2001 16:24 Uhr
>>>
Ich lebe, aber wohne leider ziemlich nah dran. Als der Turm zusammenbrach, dachte ich, jetzt bin ich dran. Grade fällt der zweite Turm zusammen.

--- Original Message ---
From: Elke Böhme WDR
To:
Sent: Tuesday, September 11, 2001 10:44 AM
Subject: Antw: Re: Anschlag

Liebe Frau Buschheuer,

wir atmen auf – danke für Ihr Lebenszeichen!!! Haben Sie eine Chance aus dem gesperrten Gebiet herauszukommen? Kommen Sie schnell nach Europa!!! Im Moment hören wir, dass es nur noch transatlantische Flüge von Kanada aus gibt ... Wir bleiben in Kontakt.

Alles Gute!!!

Elke Böhme

11.9.01 DANKE
NY 10:25 BERLIN 16:25

für eure besorgten Nachfragen. Ich lebe und müsste eigentlich den neuen Walser lesen, aber wie, wenn das Herz rast und draußen Polizei und im Fernsehen blutige Menschen, die aus den Gebäuden getragen werden. Ist jetzt eigentlich der eine Turm zusammengefallen? Ich seh nur Qualm. Wenn er nicht umgefallen ist, dann fällt er gleich um.
Es gibt ein Video vom zweiten Flugzeugcrash. Ich weiß nicht, wie oft ich schon drauf war auf dem World Trade. Meist im zweiten Turm im Restaurant. Oder ist das der erste? Nix wird je wieder so sein. Draußen ist alles so ruhig, als würden die Menschen vor meinem Fenster die Luft anhalten. Hoffentlich knallt jetzt nicht noch was ins Empire State.
Vorhin, als die Leute wieder anfingen zu schreien und ich eine Bewegung vor dem Fenster (Parterre) sah, als würden sich jetzt alle hinwerfen, dachte ich, jetzt ist mein Haus dran. So klang das, so hat sich das angefühlt.

11.09.01 --- ORIGINAL MESSAGE---

From: Lorenz Wolffers AUFBAU-Chefredakteur
To: Else Buschheuer
Sent: Tuesday, September 11, 2001 10:25 AM
Subject: Re: noch ein fax

Die Towers sind eingekracht- Die U-Bahn ist geschlossen. Ich kann nicht mal sagen, komm zu uns rauf. Du wirst auch kein Taxi kriegen. Bleib vorerst zu hause.

— »Else Buschheuer«
> wrote:
>ich hab angst

11.09.01 --- ORIGINAL MESSAGE ---

> >From: Meinem Leser Gerd K.
> >To: Else Buschheuer
> >Sent: Tuesday, September 11, 2001 10:28 AM
> >
> >
> >> Ich hoffe sie sind ok!
> >>
> >
> --- Ursprüngliche Nachricht ---
> Von: Else Buschheuer
> An: Gerd K.
> Datum: Dienstag, 11. September 2001 16:27
> Betreff: Re:
>
> >mehr oder weniger
> >

11.09.01 DER ZWEITE TURM
NY 10:30 BERLIN 16:30

ist zusammengefallen. Ich sitze hier und heule, die Erde ringsum bebt, draußen weinen auch alle. Das World Trade Center gibt es nicht mehr.

11.09.01 --- ORIGINAL MESSAGE ---

From: Scheuring Stefan, ProSieben
To: Else Buschheuer
Sent: Tuesday, September 11, 2001 10:32 AM
Subject: AW: watt is da los bei euch?

soeben ist der zweite auch noch eingestürzt – mega katastrophe!!!
bitttte sag mir dass du weit genug weg bist!!!

11.09.01 --- ORIGINAL MESSAGE ---

> >From: Meinem Leser Gerd K.
> >To: Else Buschheuer
> >Sent: Tuesday, September 11, 2001 10:37 AM
> >
> >
> >> Gerade der zweite Turm eingestürzt
> >>
> >
> —-Ursprüngliche Nachricht—-
> Von: Else Buschheuer
> An: Gerd K.
> Datum: Dienstag, 11. September 2001 16:33
> Betreff: Re:
>
> >ich weiß! Fast auf mich drauf.
> >
>

11.09.01 --- ORIGINAL MESSAGE ---

> > > From: Limmer Claudia
> > > To: ›Else Buschheuer‹
> > > Sent: Tuesday, September 11, 2001 10:38 AM
> > >
> > >
> > > wie geht es Ihnen? Die Bilder, die uns hier erreichen sind
> schrecklich.
> > >
> > > --- Ursprüngliche Nachricht ---
> > > Von: Else Buschheuer [SMTP:feedback@else-busch-
heuer.de]
> > > Gesendet am: Dienstag, 11. September 2001 16:36
> > > An: Limmer Claudia
> > >
> > Jetzt besteht wohl keine gefahr mehr. leider kann
> > > ich das meiner Familie nicht mitteilen.
> > >
--- Original Message ---
> > From: Limmer Claudia
> > To: ›Else Buschheuer‹
> > Sent: Tuesday, September 11, 2001 11:11 AM
> >
> >
> > warum können Sie das nicht mitteilen. Kann ich irgendwen für
Sie
> > anrufen????
> > > > --- Ursprüngliche Nachricht ---
> > Von: Else Buschheuer [SMTP:feedback@else-buschheuer.de]
> > Gesendet am: Dienstag, 11. September 2001 17:11

> > An: Limmer Claudia
> > Betreff: anrufen
> >
> > Ja, bitte, meine Eltern
> > Sagen Sie, dass es mir gut geht. Dass die telefonleitungen
> > zusammengebrochen sind. Dass sie meine Tochter anrufen
sollen.
> >
> ---- Original Message ----
> From: Limmer Claudia
> To: ›Else Buschheuer‹
> Sent: Tuesday, September 11, 2001 11:27 AM
> Subject: AW: anrufen
>
> Geht niemand ran. Ich versuche es weiter.

> ----Ursprüngliche Nachricht----
> Von: Else Buschheuer [SMTP:feedback@else-buschheuer.de]
> Gesendet am: Dienstag, 11. September 2001 17:28
> An: Limmer Claudia
> Betreff: Re: anrufen
>
> bitte meinen vater über handy
> vermutlich werde ich gleich evakuiert aber das lieber nicht sagen
>
--- Original Message ---
From: Limmer Claudia Pressechefin Heyne Verlag
To: ›Else Buschheuer‹
Sent: Tuesday, September 11, 2001 11:37 AM
Subject: AW: Eltern anrufen

hat geklappt. Waren froh, zu hören, dass es Ihnen gut geht, und sagen Ihrer Tochter Bescheid. Wenn ich noch was tun kann, jederzeit. cl

>>>

11.09.01 NY 10:41 BERLIN 16:41

Ist das Krieg?

11.09.01 LOCKER
NY 10:59 BERLIN 16:59

Wie vermeintlich locker Du das alles im Tagebuch schilderst, Du tapfere Frau!!

–

Datum: 11.09.2001 17:07
An: Meinen Leser Christian S., nachdem er mich der Lockerheit bezichtigte

Ich werde grade per Mail dafür gelobt, dass ich alles so locker schildere. Falscher Eindruck, ganz falsch. Ich hab grad gekotzt und zittere am ganzen Körper und würde gern meine Tochter und meine Eltern anrufen, aber geht nicht und hier ist überhaupt nix locker. Es ist ja nicht nur so, dass die Skyline im Arsch ist und sich irgendwo ein paar Terroristen ins Fäustchen lachen. Es ist einfach so, dass keiner weiß, was als Nächstes passiert.

11.09.01 CANAL
NY 11:08 BERLIN 17:08

Alle Leute, die südlich der Canalstreet wohnen, sollen ihre Häuser verlassen. Ich wohne nördlich von der Canalstreet, wenn auch nur unwesentlich. Also bleib ich drin. Dauernd wird dieser Film gezeigt, wie der zweite Turm zusammenstürzt. Und ich höre dieselben Schreie, die ich vorhin vor meiner Tür gehört habe.

11.09.01 AM 11.9.01 17:12 UHR SCHRIEB ELSE BUSCHHEUER UNTER
feedback@else-buschheuer.de:

> nee ich bin hier ganz alleine telefon geht nicht mein tagebuch ist der > einzige mensch mit dem ich jetzt reden kann.

--- Original Message ---
From: Frau Schlaumeier
To:
Sent: Tuesday, September 11, 2001 11:13 AM
Subject: Die Lücke an der Südspitze von Manhattan

... Ist einfach nicht zu schließen ...

Wir weinen mit Ihnen; trotzdem, ich frage mich grad, ob es nicht furchtbar für Sie ist, zu glauben, sofort BERICHTEN zu müssen? Ob Sie nicht vielleicht, zunächst wenigstens, einfach nur fühlen?

Immer gleich beobachten, sich dabei selbst beobachten – eigentlich ist DAS doch das Ätzende oder?

Gruß – FP

11.09.01 --- ORIGINAL MESSAGE ---

From: Bruno K., meinem Stammleser
To: feedback@else-buschheuer.de
Sent: Tuesday, September 11, 2001 11:20 AM
Subject: Please!!!!!!!!

Bitte: möglichst schnell in relativ sichere Gegenden abhauen, also weg von den Hochhäusern, die noch stehen (Empire State Building / Chrysler Building etc.), und weg von staatlichen Gebäuden, die eventuell auch noch in die Luft gejagt werden könnten!!!!!!!!

Ich bin fassungslos
Bruno

11.09.01 --- ORIGINAL MESSAGE ---

> > *From:*
> > *To:*
> > *Sent: Tuesday, September 11, 2001 11:23 AM*
> > *Subject: ELSE!!!! Bitte lesen!!*
> >
> >
> > > *Liebe Else,*

> > >
> > > meine Eltern haben mich angerufen – schnell schalt ntv ein!!
> > > bestürzt habe ich gerade erst gesehen, was heute passiert ist!
> > > Ich bin schockiert
> > > Bist du schon in deutschland???
> > > Bitte melde dich!!!
> > > Es ist furchtbar, ich hoffe, dir ist nichts passiert, deine freunde,
> > > kollegen leben
> > > Es ist so hoffnungslos!!
> > > Schon wieder soll ein Flugzeug entführt und auf den Weg nach
Washington > > > sein!
> > > WAHNSINN
> > > Ich umarme dich, deine Sabine
> > >

— Original Message —
From: Sabine, Schulfreundin
To: Else Buschheuer
Sent: Wednesday, September 12, 2001 1:16 AM
Subject: Re: ELSE!!!! Bitte lesen!!

> > ich bin davon wach geworden, das WTC stand am Ende meiner Straße. Mir ist
> > nichts passiert. Lies mein Tagebuch, ich schreibe seit morgens ständig ein.
>

11.09.01 --- ORIGINAL MESSAGE ---

From: Ivonne Opel Welt am Sonntag
To:
Sent: Tuesday, September 11, 2001 11:25 AM
Subject: Welt am Sonntag: Literaturbeilage

Sehr geehrte Frau Buschheuer,

Anfang Oktober wird die Welt am Sonntag eine umfangreiche Literaturbeilage herausbringen (zwei Mal pro Jahr). Wir würden uns freuen, wenn Sie sich bereit erklären würden, einen kurzen Beitrag zu leisten in Form von einem »Statement«, sei es kurz oder ausführlich, dazu, worauf Sie sich in diesem Herbst an Literatur und auf welche Bücher Sie sich freuen.
Über eine Antwort von Ihnen wäre ich Ihnen dankbar, per email

Vielen Dank und
Mit freundlichen Grüßen
Ivonne von Opel
Welt am Sonntag

Jetzt nicht! Mir fliegt hier gerade das World Trade Center um die Ohren.

11.09.01 ODE AN DIE TÜRME
NY 11:42 BERLIN 17:42

Ich hab mich jeden Tag gefreut, wenn ich euch sah, gleich rechts wenn ich aus der Haustür kam. Ich habe blöde Touri-Postkarten verschickt mit euch drauf. Ich hab euch besucht, bestiegen, befahren und mit meiner Familie von oben auf Manhattan runtergestaunt. Ich bin unzählige Male mit der Fähre von euch weg- und auf euch zugefahren. Abends bildete das Lichtermeer eurer Fenster den Abschluss meiner Straße. Man konnte sich gut an euch orientieren. Ihr wart berühmter als die Kessler-Zwillinge. Jetzt seid ihr einfach weg.

»The World Trade Center is gone«, sagte der Nachrichtensprecher vorhin tonlos. Dann brach beim TV-Sender New York 1 minutenlang das Bild zusammen.

11.09.01 IN DER THOMPSONSTREET NY 11:47 BERLIN 17:47

wird das Tagesgeschäft langsam wieder aufgenommen. Ich bin noch ein bisschen durcheinander. Wird nun der ganze Süden Manhattans evakuiert und wo genau fängt der an? Jedenfalls sitze ich evakuierfertig hier rum und jetzt ist draußen schon wieder was los, die Menschen rennen, viele Füße trappeln, aber diesmal auf die Stelle, wo das WTC vorhin noch stand, zu, diesmal ohne Schreien. Ich geh jetzt mal raus und hole meine Wäsche und einen Kaffee.

11.09.01 --- ORIGINAL MESSAGE ---

From: Christian Sakowski
To:
Sent: Tuesday, September 11, 2001 11:51 AM
Subject: Rauch und Feuer

Gottlob, Deine Mail hat mich trotz der zerstörten Telefonleitungen erreicht. Nachdem nun beide Türme eingestürzt sind, sollte die größte Gefahr gebannt sein, sagt sich hier so leicht aber voller Sorge. Hier wird schon ganz weltmännisch sachlich über einen Weltkrieg diskutiert.

Betreff: Re: Rauch und Feuer
Nachrichtentext:

Flammenhölle ist hier nicht. Ich dusch jetzt mal und geh dann raus, Kaffee holen, Wäsche holen. Hier unten gibt's nichts mehr wegzucrashen, hoffentlich.

11.09.01 --- ORIGINAL MESSAGE ---

> From: Lorenz AUFBAU-Chef > To: Else Buschheuer > Sent: Tuesday, September 11, 2001 11:55 AM > Subject: Re: Kontakt nach Hause? > > > > Mein Ex-Chef bei AP hat meine Eltern angerufen. > > > > – »Else Buschheuer« > > > wrote: > > >die Pressefrau von Heyne hat meine Eltern angerufen >

11.09.01 --- ORIGINAL MESSAGE ---

> From: Norbert Bogdon, Autor von »Tagebuch eines Arschlochs«
> To:
> Sent: Tuesday, September 11, 2001 11:58 AM
> Subject: Anschlag
>

>
> > Bin froh, dass Sie leben
> > Norbert Bogdon
> >
>
>
--- Originalnachricht ---
Von: »Else Buschheuer«
Datum: Dienstag, September 11, 2001 5:55 pm
Betreff: Re: Anschlag

> Warum eigentlich, wo ich Ihr Buch so scheiße fand?
>

11.09.01 --- ORIGINAL MESSAGE ---

From: Irmi, einer Freundin meiner (internetlosen) besten Freundin
To:
Sent: Tuesday, September 11, 2001 12:09 PM
Subject: Nachricht aus Berlin

> Hallo Else,
> hier ist Irmi, die Freundin von Kristina,
> ich habe gerade Deinen Bericht gelesen,. ... zittere am ganzen
Körper
> und habe Kristina gerade angerufen und es ihr vorgelesen
> (sie hatte mich gebeten für sie im Internet nach dir zu suchen.
...)
> sie weiß daß du lebst, sie wird alle Leute die Du kennst und die
sie für

> Dich erreichen kann anrufen und informieren …
> Ich werde später noch einmal online gehen und weiter verfolgen
was du
> berichtest und es an Kristina weitergeben. …
> ich weiß nicht ob du gläubig bist, ich bin es glaub ich auch nicht
so
> richtig … aber Gott beschütze dich und »bete« mit mir
> Irmi

11.09.01 --- ORIGINAL MESSAGE ---

From: meiner Leserin Simone K.
To: else
Sent: Tuesday, September 11, 2001 12:10 PM
Subject: Krieg

sitzen hier völlig geplättet seit Stunden vor dem Fernseher, gibt es eine Möglichkeit,aus NY rauszukommen?
--- Original Message ---
From: Else Buschheuer
To: Simone K.
Sent: Tuesday, September 11, 2001 6:12 PM
Subject: Re: Krieg

mich kriegt jetzt keine sau in ein flugzeug. Dann crash ich damit noch in die freiheitsstatue

11.09.01 WAR DRAUSSEN

NY 12:36 BERLIN 18:36

Sonne sehr hell. Warm. Wenig Autos. Sonntags-, Feiertags-, Festtagsstimmung. Viele Menschen, die laut auf der Straße Radio hören, die diskutieren, wer was wann gesehen hat, über Krieg und Frieden und Bush und Giuliani und seit wann sie hier leben und wie oft sie auf dem WTC waren, alle WTC-Erlebnisse werden rausgekramt. Alle starren dorthin, wo ich erst mal NICHT hinsehen mag. Chinesischer Wäschemann tut, als wäre nix. Händigt mir meine Wäsche aus wie immer. Chinesische Grocery-Frau tut, als wäre nix. Mürrisch wie immer. Ihr Kaffee geht heute sehr gut und die Donuts sind schon alle.
Auf dem Rückweg, getraut hinkucken, dorthin, wo es WEG ist. Muss hinkucken. Muss ja direkt in die Richtung laufen, die Thompson zu meiner Wohnung zurück, in die Richtung wo es WEG ist. Weiche Knie, immer noch übel.
Sieht schrecklich aus, unfertig, ungewohnt, das klaffende Himmelsloch, die hässlichen niedrigen Hochhäuser, die übriggeblieben sind. Qualm- und Staubwolken immer noch. Vorhin, als beide noch standen, bin ich raus und hab ein Foto gemacht. Jetzt, von WEG auch noch ein Foto. Und überhaupt: Ich will Mietminderung!
Nee Leute sorry, kein Mensch kriegt mich morgen in ein Flugzeug. Wenns ans Sterben geht, möchte man ja nicht grade als nasser Fleck an der Freiheitsstatue enden. Kann ich den Kulturweltspiegel nicht ausnahmsweise mal aus New York moderieren? Bitte! Herr Pleitgen! Das ist ein Notfall!
Evakuiert wird nicht, vorerst. Für Überlebensnachschub ist gesorgt: zwei große Becher Kaffee (schwarz) zwei Bagel mit Creamcheese (die letzten), eine große Flasche Wasser. Kaffee geht schon, ans Essen ist noch nicht zu denken. WTC-Diät.

11.09.01 NY 12:55 BERLIN 18:55 DANKE,

Frau Limmer vom Heyne Verlag, dass Sie meine Eltern informiert haben! Danke, AOL, dich konnte ich zwar bis heute nie leiden aber … danke dass ich, als hier nix sonst mehr ging, im Netz sein durfte und nicht alleine war mit dem ganzen Terrorscheiß, Respekt. Danke an alle, denen ich nicht persönlich antworten kann und die sich um mich Sorgen gemacht haben.

11.09.01 PHANTOMSCHMERZ

Was bleibt, sind Fragen, große und kleine, ungeordnet, ungeprüft. Warum haben die Flugzeuge die Türme nicht durchtrennt, die Spitzen abgetrennt wie man ein Ei köpft, bei diesem Karacho? Warum hat derselbe Sicherheitsapparat, der mich neulich am Flughafen um ein Haar festgenommen hätte, weil meine Gürtelschnalle wie ein Revolver aussieht, warum hat der dies geschehen lassen, hat geschehen lassen, dass zwanzig Minuten nach dem ersten ein zweites Flugzeug in den zweiten Turm rast? Warum stand das Gebäude noch mehr als eine Stunde, ehe es zusammenfiel? Wie starb das Kind, dessen staubige Puppe ein Mann aus dem Rettungstrupp heute aufhob und stumm festhielt, mit hängenden Armen? Wieviele Tausende Menschen sind gestorben heute? Gibt es noch Lebende unter den Trümmern? Wie lange werden sie leben? Bietet ein Makler schon das Fleckchen Erde feil, auf dem früher das WTC stand? Wenn es der Terrorist Laden gewesen wäre, würde er es dann zugeben? Bedeuten die Bomben in Afghanistan, dass Krieg ist? Warum mussten Millionen Menschen, Kinder, Verwandte, Freunde der Opfer auf der ganzen Welt heute hun-

dert Mal, tausend Mal die Türme zusammenstürzen sehen? Mein persönlich schlimmster Moment, unnötig zu erwähnen, wie jämmerlich er ist im Verhältnis zu dem, was andere hier heute durchlitten haben, mein persönlich schlimmster Moment war der, als ich den zweiten Turm nicht stürzen sah, weil ich grade in meiner Wohnung war, dass ich nicht erkennen konnte, dass er in einigen Kilometern Entfernung in sich zusammenfällt, sondern dass ich aus den schrecklichen Schreien vor meinem Fenster herauszuhören glaubte, der Turm fiele in unsere Richtung, eine Bombe fiele auf mein Haus, ein Flugzeug stürze auf mein Dach, begrübe uns alle unter sich. UND ICH HAB DEN MÜLL NICHT RAUSGEBRACHT! UND ICH HAB NOCH GAR NICHT ZÄHNE GEPUTZT. UND ICH WOLLTE DOCH KRISTINA NOCH ANRUFEN. Sowas denkt man da. Solchen Scheiß. Das Nicht-sehen-können des Bildes, mit dem ich später zugeschissen wurde, war der schlimmste Schrecken. Es fehlte die visuelle Zuordnung, die akustische Einordnung. Das Schlimmste ist immer das, was man nicht sieht. Das Grauen, das von hinten kommt und dir die Hände auf die Augen legt. Das aus der Tiefe des Wassers kommt und dich herunterzieht.
Alles andere, die echten Bilder vor meiner Haustür, die Fernsehbilder in unseren Wohnzimmern, sah aus wie in einem aufwendig produzierten Sci-Fi-Streifen (an dessen Drehbuch in diesen Minuten sicher schon fieberhaft geschrieben wird). Leckerbissen für jeden Kameramann. Heute schlug die Stunde für ehrgeizige Außenreporter. Weinend und schniefend, die Frauen perfekt geschminkt, sah ich sie heute durch die Trümmer kraxeln. Heute schlug die Stunde für ambitionierte Amateurfilmer. Etwa jede halbe Stunde tauchte auf einem der Channels ein neuer Exklusiv-Streifen, ein verwackeltes Homevideo auf.
An banalen Einsichten ist dieser Tag reich. Etwa in der Größenordnung: Ich habe das überlebt. Es ist gar nicht so schlecht, zu leben.

Es fühlt sich gut an. Ich häng doch mehr am Leben, als ich glaubte. Ich hänge drin, ich bin verstrickt ins Leben. (Und knapp vorbei ist auch daneben, kalauert es schon wieder aus mir raus).
In verschiedene Richtungen per Mail abgegebene Schwüre, nie wieder ein Flugzeug zu betreten, sind der soldatischen Disziplin gewichen. Das Leben geht weiter. Für Tausende nicht, aber für den Rest. Es geht weiter. Aber wie lange noch? Und was soll aus der Weltrettung werden, die doch ein so schönes Projekt war, ist, theoretisch. Das Leben geht weiter. Obwohl ich mir vorstellen könnte, dass jedes Passagierflugzeug, das auch nur in die Nähe eines großen Gebäudes kommt, in Zukunft vermutlich eher abgeschossen wird, prophylaktisch.
Meine heute wie unter Zwang hergestellten Tagebucheintragungen finde ich inzwischen schwachsinnig. Aber ich lasse sie stehen. Als Mahnung, auch für mich selbst. Wie soll man der Sprachlosigkeit Worte verleihen? Muss man denn immer reden und schreiben? Es ist 9 Uhr abends in New York. Ich laufe jetzt dorthin, ich muß dorthin, wo die Türme WEG sind. Ich möchte eine Blume ins Grab werfen. Vielleicht kann man auch helfen. Buddeln. Blut spenden, irgendwas muss ich tun. Ich muss jetzt hier raus.
P. S. Die Skyline sieht beschissen aus, ganz traurig, unaufgeräumt, unspektakulär, wie ausgefallene Zähne, wie Mikado mit alten Makaroni, wie Trauernde, die sich um einen Toten gruppieren und dabei nicht auf Fotogenität achten.

11.09.01 MYTHOS TRAUMSTADT – GONE

Ein Freund ruft abends an. Will mich treffen. Er wohnt uptown, will runterkommen nach downtown. Die 1 und die 9 fahren wieder, hat er auf der MTA-Website gelesen. Sollte mich wundern, denke ich.

Sie fahren nicht. Nicht durch. Nur bis Times Square. Dafür alle kostenlos. Dort muss der Freund ein Taxi nehmen. Es dauert sehr lange, eines zu finden. Das bringt ihn bis Broadway Ecke Houston. Weiter geht es nicht. Polizeistreifen. Sperrgebiet. Er fährt bis Thompson Ecke Houston. Kein Durchkommen. Ich wohne im Polizeisperrgebiet!

Der Freund ruft mich über Cellphone an. Ich muss mit meinem gültigen Mietvertrag und einem Ausweis mit Foto hinlaufen, ihn abholen.

Wo ist ein Mietvertrag? Suche fieberhaft, finde, suche meinen Pass. Finde den Pass nicht. Suche den Personalausweis. Finde ihn nicht. Finde schließlich den Führerschein. Trete aus dem Haus, es riecht verkohlt, Aschefetzen fliegen mir in die Augen, atme Staub. Alle Kneipen zu, alle Läden zu, alle großen Gebäude dunkel. Blick nach rechts: Die Nixe. Das Parkhaus. Wie immer. Nur: Kein World Trade Center. Klaffendes Dunkel. Laufe nach links bis zur Houston. Kaum Menschen auf der Straße. Auch der kleine bucklige chinesische Maler, der auf der Parkbank vor dem Baseballplatz wohnt, ist weg. Der war immer da, fast drei Monate lang. Jetzt ist niemand da. Muss mich immer räuspern. Die Luft ist ... scharf. Die wenigen Passanten, die mir entgegenkommen, tragen Atemmasken. An der Houston die Polizeisperre, zehn, zwanzig Polizisten. Ich muss mich ausweisen. Der Polizist prüft meinen Mietvertrag, scherzt, mein Foto sähe mir gar nicht ähnlich. Ich finde es unangebracht, dass er scherzt. Lächele aber, um mich nicht verdächtig zu verhalten. Außerdem will ich ja was. Also mitmachen. Mein Freund, der kurzfristig zu meinem Verlobten wird, darf durch. Wir freuen uns, dass der andere noch lebt. Ich erzähle ihm, was für ein feiger kotzender Haufen Dreck ich heute war. Der sich jammernd in der Wohnung verschanzt hat. Und heule schon wieder, ich Memme.

Wir laufen an meiner Wohnung vorbei, dorthin, wo alles WEG und

DUNKEL ist. An der Canal keine Polizeisperren. Offenbar versuchen sie nur, den Uptown-Katastrophentourismus einzudämmen. Wir laufen den anderen nach, die die provisorischen Sperren aus Plastikbändern, die wie Lämmerschwänze wehen, übersteigen. Auf der Höhe Franklinstreet ist Schluss.
Staubbedeckte Polizeiautos und Feuerwehren kommen aus dem abgesperrten Gebiet. Mit anderen stummen blassen kopfschüttelnden Menschen schauen wir in den blassen Feuerschein, dort, wo das World Trade Center WEG ist. Gone. Zusammengefallen wie ein Kartenhaus. Wie zwei Kartenhäuser. Weggeputzt wie zwei schmale Raider-Riegel. Wir bleiben so lange stehen, bis wir husten müssen.

12.09.01 2:36 AM NYC TIME

Unfähig, den Fernseher auszuschalten (woher soll ich dann wissen, wo das nächste Flugzeug runterkommt?) unfähig, die Augen zu schließen (dann rutschen sofort die brennenden Türme zusammen, bei Ihnen auch? bleibt das jetzt so?), unfähig, aus dem Netz zu gehen (vielleicht ist es das letzte Mal?).
Aber das Schlimmste sind die Geräusche. Nachdem ich seit Monaten darauf geeicht war, bei JEDER ART VON LÄRM zu schlafen, schrecke ich nun beim kleinsten Mucks hoch. Der Mieter über mir läuft über die Dielen. Halten sie? Bricht er gleich durch die Decke? Ein Motorrad rast vorbei. Wirft es eine Bombe ab? Knattert gleich das Maschinengewehr von Herrn Laden los? Jemand auf der Straße ruft laut. Was ruft er? O my God? Ruft er O my God?
Nein, das Schlimmste sind gar nicht die Geräusche. Noch schlimmer ist die Stille. Diese unerträgliche Stille heute Nacht in Manhattan. Jedes kleine Geräusch ein Kanonenschuss. Und dieses lau-

schende Elend zwischen den Geräuschen. Ist denn keiner mehr hier außer mir? Sind alle gefesselt und geknebelt? Oder tot? Ruhe vor dem Sturm? Danach? Dazwischen? Stummer Sturm mittendrin? Bin ich taub geworden? Bin ich verrückt geworden?

12.09.01 2:50 AM NYC TIME

Wenn sie bei NBC das Video vom zweiten Turmeinsturz zeigen, auf dem ich die Schreie von vor meinem Fenster wiedererkenne, krieg ich keine Luft. Da sind zwei ganz hohe schrille kreischende Frauenschreie drauf. Das war vor ... wie lange ist das her? ... zwanzig Stunden? ... das Letzte, was ich in meinem Leben zu hören glaubte. Diese beiden Frauenschreie – in einem Meer von anderen Schreien – vor meinem Fenster auf der Straße.
So, jetzt aber Ruhe im Karton und schlafen.

12.09.01 3:41 AM NYC TIME

Schlafen? Da lachen ja die Hühner. Als ich das Licht ausmachte, kam mir die Helligkeit vorm Fenster plötzlich so ... rötlich ... so ... flackernd vor. Und ich glaubte es prasseln zu hören, das Feuer. Und die Ratten? Sonst hör ich die immer draußen pfeifen. Ham die das sinkende Schiff verlassen, die Schweine? Wenn man euch Scheißratten mal braucht.
Dann der Hubschrauber, der plötzlich da ist und lange über meinem Haus kreist. Das hat doch nichts Gutes zu bedeuten. Augen klein und rot. Kühlschrank leer. Ich mach noch mal kurz den Fernseher an, vielleicht war ja alles nur ein – Aber muss man nicht erst mal schlafen, um zu albträumen? Also ist es wahr.

12.09.01 4:38 AM NYC TIME

Jetzt flackert das wirklich draußen. Aufgesprungen und ans Fenster in einem Satz. Ein Polizeiauto vor der Tür. Kam lautlos angefahren! Polizist geht gegenüber ins Hotel. Bevor er reingeht, dreht er sich um, im selben Moment lass ich schnell die Jalousie los, ertappt. Herz rast. Kennen Sie das Gefühl, sich im Kaufhaus bei Taschenkontrolle wie ein Dieb zu fühlen, obwohl man nichts gestohlen hat? Im Bus bei Fahrscheinkontrolle wie ein Schwarzfahrer? Im Ausnahmezustand bei Passkontrolle wie ein Krimineller? Vorhin, als ich dem anderen Polizisten an der Sperre meinen Führerschein zeigen musste, wurde mir im Moment der Übergabe bewusst, dass ich auf dem Foto aussehe wie eine echte Terroristin. Finster, mit ganz kurzen Haaren. Er scheint es nicht gemerkt zu haben. Oder hat so getan, als hätte er es nicht gemerkt, und jetzt liegen die Scharfschützen drüben im Hotel auf der Lauer und zielen auf meinen Kopf.

12.09.01 5:14 AM NYC TIME

Beschließe einen weiteren Schlafversuch, obwohl es so still ist, dass mich selbst Weckerticken (Es ist doch der Wecker? Habe ich überhaupt einen Wecker?) und Heizungsgluckern (Gluckert die sonst auch?) stören. Nach draußen lauschend, ob wieder raschelnd Autoreifen über die Straße schleichen. Glaube, oben, ganz oben am Himmel ein Flugzeug zu hören. Schleicht auch. Aber herrscht nicht Flugverbot? Und wird es wirklich schon hell?

12.09.01 6:59 AM NYC TIME

Schlafen hat nicht geklappt. Angst groß und viereckig im Bauch. Ich fliege nicht! Ich bin doch nicht irre und fliege morgen! Dank auch an den deutschen Journalisten M. N., dem ich wohl gestern in geistiger Umnachtung meine Telefonnummer gemailt habe, vermutlich, als ich dachte, dass es sowieso zu Ende ist, meine Privatnummer, die nur meine drei Menschen haben. M. N. rief mich um 6:30 Uhr meiner Zeit an und fragte, ob ich was für ihn schreiben wolle. Er habe mein Tagebuch gelesen. So etwas gönnerhaft. Darfst was für uns schreiben. Hier ist die Antwort: Nein! Jetzt hab ich mein Telefon rausgezogen, was natürlich auch Mist ist, weil mich sicher einer meiner drei Menschen anrufen würde, wenn sich Kampfflugzeuge SoHo nähern und ich dringend aus dem Tiefschlaf geweckt werden sollte. Also wieder rein der Stecker. Draußen kommt die Müllabfuhr. Das Empire State ist zu, die Schulen sind zu, alle öffentlichen Gebäude sind geschlossen, nur nach der Müllabfuhr kann man die Uhr stellen. Um sieben in New York. The day after.

12.09.01 DAS ABC-VIDEO

Es gibt eins, in dem man genau sieht, wie elegant das Flugzeug in den eisernen Leib des Turmes ... hineingleitet ... leicht schräg, als wolle es im Bauch des Hauses eine Pirouette drehen ... wie in Butter ... ... und vollständig verschwindet. Das wird oft und gern gezeigt heute früh, immer wieder und zurückgespult, so dass beim Zurückspulen das fertige Flugzeug wieder ausgespuckt wird vom Turm, der heil und unversehrt zurückbleibt, heil und unversehrt als sei nix gewesen, wie in dem Gedankenexperiment von Stephen

Hawking, das leider auf einem Rechenfehler fußte: die Umkehrung der Zeit.
Man kann sich ja viel vorstellen, was Materien miteinander machen, wenn sie aufeinandertreffen. Kinder hauen manchmal Bauklötzer aufeinander und machen Geräusche dazu. Ich hätte vorher nicht zu sagen gewusst, was passiert, wenn ein Flugzeug mit … wieviel Sachen eigentlich? … Wenn es gegen ein Haus knallt. Sie vielleicht? Zerbricht das Haus? Wird es mit der Wurzel ausgerissen und fällt um? Prallt das Flugzeug ab, verbeult sich die Schnauze und fällt runter?
Nein, alles nicht, es gleitet in den Turm wie ein Messer in Butter. Der Turm taumelt, aber steht, spuckt auf der anderen Seite ein paar Schreibtische aus, oder ein paar Etagen, vielleicht auch Flugzeugteile, das sieht man nicht genau, er steht, zerbröckelt aber innerlich – und zerfällt schließlich zu Staub. Er schien so unbesiegbar (und war jünger als ich), er schien so felsenfest, und wurde dann ganz rasch erst Butter und dann Puderzucker. Beide Türme. Einer wollte nicht ohne den anderen bleiben. Geblieben ist, so wird das hier genannt, die Broken Skyline. Das Postkartenmotiv der Zukunft.
Die Puderzucker-Menschen, weiße Haare vom WTC-Staub, weiße Kleider, provisorisch abgewischte Gesichter, Ohren aber weiß, gestern habe ich einen durch die Thompson Street laufen sehen, langsam, mit leeren Augen, die Aktentasche fest unterm Arm. Oder hab ich das geträumt? Oder im Fernsehen gesehen?

12.09.01 DIE OPFER

Und was war drinnen los? Ein Angestellter blickt von seinem Schreibtisch auf und sieht ein riesiges sich ihm näherndes Flugzeugmaul, noch bevor er Luft geholt hat, noch bevor er o my God sagen, bevor er es überhaupt denken kann, noch bevor er an seine Familie denken kann, noch bevor er sich aufs Beten besinnen kann, noch bevor er denken kann: das ist wie in einem schlechten Katastrophenfilm, ist er tot, vielleicht ja sogar zu Tode erschrocken, bevor das Flugzeug das Haus noch berührt, innerhalb eines Bruchteiles einer Sekunde.

Die Menschen über und unter dem Flugzeug sind länger gestorben, haben noch telefoniert und gemailt und gehofft und sich zum Lift gedrängelt und zur Treppe, sind beruhigt worden, haben für einen Herzschlag lang geglaubt, was man ihnen da sagt, dass sie in Sicherheit sind, dass sie noch mal Glück gehabt haben, dass man sie rausholen wird. Und vielleicht haben sie auch noch diskutiert, wozu eigenlich die ganzen Geheimdienste gut sind und ob es einen Gott gibt und wenn ja, warum er das zulässt, vielleicht haben sie sich in den Armen gelegen und geweint.

Aber dann ist nebenan der Turm eingestürzt und sie haben das Zittern gespürt, haben gemerkt, wie auch unter ihnen der Boden weich wird, nachgibt, dann lieber aus dem Fenster springen. Aus dem 90. Stock, ins Leere.

Vielleicht leben manche noch, vielleicht sterben sie noch, in diesem Moment, schnappen unter Betonträgern nach Luft, halten das Funktelefon in der Hand, ganz fest, aber der Akku ist alle. Warum habe ich niemals Nummern eingespeichert?, fragen sie sich. Oder schreien, krächzen, aber niemand hört.

12.09.01 DIE TÄTER

Wenn das nun jetzt fiese 16-jährige Jungs waren, mit Zwickeln in den Kniekehlen und Akne Vulgaris, die zuviel »Jerry Springer« gekuckt haben, halb debil, halb bauernschlau, cool sein wollten die, haben an Flugsimulatoren geübt, hatten nur Taschenmesser und Wasserpistolen und Etwasse, die man für Bomben ausgeben konnte. Ihr Plan war vage, sie waren alle medienverblödet, Katastrophenfilm-Fans, lebensmüde, angekotzt, aber auch zornig, auf die Eltern, die Regierung, die Welt. Und dann dachten sie sich: Ha! Dann werden wir eben Terroristen und putzen das WTC weg und das Pentagon und verpassen diesen Scheißkapitalisten einen Denkzettel. Der Bush wird ganz schön dumm aus der Wäsche kucken! Dann kommen wir in die Lehrbücher rein und alle müssen unsere Namen auswendig lernen, für die Geschichtsprüfung. Und dann haben sie sich ein Datum ausgesucht, den 11.9., das wird amerikanisch 9/11 geschrieben, und 911 ist der amerikanische Polizeinotruf, das fanden sie lustig. Dann haben sie ihre Sparschweine geknackt und die Sparkonten. Hier, so und so viel kosten vier Tickets, Uhrenvergleich. Und dann los. Vier Flugzeuge haben sie sich geschnappt, im selben Moment, weil sicher nur eines ans Ziel kommen würde. Niemals hätte einer von ihnen damit gerechnet, dass sie auch nur eines in ihre Gewalt kriegen, geschweige denn ins WTC crashen, geschweige denn zwei, ungehindert, und ein drittes ins Pentagon. Keiner hat daran gedacht, das es klappen könnte, dass das so ein Kinderspiel sein könnte, dass die Welt erschüttert würde, dass Millionen Menschen weinen würden, dass tausende Menschen sterben könnten, nicht nur vier durchgeknallte irre blödgesendete Jungs.

12.09.01 8:48 AM NYC TIME

Ein letzter Schlafversuch, gleich. Während bei abc King Abdullah von Jordanien interviewt wird, während draußen abwechselnd Polizeisirenen und Flugzeuge langfahren, dann direkt durch mein Hirn, zum einen Ohr rein, zum anderen raus, während beim Durchzappen vorm Ausschalten ich die Frauenschreie wieder höre und wieder keine Luft kriege, weiß ich schon, dass auch dieser Schlafversuch nicht von Erfolg gekrönt sein wird.

12.09.01 1:25 PM NYC TIME

Zwei Stunden geschlafen. Versuche auf Freitag/Samstag umzubuchen. Es geht mir nicht gut.

Lieber Uli Wickert,

sorry, dass ich keine Schalte zu den Tagesthemen machen kann. Du findest sicher jemand anders für das Interview. Hier meine Gründe: ich bin nur halb eine Augenzeugin, eigentlich bin ich eine Ohrenzeugin, keinesfalls habe ich aber »alles miterlebt«. Ich will nicht, nur weil ich eine Fernsehtante bin, vor Kameras treten und schluchzen, dass ich alles miterlebt habe. Ich war zu weit weg zum Sterben, zu nah zum Weiterleben. So fühlt sich das an. Drei Kilometer, gestern hat sich mir das Herz zusammengekrampft, wie nah es doch war, als ich abends zur Unglücksstelle ging. Wie knapp.

In mein Internet-Tagebuch musste ich einschreiben, es war wie ein Zwang. Das innere Erleben ist quälend stark, die Gedanken, Gefühle müssen raus, der Kopf muss ruhen. Er ruht nicht. Ich möchte, dass jemand kommt und mir eine Spritze gibt, damit er ruhen kann.

Ich kann in Moment in kein Flugzeug steigen, vor keine Kamera treten. Ich muss aber in ein Flugzeug steigen, morgen oder Freitag, vor eine Kamera treten, Sonntag. Das ist mehr als genug. Das muss ich jetzt hinkriegen, mehr geht nicht. Bitte hab Verständnis.

12.09.01 REKONSTRUKTION, DIE TAUSENDSTE

Der Himmel voller Hubschrauber, Herz Hirn lauscht nach oben, Atem setzt aus. Heute morgen um 9, als ich versuchte, einzuschlafen, machte auf einmal der Wecker dieses Geräusch, dieses Einschnappen des kleinen Zeigers, wenn das Weckwerk aufgezogen, aber der Stopphebel gedrückt ist. Da fiel es mir wieder ein. Ich hatte ihn gestern auf 9 Uhr gestellt. Als er aber klingelte, war ich ganz empört, denn ich hatte in der Nacht zuvor bis vier Uhr gearbeitet. Ich legte den Stopphebel um und schlief weiter.

DANN KAM DAS FLUGZEUG. Es war so laut und flog so tief, dass es gar nicht sein konnte. Aber da es so war, musste es schon seine Richtigkeit mit dem Lauten und Tiefen haben, dachte ich und zog mir die Decke über den Kopf, wärend oben im Flugzeug was? Der Kamikazeflieger einen letzten Fluch zischte? Noch ein paar Kehlen durchschnitt? Der Knall, die Schreie haben nicht gereicht, mich zu wecken. Vielleicht passten die zu meinem Traum.

Als der Kollege anrief und sagte, es sei etwas passiert, habe ich gesagt, ja, ich hab da was gehört, wollte aber erst weiterschlafen. Bis ich die Hektik draußen hörte und die Schatten sah, die vor meinem Fenster hin und her liefen, Menschenschatten. Weil ich IN DIE KATASTROPHE HINEINSCHLIEF, kommt es mir bis jetzt so vor, als sei ich zwischen zwei Träume gefallen.

12.09.01 ES STINKT

plötzlich ganz schrecklich in meiner Wohnung, nach Rauch, nach Gas, nach verbranntem Gummi beißend ich lauf raus

12.09.01 DER HAUSMEISTER

klopft an meine Tür.
»bie kärfull seers ä lot of gäss kamming from dauntaun«, sagt er. Gas, das von downtown kommt? Warum kommt das jetzt, heute, grade hierher? Explodiert jetzt hier alles? Ich gehe nicht raus. Draußen tragen alle Atemmasken, die Doormen von dem Hotel, die Spaziergänger. ich habe gar keine Atemmaske, aber es stinkt entsetzlich hier. Was soll ich nur tun?

12.09.01 ATEMMASKEN

Ich habe jetzt auch eine. Alle haben eine. Ich hab immer gedacht, solchen Scheiß würde ich nicht mitmachen. Atemmaske, was soll denn das bringen? Aber alle haben eine. Sie werden hier an der Straße ausgeteilt. Wer sich zu fein ist, hält das T-Shirt vor die Nase oder ein Tuch. Ohne geht es nicht.
Sogar der kleine bucklige chinesische Maler, der an der Ecke Spring auf einer Parkbank wohnt, hat eine Atemmaske! Er malt, er geht seinem Tagesgeschäft nach, mit Atemmaske. Die Verkäuferin in der Grocery hat eine, die älteren Frauen, die draußen vor dem Sportplatz frühstücken, haben welche (wird für jeden Bissen, jeden Schluck Kaffee, jeden Zigarettenzug … ihr werdet doch nicht rauchen ihr Hühner hier ist alles voller Gas???? kurz weggezogen). Einige Gasleitungen sind kaputt, schreibt ein Kollege vom **AUFBAU**. Ich habe sonst keine Information, nur das durch die Straßen wabernde gezischte geflüsterte gas coming uptown habe ich gehört, überall. Gas coming uptown.
Zwei Schicki-Mädchen filmen sich gegenseitig mit Atemmaske und Designer-Sonnenbrille und lachen. Ich bin wieder in der Wohnung.

Vor dem Haus stehen junge Männer mit Atemmasken und erzählen sich ihre gestrigen Erlebnisse. Jetzt schnell den Fernseher aus, da schreit doch einer ganz furchtbar? Nein, doch nicht. Es ist ein Hund, der kläfft.
Ich trage die Atemmaske auch in meiner Wohnung. Die Luft draußen ist viel schlimmer als gestern, verbrannt, scharf, stinkt. Vorhin, als ich aus der Wohnung gerannt bin, musste ich den Kopf schütteln darüber, wie umständlich ich den Schlüssel aus der Tasche kramte, um die Wohnung abzuschließen. Abzuschließen, wenn vielleicht gleich alles explodiert hier. Der Mensch ist ein Gewohnheitstier.

12.09.01 3:07 PM NYC TIME

Giuliani hat erklärt, dass an der Stelle der Zwillingstürme des World Trade Centers ein neues Welthandelszentrum aufgebaut werden soll.
Der Mann hat Nerven. Höher. Schneller. Weiter. Sitzen schon Architekten am höchsten Hochhaus der Welt?
Im Fernsehen inteviewt Amy von CBS weinende Menschen, die ihre Angehörigen suchen und Telefonnummern in die Kameras stammeln, wird aber mittendrin abgewürgt, weil Giuliani wieder was Neues zu verlautbaren hat. Er trägt einen Jogginganzug und eine Baseballmütze (dunkelblau) mit der Aufschrift FDNY (weiß).

12.09.01 OPTIMISMUS, FLÜCHTIG

Ich habe keine Angst im Moment. Hätte sogar Lust, mir eine Pizza zu bestellen. Aber liefern die ins gasverseuchte Sperrgebiet? Eben

ein Selbstauslöserfoto gemacht, mit Atemmaske, vorm Laptop. Das fällt natürlich optisch etwas ab gegen den sportiv Ton in Ton gestylten Giuliani. Ein Zeitdokument. Für die Enkel.
Aber fliegen, nein, meine Herren, fliegen will ich nicht. Ich kann nicht mal ein Flugzeug hören, ohne innen zu gefrieren. Herr Pleitgen, warum kann ich den Kulturweltspiegel nicht aus New York moderieren? Ein bisschen Bluebox wird sich doch hier im ARD-Studio auftreiben lassen?

12.09.01 ALSO KRIEG?

Ich weiß es nicht. Die Agenturen schreiben sowas. Im Fernsehen kommt nix. Giuliani spricht grade darüber, dass er hofft, dass morgen die Broadway-Theater wieder geöffnet werden. Und lächelt aufmunternd unterm Mützenschirm.

12.09.01 WEBMASTER!

Bitte melden, dringend!
Fast eine Stunde versucht, telefonisch nach Deutschland durchzukommen. Keine Leitung frei. Oder angeblich falsche Vorwahl, von wegen, oder einfach nur Knacken in der Leitung. Wollte eine menschliche Stimme hören.
Nun muss ich also mein virtuelles Selbstgespräch fortsetzen. Sehr gut tut es, wenn daraus für den Moment einer Antwort-Mail ein Dialog wird. Wenn einer schreibt, wie dieses Tagebuch auf ihn wirkt. Ein fremder Mensch, der vielleicht zufällig auf meinen Seiten gelandet ist, der in Leipzig wohnt oder Potsdam oder Köln oder München, der traurig wird durch meine Eintragungen, wütend,

gesprächig. Mir seine Alpträume, Ängste, Kindheitserinnerungen schildert. Einfach mit mir spricht.
Ein Hubschrauber über meinem Haus. Hubschrauber kann ich auch nicht mehr hören. Ob ich noch einmal in die Grocery Ecke Prince laufe? In diese Oase der Normalität in der sonst toten Thompson Street (von den Atemmasken der Verkäuferinnen mal abgesehen), wo es Früchte gibt und kaltes Bier und warmen Kaffee und ATM-Automaten, die Dollarscheine spucken. Aber Beine schwach. Wollte ja auch Blut spenden. Aber habe grad selbst etwas zu wenig. Bin Laden im Fernsehen. Er sollte von Henry Arnold verfilmt werden (Zweite Heimat), wenn alles überstanden ist. Und überhaupt: Wie soll das aussehen: Alles überstanden? Vorhin, als ich die Gas-Panik hatte, habe ich einen Kollegen per Mail gefragt, ob jetzt SoHo in die Luft fliegt. Er antwortete, dass er unter normalen Umständen schreiben würde, das SoHo auf keinen Fall komplett in die Luft fliegt, dass das unmöglich sei, aber was sei seit gestern schon noch unmöglich? Es war, als hätte ich ihn vorgestern gefragt, ob das World Trade Center zerstört werden könnte, wenn zum Beispiel in jeden Turm ein Flugzeug crashen würde. Vermutlich hätte er mir den Vogel gezeigt.
Nein, nichts, nichts ist hier unmöglich, im Moment. Überall ist alles möglich.

12.09.01 HEULSUSE

Was das mit einem macht!
Eben noch gefaßt, schnodderig. Alles runtergespielt. Telefonkontakt, endlich, zu einem Freund in Deutschland. Der mir atemlos erzählt, wie ER die Katastrophe in Berlin erlebt hat, ohne zu fragen, wo und wie ich das erlebe. Ich ihn getröstet. Am Trösten

gewachsen. Auf cool gemacht. Nein, in Deutschland wird nichts passieren. Hier sicher auch nicht mehr. Aufgelegt.
Dann Bilder auf Fox 5. Menschen halten stumm Fotos ihrer vermissten Angehörigen in die Kamera. Die Fotos: Schnappschüsse, Momentaufnahmen. Zwei fröhliche Männer mit Piratentüchern und Bierdosen – vermisst. Einer, der im Urlaub ist und eine alberne Flagge schwenkt und eine lustige Fratze zieht – vermisst. Dann sagt die aufgewühlte Reporterin, sie vermisst auch jemanden, einen guten Freund … ihr fällt der Name nicht ein, weil sie gegen die Tränen ankämpft. Ich kämpf aber nicht mehr an.

12.09.01 FOX5NYNEWS@YAHOO.COM

Das ist die e-mail-Adresse, wo nun sekündlich Fotos von Vermissten eintreffen. Patricia, eine Reporterin, öffnet sie live, liest vor. Wendy, eine hübsche Dunkelhaarige, arbeitete im 106. Stock. George, ein Feuerhelfer, das Foto zeigt ihn Arm in Arm mit seiner Freundin, an der Reling eines Schiffes. Wenn sie auch jemanden vermissen, mailen Sie Ihr Foto dorthin. Vielleicht lebt er noch, vielleicht hat ihn jemand gesehen, vielleicht weiß er nicht mehr, wer er ist.

12.09.01 CHAMBERS ECKE 6. AVE

wird die Live-Reporterin vom Gelände verjagt, ich weiß nicht, warum. Das letzte Bild, was ich sehe, ist, dass ein Polizist (man sieht nur seinen Unterkörper), das Kamerakabel rauszieht. Was ist da los?
Ein Gebäude qualmt. Es könnte zusammenbrechen. Die Reporte-

rin, Kamera ist flugs wieder eingestöpselt, fragt in einen Polizeiwagen rein, keine Antwort. Das Gebäude liegt gegenüber vom World Trade Center.
Aus dem Studio wird die Reporterin gefragt, ob sie Gas riecht. Sie sagt, sie riecht »Big Smoke«. Dann wird der sicher auch bald hier sein, Chambers ist nicht weit. Die hoch aufgeregte Reporterin sagt grade, irgendwas sei funny. Und korrigiert sich gleich. Rennt jetzt zu einem Rettungswagen. Von dort zu anderen Hilfskräften, fragt diesen und jenen, währenddessen versuchen die beiden Moderatoren im Studio die Zeit zu überbrücken bis ... sie wieder da ist, mit neuen Infos? Bis das Gebäude zusammenstürzt?

12.09.01 WINDOWS OF THE WORLD

hieß das Restaurant im 106. Stock des WTC, in dem ich mehrfach saß. Abends gab es einen Dresscode und eine schreckliche 80er Jahre Disco. Windows of the World. Ich habe dort immer Sushi gegessen. Die Kellnerin sagte einmal, ich sehe aus wie Annie Lennox. Ich sagte, sie sieht aus wie Whitney Houston. Wir haben gelacht, weil das überhaupt nicht stimmte. Sie jedenfalls sah viel besser aus als Whitney Houston. Vielleicht gibt es sie noch. Vielleicht hatte sie gestern keinen Frühdienst.
Frau Clinton nun neben Giuliani auf CBS. Spielt mit den Kaumuskeln. Nickt resolut, als Giuliani in den schönsten Farben ausmalt, wie toll die Jacketkronen sein werden, die sich bald über die Zahnlücken-Skyline schieben werden.
Die Strategie ist klar. Die Demütigung nicht hinnehmen. Stärke demonstrieren. Alles schnell wieder zubauen. Nicht unterkriegen lassen. Warum nicht Schwäche zeigen? Fehler eingestehen? Warum nicht nach Worten suchen? Stammeln, schweigen?

12.09.01 ACHTUNG!

An ALLE, deren e-mails von gestern jetzt RÜCKWIRKEND ins Tagebuchprotokoll eingefügt wurden.
Wer das nicht will, schnell mailen. Kontakt zum Webmaster sporadisch, er ist vom Urlaub aus online gegangen. Nur er kann das wieder rausnehmen.

12.09.01 HYSTERIE

--- Original Message ---
From: Leser (weise)
To: Else Buschheuer
Sent: Wednesday, September 12, 2001 7:40 PM
Subject: Re: Angst vorm Fliegen
Der Sessel ist eine Couch …
Die Gasgefahr ist wesentlich größer als die Fluggefahr!

--- Original Message ---
From: Else Buschheuer
To: Leser (weise)
Sent: Thursday, September 13, 2001 1:34 AM
Subject: Re: Angst vorm Fliegen
halten Sie mal die Klappe in ihrem warmgepupten sessel

--- Original Message ---
From: Leser (weise)
To: Else Buschheuer
Sent: Wednesday, September 12, 2001 7:33 PM
Subject: Angst vorm Fliegen

Wenn ein Flieger geht, sollten Sie fliegen ... alles andere ist Hysterie ... es besteht keine Gefahr für Sie!

12.09.01 8:00 PM NYC TIME

Bin einmals ums Karree. »Frische Luft schnappen«, Thompson bis Canal. Canal nach links bis West Broadway. Dort stumm mit anderen gestanden, um auf die vom Sonnenuntergang rötlich beleuchtete neue Rauchsäule der heute eingefallenen Nebengebäude zu sehen. Guiliani wurde vorbeigekarrt, mit Riesen-Eskorte. Fühle mich wie Rekonvaleszent. Warum sagt keiner: »Bis du heiratest, ist alles wieder gut!«?
Eine halbe Stunde in der Dämmerung gestanden und auf den Qualm gestarrt. Viele Polizisten vorbeilaufen sehen, ganze Gruppen, mit Schutzhelmen in der Hand und in Gedanken versunken, nicht eilig. Viele Ambulanzen vorbeifahren lassen, beiseite gegangen, wieder aufgerückt. In jedem Kopf läuft heute ein anderer Film. Obwohl alle dasselbe sehen. Sehen alle dasselbe?
West Broadway hoch bis Prince. Nach links Richtung Thompson. Vier junge Leute in hellblauen Anzügen, Atemmasken um den Hals baumelnd, im Hopserlauf, ausgelassen, nach Helferdienstschluss, auf der leeren stillen Straße. Hätte Fassbinder gefallen das Bild. Hier shoppt übrigens heute niemand, lieber SPIEGEL. Geschäfte zu, wenige Kneipen lassen die Fernseher dauerlaufen.
Keiner trägt mehr Atemschutz am Abend, Luft ist klarer, wenn auch nicht wirklich frisch. Hungergefühl, erstmals heute. Hotdog-Suche verlief erfolglos. Kein Sandwich, kein Bagel, nicht mal ein trockenes Brötchen. Statt dessen ein Stück quietschsüßen schwarzen Kuchen gekauft und gegessen und Pistazien. Das Ganze wird jetzt mit zwei Heineken neutralisiert. Und wehe mir fällt heute

ein Flugzeug oder ein Wolkenkratzer auf den Kopf, heute will ich schlafen. Normalität sollte nunmehr weitgehend herbeigeschlafen werden. Ab sofort.

12.9.01 EBEN

ging es mir richtig gut, wollte noch ein Bier und dann den Fernseher aus. Da kam wieder das Video vom zweiten Towercollaps, das Video mit den beiden hohen Frauenschreien.

12.09.01 8:40 PM NYC TIME

Hier riecht es jetzt wieder, es stinkt, anders diesmal, sehr kräftig, sehr giftig. Im Fernsehen sagen sie, wir sollen die Klimaanlagen ausmachen, es ist Asbest. Wie riecht Asbest? Riecht Asbest überhaupt? Soll ich mit der Atemmaske schlafen und was kann so'n bisschen Papier um die Nase schon ausmachen?
Wache ich wieder auf, wenn ich jetzt einschlafe? (Wir! Werden! Sehen!) Und schlafe ich überhaupt ein in einer Umgebung, in der jedes Geräusch, jeder Lichtschein, jeder Geruch seine Unschuld verloren hat?

12.09.01 11:01 PM NYC TIME

Eine Stunde geschlafen, eine halbe davon mit der blöden Maske, dann muss sie abgefallen sein. Während ich schlief, sind Penn Sation und Empire State evakuiert worden, inzwischen gilt der Bombenfund als Fehlalarm. Eine Nahostexpertin aus Washington

sagte gerade sinngemäß auf CBS, dass Bin Laden alleine zu blöd wäre für das Attentat. Natürlich wollen sie auf möglichst hohem Niveau ausgetrickst worden sein, das macht ihr Scheitern verständlicher. Die haben das echt verpennt, diese hoch bezahlten Wichtighuber vom Geheimdienst. Und Herr Bush ist gestern auch etwas somnambul durch seine Hin-und-Her-Flieg-Aktionen und Telepromper-Reden gestolpert, ausgeschlafen ist der nicht mit seinem kleinen wenig pfiffigen Fuchsgesicht.
Ich komm drauf, weil ich eben dachte, man wird uns ja hier sagen, wenn wir langsam in unseren Betten vergiftet werden, aber hätte man uns nicht auch sagen sollen, dass ein Flugzeug aufs WTC zurast, ein weiteres, dass die Türme einfallen werden, beide? Stattdessen hat man den Menschen dort drin gesagt, sie seien in Sicherheit, sie sollen in ihre Büros zurückgehen. Man hat den Feuerwehrleuten gesagt, sie sollen an den wie Schornsteine glühenden Türmen rumbuddeln, die ihnen nachher auf die Köpfe gefallen sind. Und ist einer der Verzweifelten, die sterbend aus den Fenstern sprangen, ist einer in einem Sprungtuch gelandet? Hat dort irgend jemand gestern ein Sprungtuch gesehen?
Unterhalb der 14. Straße fährt kein Bus. U-Bahn glaub ich auch nicht. Vorhin waren vor meinem Haus viele Männer, die sich etwas zugerufen haben. Ich weiß nicht was. Jetzt herrscht Stille.
Selbst wenn ich jetzt ein Taxi auftreibe oder ins **AUFBAU**-Büro laufe (müsste ca. 2 Stunden strammer Fußmarsch den Broadway hoch sein), laufe ich Gefahr, nicht wieder hier reinzukommen, denn ich habe kein ordentliches Dokument, welches belegt, dass ich hier wohne. Gestern gab es Fälle, in denen Menschen nicht nach Hause gelassen wurden. Oberhalb der 9. Straße soll es besser riechen, mailt eine Kollegin.
Überflüssigerweise habe ich heute einen Virus bekommen, in einem Attachment. Ein Wurmvirus, der die Festplatte löscht. Das

»Internationale Literaturfestival Berlin« entschuldigt sich und schickt mir eine Anleitung, wie man nun das Schlimmste verhindern kann, aber ich bin zu blöd und zu schwach und mein Webmaster ist im Urlaub und schläft tief und fest und träumt vom Radeln, morgens immer um den See mit seiner Familie. Mit his Loved Ones, das ist hier das Wort dieser Tage. Their Loved Ones. In den Fotoalben sind sie, their loved ones, die die weinenden Menschen durch die Straßen tragen und in die Kameras der Lokalreporter halten, Hochzeitsfotos, Babyfotos, Familienfotos. Von Schwiegersöhnen. Müttern. Ehemännern. Enkelinnen.
Wenn jetzt mein Computer zusammenbricht, zum zweiten Mal innerhalb von zwei Wochen, mein einziger Kontakt zur Welt, dann spring ich aus dem Fenster, aber ich wohne Parterre. Wenn das ein Computerexperte liest, ich bin für praktische verständliche Tipps gegen Worm/W32.Sircam dankbar. Muss gleich alle Fotos und Texte, die neu sind, ins Netz hochladen. Sofort.
Auch für morgen alle Flüge gestrichen. Die Frage ist: Krieg (das klingt wie Krieg, ist Krieg?), krieg ich Freitag einen und muss man mich in Zwangsjacke da reinsetzen oder im künstlichen Koma, denn freiwillig geh ich nicht. Ich kann kein Flugzeug mehr hören. Ich kann kein Flugzeug mehr sehen. Ich seh immer, wie das wie in Butter in den Leib des Towers fährt.
Keine Autos auf der Staten Island Ferry erlaubt, Williamsburg Bridge bleibt geschlossen. Brooklyn Tunnel geschlossen. Alle hohen Gebäude in der Stadt sind dunkel. Das 60-stöckige Gebäude, das vor einigen Stunden zusammengebrochen ist, stinkt innen mehr als beide WTC-Türme zusammen. Teerlunge hilft gegen Asbest, schreibt mir ein Leser aus Deutschland. Schwacher Trost.

12.09.01 RISIKO PASSAGIERJET – AUSZUG AUS SPIEGEL ONLINE

»Eine voll getankte Boeing 767 kann allerdings – abhängig von der Temperatur und somit der Dichte des Kerosins – in ihren Tanks rund 75.000 Kilogramm Kerosin transportieren. Damit ergibt sich rein rechnerisch eine freigesetzte Energie, die der von 1000 Tonnen des Sprengstoffs TNT entspricht.«
Das zum Thema Hysterie.

13.09.01 01:16 AM NYC TIME

Vor einer Stunde Polizei vor meiner Wohnungstür, erst zwei Posten, dann ein Auto, dann drei Motorräder. Keine Ahnung, was die wollen. Stehe mit pochendem Herzen hinter der Jalousie. Ein Kollege, den ich anrufe, bittet mich, nicht rauszugehen und zu fragen. Jetzt, wo einer der Terroristen vermutlich ein Deutscher ist. Alle sind ziemlich nervös zur Zeit. Nachdem die Cops eine halbe Stunde in ihre Walkie Talkies gesprochen haben, fahren sie wieder weg. Jetzt Ruhe draußen. Der Wind hat sich gedreht, der Gestank nachgelassen.
Wenn nicht bald alle Toten geborgen werden, wird es in ein paar Tagen ganz anders riechen in New York. Unter Spiegel Online mit leichtem Grauen den Artikel »6000 Leichensäcke bestellt« geöffnet. Nur Hieroglyphen. Ist das schon mein Virus? Norton sagt, ich hab keinen. Aber irgendwo ist der Wurm versteckt, möglicherweise noch harmlos verpuppt.
Blutspenden geht angeblich nur, wenn man schon fünf Jahre hier gelebt hat. Elitärer Ansatz, wenn Blut dringend gebraucht wird.

13.09.01 3:06 AM NYC TIME

Schlafen ging leider nicht wegen schwindelig und Herzrasen und Angst, was Schlimmes zu verpassen. Obwohl draußen alles still (oder weil alles still?) nicht geschlafen. Danke für die vielen mitfühlenden Mails und Viren-Links. Merkwürdigerweise keinen Virus gefunden, obwohl ich das Attachment geöffnet habe.
Inzwischen bin ich drauf gekommen, warum es mir gesundheitlich nicht gut geht. Woher die Schwäche, die weichen Knie, die Fast-Ohnmachten. Weder Hysterie noch Hypochondrie noch echte Krankheit. Ich habe nichts getrunken, seit es geschah. Kaffee, Bier, ja, aber kein Wasser. Vergessen. Jedenfalls fehlt mir nichts und ich habe immer noch keinen Durst. Trotzdem. Jetzt wird erst mal getrunken aber hopp hopp. Sonst falle ich zusammen wie die Towers.
Die Twin-Towers sind beide in meine Augen gefallen. Ich habe keine Pupillen mehr, sondern brennende Türme in meinen Augen. Alles, was ich in diesem Leben noch sehe, werde ich durch diese brennenden Türme sehen. Jeder, der mich ansieht, wird diese brennenden Türme in meinen Augen sehen. Das muss man sich mal klarmachen.
Ein schnelles, aggressives Flugzeug über mir und ich halte die Luft an. Noch eins. Noch eins. Wieder eins. Oder dasselbe viermal. Nein, es sind viele. Meine Generation ist so schrecklich kriegsunerfahren. Sind das schon Kampfgeschwader? Welches Landes? Müssen jetzt die Fenster verdunkelt werden? So dunkel sein wie die Hochhäuser, diese schwarzen Riesen in der tödlich verletzten, tödlich gekränkten Stadt?
Als ich heute mit der Atemmaske vor meinem Laptop hockte, hat mir Susanne Kampmann, die Kulturweltspiegel-Redakteurin, Info-Texte und Moderationsvorschläge geschickt. Aus einer anderen

Welt, einer anderen Ereigniswelt, Gedankenwelt, Prioritätenwelt. Aus Deutschland, das gerade eine Schweigeminute absolviert. Ich habe sie nicht mal geöffnet, die Texte. Geht nicht. Im Moment nicht.
Warum? Warum das nicht geht?
57 Prozent aller Amerikaner möchten den Krieg. Dagegen sind Nachtschlaf, Wassermangel, Kulturweltspiegel müde Möpse im Themenangebot. 57 Prozent aller Amerikaner wollen den Krieg. Sagt CNN. Sagen die Statistiker.
When the WTC broke down. Klingt schon so floskulös wie »When the wall broke down«. Der Kreis schließt sich. Bevor die Mauer fiel und nachdem das WTC fiel, wohnte ich in einem abgesperrten Gebiet, in einer SPERRZONE.

13.09.01 3:15 AM NYC TIME

Lieber Christian! Danke für die Mail-Hypnose. Bis jetzt merk ich nix. Sollte ich vielleicht aus dem Netz gehen?

... und Du legst Dich hin ... 1 ... und schließt die Augen ... und Dein Körper wird leicht ... und schwerelos ... 2 ... und Deine Gedanken verlassen allmählich diesen Ort ... 3 ... und um Dich herum ... ist nichts als Stille ... 4 ... und Du wirst leichter und leichter ... atmest langsam ... und ein wohliger Schlaf umhüllt Dich ... 5 ... und Du bist völlig entspannt ... und kannst schlafen ... tief und fest schlafen ... 6... stundenlang schlafen ... schlafen ... schlafe ... schla... schl... sch... sc... s......... Else schläft.

Ich fang noch mal von vorne an ... da capo al fine ...

13.09.01 KOMISCH,

dass ich fast zwei Tage ohne Benzin gefahren bin, hochtourig, untertourig und geschrieben, geschrieben, geschrieben. Nicht getrunken, nicht geschlafen, nur geschrieben.

13.09.01 4 AM NYC TIME

Ich schweige mit euch, Freunde in Deutschland. Währenddessen gibt es hier den Crashdown schon in Zeitlupe, mit Musik unterlegt.

13.09.01 EIN BISSCHEN FRIEDEN

aktueller denn je, wie mein Leser, der mir den text eben mailte, zu Recht schrieb. Also, d. h. ihr singt mal und ich mach hinter jede Zeile das Zeilenprogrammierungszeichen, das dauert. Und dann versuch ich das Schlafen noch mal.

Ein bisschen Frieden
ein bisschen Sonne
für diese Erde
auf der wir wohnen

Ein bisschen Frieden
ein bisschen Freude
ein bisschen Wärme
das wünsch' ich mir

13.09.01 LUFTBRÜCKE DER HOFFNUNG

Wortschöpfung eines Lesers, kitschig, groß, gut. Ich lese eure warmherzigen Mails, kucke ab und zu etwas angewidert auf die anderthalb-Liter-Volvic-Flasche, die ich austrinken muss, wenn ich keine Mumie werden will, denke an Hotdogs, Sashimi, Wiener Schnitzel, es ist morgens um 5 in New York. Zwei Tage danach. Hoffen die zurückgebliebenen Familien noch, their Loved Ones lebend wiederzusehen? Die staubigen Männer in den Kampfanzügen haben wieder eine Nacht durchgebuddelt. Die Tunnel sind wieder geöffnet. Die Schulen oberhalb der 13. Straße sind wieder geöffnet. Lufthansa hat angekündigt, wieder zu fliegen und gleich darauf dementiert. Wenn die Subway heute wieder geht, dann fahr ich hoch in die Upper West Side zu den Kollegen, deren Zeitungsproduktion sich diesmal verzögert, aber morgen wird das Blatt hoffentlich fertiggestellt.
Bis vorhin habe ich mich gefragt, warum ich das tue, tun muss, dieses zwanghaft fieberhafte Aufschreiben. Heute steht in drei Zeitungen, dass man mich offenbar liest, in Deutschland und im deutschsprachigen Ausland. Auch die Journalisten, die nicht auf die großen Agenturenserver kommen. Das verleiht meiner virtuellen Kritzelei eine Art Sinn.
Ich möchte nicht nach Deutschland, mein Platz ist jetzt hier.

13.09.01 12:04 PM NYC TIME

Werde wach von vielen Stimmen und lautem Plätschern, springe in derselben Sekunde aus dem Bett, taumele zum Fenster. Evakuierung? Nein, ein lächelnder schwarzer Mann putzt mit einem Schwamm an einer langen grünen Stange das Fenster über mir,

ein anderer, ein Asiate, steht daneben und richtet einen Schlauch nach oben, aus dem Wasser spritzt. Erleichtert will ich zurück ins Bett, »nichts Schlimmes« vor mich hinmurmelnd, gehe aber noch einmal zum Fenster zurück und sehe, dass die Menschen, die Nachbarn, die den beiden zusehen, Atemmasken tragen. Es ist also wahr. Es ist also passiert.
Armbanduhr und Wecker sind stehen geblieben, nach dem Stand der Sonne ist schwer zu urteilen. Laptop an, geht noch, fern die Erinnerungen an meinen Wurm-Virus, für welchen mir heute Nacht Dutzende von Virenprogrammen gemailt wurden, danke.
Es ist mittags um 12. Ich habe sechs Stunden geschlafen. Endlich. Welcher Tag ist heute? Wann geht mein Flugzeug? Geht schon ein Flugzeug? Ist Krieg? 55 Mails seit sechs Stunden. Jetzt also: Mails lesen, Agenturen lesen, Fernseher an. Sechs Stunden nicht eingeschrieben.

13.09.01 12:45 PM NYC TIME

Es klopft an meine Tür.
Moment, Moment, muss mich anziehen.
(Sollte mal wieder duschen –)
Will das Schloss öffnen, aber halt, erst mal sehen.
Spion mit Farbe zugeklebt, zwinge ihn auf, sehe aber nix.
Who is it?
Frauenstimme. Klingt nicht arabisch. Öffne.
Eine Nachbarin. In den fast drei Monaten lerne ich die Nachbarn erst seit zwei Tagen kennen:
Ob mir das Gepäck gehört.
Sie zeigt auf zwei Taschen, die direkt vor meiner Tür stehen. Koffer. Reisetasche. Voll.

Nein, gehört mir nicht.
Nein, weiß auch nicht, wem das gehört.
Nein, ich habe die Wohnung seit nachts nicht verlassen.
Nein, gehört habe ich auch nichts.
Wir starren beide auf die Taschen.
Vielleicht bin ich ja paranoid, sagt die Nachbarin.
Na ich sowieso, sage ich.
Ich mag das nicht, dass die da stehen, sage ich.
Ich auch nicht, sagt sie.
Wer mag sowas schon, sage ich.
911, sagen wir beide. Polizei.
Sie klopft aber vorher noch an der Nebentür.
Ich werde mit dem Duschen warten, bis die Polizei da war.
Solche Argumente finde ich seit Tagen.
Polizei kommt aber nicht.
Nach fünf Minuten öffne ich nochmals die Wohnungstür, leise, langsam.
Die Koffer sind weg.

13.09.01 1:35 PM NYC TIME

CBS: Ein Überlebender richtet sich aus dem Krankenbett auf, weinend seiner Frau entgegen, die reinkommt. Sie umarmen sich, beide schluchzen, zittern. Die Kamera hält drauf. Vielleicht hätte ich noch vor kurzem gesagt: warum schalten die nicht aus, das hier geht uns nichts an. Aber jetzt nicht mehr. Das hier geht uns was an, und das sind die Bilder, die wir jetzt brauchen, die wir alle dringend brauchen.
Scheiße, das klingt so pathetisch, was ich hier schreibe. Weil eben nichts mehr so ist, wie es war, niemand, ich auch nicht.

Über 90 Prozent der Amerikaner wollen Vergeltung. Das stellt sogar in den Schatten, dass meine Dusche kaputt ist, nur Dreck kommt da raus, kaltes höllenschmutziges Wasser. Stink ich eben weiter.

Der WDR bestätigt meinen Flug für morgen. Ich sollte bis 8 a.m. meiner Zeit sagen, ob ich komme. Um 8 Uhr meiner Zeit habe ich seit zwei Stunden geschlafen. Nun sind wahrscheinlich schon alle im Feierabend. Ich will aber nicht fliegen. Kann ich per Vertrag gezwungen werden, ein Flugzeug zu besteigen? Für ein paar Moderationen zum Thema Kultur, während der Weltkrieg und die brennenden Türme und die Überlebenden und die Toten in unseren Köpfen sind? Gut, hängen wir meinen Widerstand nicht so hoch: Ich habe Angst.

Ich müsste da morgen hin und am Montag zurück. Zweimal fliegen. Wozu? Kann das nicht einmal ohne Moderationen gesendet werden? Oder ich moderiere das von hier aus? Kann es nicht verschoben werden und statt dessen eine Sondersendung von Emnid und Forsa? Ich will wissen, wie die Menschen in Deutschland über Krieg und Vergeltung denken. Ich will wissen, wie die Lehrer unseren Kindern in den Schulen erklären, was Terrorismus ist, was Vergeltung ist, was Krieg im dritten Jahrtausend bedeutet. Das ist das Thema. Es gibt nur das eine Thema: Überleben. Wieviele. Wie. Wie lange. Ist Angst ein guter Ratgeber (manchmal ja! ja!)? Ist ein zum Scheißen zu blöder Geheimdienst, der ohnmächtig zusieht, wie Passagierflugzeuge zu Bomben und Wahrzeichen zu Mahnmalen werden, ist der ein guter Ratgeber? Nein!

13.09.01 1:38 PM NYC TIME

Aha, das, was ich hier seit Tagen einatme, sind Asbest und Dioxin. Was macht das mit einem? Ich rieche gar nichts mehr. Entweder, es ist schwächer geworden, oder ich habe mich daran gewöhnt. Wollte ins Büro gehen, aber so lange nicht am Netz? Und vielleicht nicht in die Wohnung zurückdürfen? Und bis zur 14. Straße hochlaufen und dann wer weiß wie lange auf die U-Bahn warten? Und dann? In der Upper West Side rumlaufen? Essen gehen? Mein Platz ist hier unten. Hier wohne ich und hier hocke ich und hier sind die brennenden Türme in meine Augen und in mein Tagebuch gefallen.

13.09.01 ICH FASSE ZUSAMMEN:

Meine chinesische Wäscherei ist zu. Meine Grocery ist zu. In der anderen, in der ich gestern schon vergeblich nach Essbarem gesucht habe, gibt es keine Sandwiches. Der ATM-Automat in der Grocery ist kaputt, mein Bargeld fast alle. Ich kaufe unter zweifelhaften hygienischen Verhältnissen (aber da meine eigenen hygienischen Verhältnisse auch zweifelhaft sind – Schwamm drüber) vier Sushi (gestern waren sie noch nicht da, also könnten sie frisch sein), Merrettich und Ingwer muss man dazu aus Schüsseln löffeln. In der Annahme, es sei Sojasoße, kaufe ich auch ein danebenliegendes unbeschriftetes Tütchen.
Die Luft riecht schlecht, bitterlich, nach verbranntem Gummi. Ist das Asbest oder Dioxin oder beides? Vor dem Sportplatz sitzen Menschen und spielen Karten und Schach. Der kleine chinesische Maler malt, was er immer malt: blaue und grüne Linien. Die meisten haben die Atemmasken abgelegt. Dort, wo das WTC WEG ist, sieht man nun ein Haus mit merkwürdigen Konstruktionen auf dem

Dach, die gestern und vorgestern dort entweder noch nicht waren oder nicht zu sehen waren. Es könnten Satellitenschüsseln von Fernsehsendern sein. Krisengebiete erkennt man ja immer an der CNN-Schüssel, ähnlich, wie man In-Gegenden hier an Starbucks erkennt.
Zu Hause stellt sich die Sojasauce als Italian Dressing heraus, aber da ist es schon zu spät (kann ich nicht empfehlen über Sushi).
Ich versuche jetzt, meine Eltern anzurufen. Obwohl man grade nichts hören kann vor lauter Hubschraubern. Hoffentlich. Ein. Reiner. Kontrollflug.

13.09.01 LACHEN

musste ich, als ein Kollege vom **AUFBAU** mir eben berichtete, das er allen Journalisten, die (dringend!!!) für mich anrufen (persönliche Bekannte von mir!! Brauchen meine Telefonnummer, hatten sie schon, aber leider verbummelt ... ich erwarte angeblich dringend und händeringend ihren Rückruf ...), sagt, sie können mir gerne eine e-mail schreiben, ich rufe meine Post regelmäßig ab, einmal die Woche.
Liebe Journalisten! Ich mag keine Schalten machen, keine Radiointerviews geben, nicht in Talkrunden sitzen und die »Deutsche, die aus New York berichtet hat« geben. Ich bin kein Opfer (nicht mehr als wir alle), keine nahe Augenzeugin, ich habe keine Angehörigen verloren und bin nicht verletzt. Ich wohne nur zufällig in der Nähe. Und führe zufällig seit Monaten mein Tagebuch aus New York. Alles, was ich zu sagen habe, steht in diesem Tagebuch. Leider auch alles, was ich nicht zu sagen habe, aber so ist das eben ohne Filter. Bitte keine e-mails an Namensvetter und enfernte Verwandte. Meine e-mail-Adresse ist: feedback@else-buschheuer.de

Und was mach ich nun? Mich zum **AUFBAU** durchschlagen, die Kollegen besuchen? Oder lieber im Netz bleiben?

13.09.01 2:25 PM NYC TIME

Werde den Eindruck nicht los, dass in jedes öffentliche Gebäude, das wieder geöffnet wird (Empire State, Penn Station, Grand Central) jemand umgehend ein »verdächtiges Päckchen« legt, um die Hysterie zu schüren, das Gebäude wieder evakuieren und sperren zu lassen. Terroristen oder Scherzbolde und Wichtigmacher?

13.09.01 3:37 PM NYC TIME

Habe eben telefonisch meinen Chef beim WDR erreicht. Meine Vorschläge: Kulturweltspiegel aus dem New Yorker ARD-Büro, EBEN EINMAL NICHT SCHICK VIRTUELL. Oder, noch besser, direkt von der Straße moderiert. Warum so tun, als wär alles nach wie vor Hochglanz und tolle Klamotten und schick geschminkt und als wäre alles in Butter? Nichts ist in Butter.
Ob es geht (es MUSS gehen) und wie und wann, erfahre ich heute um 2 a.m. meiner Zeit, wenn es in Deutschland 8 Uhr morgens ist, wenn bis dahin nicht sowieso alles in Frage steht, nicht nur das Sonntagabendprogramm der ARD.
Dass Laden offiziell zum Attentäter erklärt worden ist, heißt, dass es jetzt bald losgeht. Haben die Menschen unterm WTC überlebt, um sich und their Loved Ones im Weltkrieg wiederzufinden? Hat jemals irgendein Krieg irgendwo auf der Welt irgendwas in Ordnung gebracht?
Ich packe meinen Laptop ein und gehe los zum AUFBAU, will heute

bei den Kollegen sein, sie sehen, mit ihnen sprechen. Schreibe dort meine Kulturweltspiegel-Moderationen und warte auf Alternativlösungen. Gehe dort ins Netz und führe mein Tagebuch fort. Ich werde nicht nach Deutschland fliegen. Nicht morgen.

13.09.01 3:44 PM NYC TIME

Noch ein Lied auf den Weg …

We ARE the world

There comes a time when we need a certain call
When the world must come together as one
There are people dying
Oh, and it's time to lend a hand to life
The greatest gift of all

13.09.01 TAROTKARTEN, DANKE ULF AUS FRIEDRICHSHAIN!

Liebe Else,
hab meine Tarot-Karten rausgekramt, die noch nie gelogen haben.
Else rein ins Fluchzeuch oder nicht?
Ich lege mehrmals aus. Alle Karten sprechen von Verwirrung, Verzögerung, Unterbrechung, Überwindung, Erfolgserlebnis, zu Diensten sein müssen, oben drüber schweben rechtliche Probleme (Vertragsbruch bei Nicht-Moderation?) … Kein Tod, kein Absturz. Aber eine Karte mit Deutung: Gruft. Das wäre dann ja wohl das Hochgefühl in der Fliegerkabine …

Und: eine Karte, die ich noch nie hatte. Der TURM. Aus einem Berg wächst ein riesiger Turm, der aussieht wie einer der Twins. Oben schlägt ein Blitz ein, Flammen schlagen heraus, Menschen stürzen in die Tiefe. Danke fürs Gespräch.
Ich glaube fast, Du wirst nicht fliegen. Grüße, von Herzen!

13.09.01 5:30 PM NYC TIME

Ich schreibe vom AUFBAU-Büro aus. Heulend. Hier ist alles wie immer. Unten bummert die Tanzschule. Bei Fairway gibt es frisches Obst. Kinderlachen, junge Frauen mit GAP-Tüten, die Luft riecht nach frischen Blumen, Hotdogs, gerösteten Nüssen.
Bin also aus meinem Haus, dreimal zurück wegen Mietvertrag vergessen Ladegerät vergessen Atemmaske vergessen.
Lief nach links uptown Richtung Houston durch die fast menschenleere Thompsonstreet, vorbei an drei Kamerateams, die irgendwas filmten und die wenigen Passanten befragten. Passierte die Polizeisperre am Ende des Grenzgebietes, betrat zum ersten Mal SEITDEM »normales Terrain«.
Fragte den Polizeiposten, wo die nächste Subway uptwon fährt. Houston bis zur 6th Avenue, sagt der, dann hoch bis zur vierten. Viele Menschen hier, zu hip für Atemmasken. Eine Demonstration mit Kerzen, ein Ü-Wagen, Essen wird verteilt. Sonne heiß, Luft fad und bitter, viele schillernde Scheißhausfliegen, denn keiner macht mehr den Hundedreck weg.
How are you today, fagt die Zeitungsfrau. Ich fange zu heulen an, laufe weiter. Village. Bunt. Kneipen, Läden. Hier sind die Menschen also alle!
Viele streben auf die Subway zu. Unten vertraute Geräusche: das Piepen der Metrocards, die durch die Schranken gezogen

werden. Unverständliche Durchsagen. Drängeln mit Excuse mes und Sorrys. Der Bahnsteig brechend voll. Als die nächste U-Bahn kommt, drängeln alle hinein, viele mit Koffern, egal welche Nummer das ist, Hauptsache uptown.
Im Sperrgebiet habe ich mich sicherer gefühlt. An der 14th brüllt ein Mann: Ich will raus! Laßt mich raus! Ich fange an zu heulen. Ameisen laufen über meine Arme, Tausende von Ameisen. Ich will sie abschütteln, es brennt, es juckt, aber das sind keine Ameisen. Das ist Schweiß. Und so riecht es hier auch. Kein Dioxin, nur Schweiß, Dreck, Angst.
Mir ist schlecht. Umsteigen am Times Square. Seit heute spielen die Broadway Theater wieder. Endzeitstimmung. Stelle mir Publikum und Sänger vor, alle mit Atemmasken.
Hunderte hasten durch die kilometerlangen stickigen muffigen Gänge Richtung 1 und 9. Wenn die Decke jetzt einbricht, einknackt wie eine Haselnussschale. Bricht aber nicht. Extrem viel Polizeipräsenz. Wirkt beruhigend und beängstigend zugleich.
Steige in die 1 Richtung 72nd. Neben mir sitzt eine Frau, die die Bibel auf Kyrillisch liest. Gegenüber ein müdes Kamerateam nach Dienstschluss.
Vor der Citibank steht ein gut gelaunter Homeless. Rasselt mit dem vollen Becher. Heute hat er viel eingenommen. Er hält mir die Tür auf und wünscht mir Keep Smiling. Er bekommt eine funkelnde Dollarmünze, die ich schon lange mit mir rumtrage, weil Dollarmünzen hier selten sind. Der Cashautomat funktioniert. Darüber hängt ein Spiegel. Ich sehe in ein müdes blasses ältliches Gesicht. Es ist mein Gesicht.
Nichts, nichts lässt auf das schreckliche Unglück schließen hier an der Upper West Side. Hier, 90 Straßen höher, hat man das WTC eh nie sehen können. Hier sieht man auch nicht, dass es

WEG ist. Am Straßenrand werden Bücher, alte Playboys, CDs angeboten. Wie immer. Und Leckereien. Ich könnte essen, was das Herz begehrt. Aber geht nicht.

13.09.01 6:25 PM NYC TIME

In den Luxus-Supermarkt zu gehen, das war so ... wie ohne Schutzbrille ins Schweißerlicht zu sehen. Basilikum. Ich wusste gar nicht, dass das so gut riecht. Ich habe erst ein paar Minuten Basilikum geschnüffelt.
Und die schönen schwarzen Kassiererinnen, wie afrikanische Prinzessinnen.
Auch, wenn es keinen interessiert: Ich habe bei Fairway gekauft: einen High-5-Juice, mit Carrots, Celery, Daikon, Parnips, Beets. Keine Ahnung, was das alles ist. Schmeckt gewöhnungsbedürftig, aber klingt optimistisch (»the super invigorating wonder drink«), sicher sehr passend jetzt, wo von großer Seuchengefahr gesprochen wird.
Ein lemon garlic half rotisserie chicken (broiler) – schon verputzt, ein Stück völlig zerlaufenen französischen Weichkäse (Rocasin sheep's bree),
ein weiches weißes frisches großes Brötchen
sowie ein sundried tomato wrap mit smoked Turkey.

13.09.01 WAS GRÖSSERES

Ich stelle mir grade vor, dass Bush gestern eventuell bei seinem Psychiater war. Und der hat ihm gesagt: »Junge, Sie müssen jetzt endlich mal aus dem Schatten Ihres Vaters heraustreten, Sie müs-

sen ... ähm ... was Größeres machen als Ihr Vater. Was Eigenes. Was Bleibendes.«
Sagt Bush: »Meinen Sie, ich sollte ... sagen wir mal ... den ersten Krieg des 21. Jahrhunderts führen?« – »Keine schlechte Idee«, sagt der Psychiater. »Sowas in der Art. Sie werden sehen, wie gut Ihnen das tut. Sie werden sich fühlen wie neugeboren. Sie werden sich endlich frei fühlen.«

13.09.01 10:30 PM NYC TIME

Bei meinem heutigen Besuch in der »normalen« Welt, auf der Upper West Side, bin ich eine Fremde geblieben. Ich saß wie betäubt im normalen hektischen Zeitungsablauf, ich glaube, ich kam den Kollegen ein bisschen durchgeknallt vor. Ein bisschen überdreht, übertreibend. Hektisch, verheult mein Laptop einstöpselnd und schreibend. Immer wieder fragte ich, ob hier etwas anders sei. Ja, kriegte ich schließlich zu hören, gestern sei das Joghurtregal bei Fairway leer gewesen.
Erst Stunden später, als wir nach vollendeter Produktion (die sich diesmal um zwei Tage vezögert hat) in eine Kneipe oben am Broadway gingen, ins »Ernie's« (in der ganz normale Menschen im ganz normalen Kerzenschein ganz normale Pasta zuzzelten), begannen wir darüber zu reden, wie wir »den Tag« erlebt haben. Die Frage, die bald historisch sein wird: Wo warst du, als das World Trade Center zerstört wurde? Es gibt ja viele dieser Fragen: Wo warst du, als Kennedy ... als Lennon ... ... als die Mauer ... als Lady Di ... Nun also die.
Daniela saß in der U-Bahn aus Queens. Überirdisch. Sie sah aus dem Fenster zufällig die brennenden Towers. Monika saß auch in der U-Bahn, in welcher eine Frau rief, sie sei eben im Financial Dis-

trict gewesen und habe ein Flugzeug ins WTC rasen sehen. Lorenz saß im Café bei Espresso, als er es im Radio hörte.
Nachher kam die Rede darauf, ob man das Recht habe, zu sagen, man habe überlebt, wenn man zwanzig oder sechzig oder achtzig Straßen weit weg war. Ja, habe ich gesagt. Es ist egal, wo wir waren. Wir haben alle überlebt.
Ich sehe mich als Überlebende. Als Veränderte. Aber das habe ich nicht gesagt. Das hätte zu weit geführt. Das muss jeder mit sich ausmachen (es sei denn, er ist in der glücklichen Lage, ein Internet-Tagebuch zu führen).
Diese Veränderung ist mir seit heute klar: Ich bin ein ängstlicher Mensch geworden. Früher hatte ich vor nichts Angst außer dass mir einer zu nahe kommt. Nicht vorm Sterben, nicht vor Schmerz, nicht vorm Tod. Jetzt habe ich vor allem Angst. Vor niedrigen Gängen, vor Lifts, vor U-Bahnen, vor Flugzeugen, Baugerüsten, Schreien, fast allen anderen Geräuschen. Ich habe Angst vor schwachköpfigen hypernervösen Politikern, die nix können als dumm auf rote Knöpfe drücken. Ich habe Angst vorm Krieg. Ich habe schreckliche Angst vorm Krieg.

13.09.01 11:05 PM NYC TIME

»Krieg?«, hat mein Webmaster aus dem Urlaub gemailt.
»Wenn ich aus dem Fenster kucke, sehe ich auf einen See.«

Da musste ich an die Tagebucheintragung von Kafka denken: Weiß jemand, wie die genau ging? Weiß jemand das Datum?
Ich glaube: »Deutschland hat (irgendwem) den Krieg erklärt. Nachmittags Schwimmbad.« Da steckt alles drin.

13.09.01 11:22 PM NYC TIME

Bin ab 72. mit dem Local Train (rote Linie) zurückgefahren, bis 14. Straße (derzeit Endstelle). Dann rübergelaufen zur Fifth Avenue. Die Telefonzellen sehen hier herzzerreißend aus, sind über und über beklebt mit Steckbriefen von Angehörigen, mit Fotos, Angaben zur Person, mit flehendlichen Bitten, sich zu melden, wenn man denjenigen gesehen habe. Die Fifth Avenue war gruselig dunkel und verlassen. Aber hinterm Tor, im Washington Square Park gibt es einen Zaun mit Zetteln und Kränzen und Kerzen, immer mehr junge Leute zünden immer mehr Kerzen an.

An der Houston musste ich meinen Mietvertrag vorzeigen und meinen Ausweis. Morgen soll das Sperrgebiet verkleinert werden und nur noch bis zur Canal gehen, heißt es, dann wohne ich außerhalb. Es stinkt immer noch ziemlich hier. Meine Atemmaske ist ein Witz. Habe heute viele Leute gesehen, deren Atemmasken wesentlich effizienter aussahen als meine. Wo die die wohl herhaben?
Bin müde, froh, wieder zu Hause zu sein, zu Hause, schrecklich erleichtert, dass ich nicht nach Deutschland fliegen werde (nicht mehr mein Zuhause). Aber schlafen? Jetzt schon, vor Mitternacht? Der Herzschlag ist seit Tagen beschleunigt. Deswegen werde ich wieder nicht einschlafen können, kann nur auf dem Bauch schlafen, aber das fühlt sich an, als läge ich auf einer zappelnden weißen Maus.

14.09.01 12:25 AM NYC TIME

Es hat ganz entsetzlich gekracht eben. Wie ein langer starker nicht enden wollender Donner. Ist eine Bombe eingeschlagen? Das

AmEx-Gebäude eingestürzt? Oder habe ich nur geträumt? Oder ist das ein echtes Gewitter? Sitze wie erstarrt im Bett. Lausche nach draußen, bis die Ohren wehtun.

14.09.01 1:00 AM NYC TIME

Nur der Vollständigkeit halber:
Habe jetzt auch Angst vor Gewittern.
Wie Marnie.

14.09.01 1:05 AM NYC TIME

Aber Regen ist gut. Löscht die Brände. Bindet den Staub.

14.09.01 1:12 AM NYC TIME

Fast 5000 Menschen noch unter den Trümmern. Und das, obwohl die seit zwei Tagen buddeln und buddeln. Wo sind die alle? So kaputtgegangen, dass sie von Staub und Gestein nicht mehr zu unterscheiden sind? Wie schlimm ist es? Hier ein Finger, dort ein Ohr? Ein Statiker hat gestern erklärt, dass die Türme Stockwerk nach Stockwerk zusammengerutscht sind. Das bedeutet ja auch einen entsprechend »sanften« Abgang für die Leute in den oberen Stockwerken. War es lebensrettend, sich unter einem Schreibtisch, in einem Schrank, im Lift aufzuhalten? Sind viel mehr am Leben als wir denken? Oder gar niemand mehr? Geht es um Stunden?

14.09.01 1:15 AM NYC TIME

Das Gewitter ist jetzt ganz nah. Früher habe ich Gewitter geliebt. Jetzt zitter ich schon wieder, ich dumme Gans. Und möchte am liebsten beim Nachbarn klingeln und auf den Arm.
Blitz ... einundzwanzig zweiundzwanzig Donner. Man soll ja immer zählen. Zwei Sekunden dazwischen, das ist fast über mir. Dazu Platzregen. Der Regen kommt hier sehr plötzlich, mit sehr großen Tropfen, die einen sofort bis auf die Haut durchnässen. Der wird den Gestank wegwaschen in SoHo. Aber was richtet er im Financial District an? Wird der nicht in Hohlräume dringen und alles zusammenfallen lassen und die Überlebenden ertrinken oder ersticken?
Ich wünsche mir (Am Montag habe ich mir in einem Anfall von Übermut einen Schlüsselanhänger mit der Aufschrift »Trust God« gekauft. Da stand »Trust God« drauf, bin ich felsenfest überzeugt. Heute habe ich ihn in meiner Jeans wiedergefunden. Aber jetzt steht »Try God« drauf. Was soll ich davon halten?), ich wünsche mir, dass es so heftig regnet, die ganze Nacht, dass die beidem Türme bis morgen früh wieder nachwachsen. Mit allen Menschen drin.
Try, God!
Jetzt habe ich eine Idee. Ich bin raus und nehme eine natürliche Dusche. Das ist doch besser als gar nichts.

14.09.01 2:05 AM NYC TIME

Zwanzig Minuten vor meiner Haustür im Regen gestanden. Das war so schön. Die Schuhe habe ich im Hausflur stehen gelassen. Und Augen zu, Gesicht hoch. Und da ich ein praktischer Mensch bin, hab ich gedacht, da kann ich eigentlich gleich rasch reingehen und das Shampoo holen. Aber als ich die Augen öffnete, stand auf der einen Seite der Hausmeister, mit meinen Schuhen in der Hand, wortlos und auffordernd in der Tür, auf der anderen Seite schob sich ein Polizeiauto vorbei. Ich dachte, der wird gleich sagen: »Alles okay, Mam?« So wie die Cops das in Filmen immer sagen. Aber der hat nur ziemlich finster gekuckt und wer weiß, vielleicht ist bei Kriegsgefahr Haare waschen im Regen verboten, jedenfalls bin ich wieder rein. Sehr erfrischt.

Nun wachen in Deutschland auch endlich die ersten auf und ich kriege Mails. Auf CBS wird ein Beitrag wiederholt, das bedeutet, dass bisher kein Krieg ist. In dem Beitrag läuft das gespenstische Video, das einen Mann, der stumpf vor sich hinkuckt, von unten zeigt. Über ihm rast das Flugzeug in den Turm. Im selben Moment hebt er wie in Zeitlupe den Kopf. Auf dem 5th-Avenue-Channel läuft das Glitzerring-Shopping-Programm. Tollfree. Alle Kreditkarten. NBS News zeigt, wie die Briten mit Amerika trauern. Tränen. Schweigeminuten. Und die Garde marschiert. Auch Fox News berichtet aktuell. Auf ABC ist Clinton zu sehen, da hab ich mich sowieso schon seit Tagen gefragt, warum der sich nicht mal sehen lässt. Eher als Bush jedenfalls, der kommt erst morgen, der wird schön kochen, wenn er sieht, dass Clinton eher da war. Komisch, ich hab nie viel von Clinton gehalten. Aber nun freue ich mich, ihn zu sehen. Seine Tochter Chelsea war in Lower Manhattan, als es passierte, erzählt sie dem Reporter. Gar kein hübsches Mädchen. Auf NY1 wird verlesen, welche Fähren, Busse, U-Bahnen morgen fahren. Bei CNN geht es darum, wann welche Börse wieder öffnet. Auf Channel 13, spanischsprachig, ist gerade ein Boxkampf zu Ende. Der Mexikaner Jesus »El Matador« Chave hat gewonnen. Auf Food-Network werden Sushi gerollt. Auf MNN läuft ein Hobbyfilmer auf einem Friedhof in Minnesota rum. Auf Channel 18 läuft

Werbung for AOL. Auf der 21 wird ein französisches Puppenspiel aufgeführt, in dem für meinen Geschmack zu oft Ui Ui Ui gesagt wird. Die Kinder freuts.
Auf Superstation läuft ein Film mit Whoopi Goldberg, die in der Szene gerade sehr wütend ist. Shopping-NBC verkauft einen Blue Sapphire Ring für nur 599 Dollar (runter von 1499).
Auf dem Wetterkanal erfahre ich, dass es morgen kühl und regnerisch wird. Ach, wie egal das ist. Ich freue mich auf den Tag, an dem Wetter wieder ein Thema wird.
Jetzt habe ich einen Lokalsender von Long Island gefunden, so weit hinten habe ich noch nie gesucht, weil zwischendurch viele verschlüsselte Sender liegen. Der nächste Sender sagt, man soll das Rote Kreuz anrufen unter 1-800-HELP-NOW. Und Blut spenden. Mehr Informationen unter www.nyc.gov., da geh ich gleich drauf. Bei QVC wird Prozellan verkauft. Auf HSN bügelfreie Blusen für Vollschlanke. Und ich würde so gern schlafen können. Auf C-Spans2 erklärt Senatorin Clinton grade, wo sie neulich mit dem Helicopter langgeflogen ist und wie schlimm das alles von oben ausgesehen hat. Wie Zweiter Weltkrieg, sagt sie, wie Korea, wie Vietnam. Von hier unten sieht es auch nicht gut aus, Hillary.
Auf Kartoon TV ein Kartoon mit einem sprechenden Auto. Auf dem nächsten Channel eine Frau, die von ihrer enorm wirkungsvollen Diät erzählt. Das Gewitter ist jetzt vorbei, meine Haare trocken. Ich versuch noch mal zu schlafen.

14.9.01 2:30 AM NYC TIME

Da das Gewitter doch nicht vorbei ist, da es zurückgekommen ist oder ein neues gekommen mit einem neuen Regen, liege ich weiter wach und muss wieder daran denken, wie der erste Tower zusam-

mengekracht ist. Ich habe das nicht realisiert. Ich habe von ein, zwei neuen Explosionen gesprochen, obwohl man den linken Tower auch gar nicht mehr sah im Fernsehen, nur Qualm. Aber er war für mich eben hinter dem Qualm. Ich hatte ihn ja grade noch draußen vor der Wohnungstür fotografiert. Er konnte ja nicht weg sein. Ich weiß noch, wie ich per e-mail Stefan von ProSieben in München gefragt habe: Ist der Turm etwa umgefallen? Und dass er das bestätigte. Erst dann habe ich es geglaubt. Ich dachte, das könne nicht sein, das wäre ja irreparabel.
Post vom WDR. Ich brauche nicht nach Deutschland zu fliegen. Kulturweltspiegel wird von hier aus moderiert.

14.09.01 HERR SCHOPENHAUER

hat mir eine Mail geschickt, in der er sehr mit mir schimpft, weil ich mir die Türme mit Menschen drin zurückwünsche. Wörtlich schreibt er:

»Wünschen, dass irgendein Vorfall nicht geschehen wäre, ist eine törichte Selbstquälerei; denn es heißt, etwas absolut Unmögliches wünschen, und ist so unvernünftig wie der Wunsch, dass die Sonne im Westen aufginge …
Wir sollten vielmehr die Begebenheiten, wie sie eintreten, mit eben dem Auge betrachten wie das Gedruckte, welches wir lesen, wohl wissend, dass es dastand, ehe wir es lasen.«

Na denn.

14.09.01 4:04 AM NYC TIME

Wenn ich nur schlafen könnt!

14.07.01 4:33 AM NYC TIME

Wo ich doch schlafen wollt! Und dann denke ich, ich kuck noch mal schnell in die Agenturen. Das ist eigentlich immer so. Ich denke, ich kuck noch mal schnell in die Agenturen. Und danach denke ich, ich kuck noch mal schnell in mein Mailfach. Und dann wieder Agenturen. Und dann wieder Mailfach. Und dann noch rasch ein Tagebucheintrag. Und dann …

Ich schweife ab.

Mein Webmaster rät mir, zu verreisen. Ich glaube, er fürchtet um meinen … wie nennt man das? … Verstand.

In den Agenturen steht:

10.25: Pro7 wird am Samstag den teilweise brutalen Film »Der Soldat James Ryan« trotz der Attentate in den USA zeigen. Nach Auffassung des Senders handelt es sich um einen Antikriegs- und Antigewaltsfilm.

Liebes ProSieben!

»Der Soldat James Ryan« ist ein brutaler gewaltverherrlichender schwülstiger kitschiger nationalistischer chauvinistischer superpeinlicher Film. Ein Kriegs-Film, der sich als Anti-Kriegsfilm verkleidet hat. Die schlimmste Art von Kriegsfilm. Dummes Zeug. Dummes gefährliches Zeug.

Hochachtungsvoll

Eure Ex

14.07.01 4:53 AM NYC TIME

Gone. Sie haben gone gesagt. Nicht: The World Trade Center is destroyed oder crashed down oder irgendwas. Sie haben gesagt: The World Trade Center is gone. Wie man es von einem Menschen sagt, der gestorben ist. Klingt wie: passed away. The World Trade Center is gone. Das werd ich auch nie vergessen.
Und wenn ich die Augen zumache, seh ich die Türme und hör ich die Schreie. Und wenn ich auf meinem Herzen liege, rast es so und ich denk, ich zerquetsch es. Und ich habe noch gar nicht die Kulturweltspiegelmoderationen vorbereitet. Dazu müsste ich ja den Fernseher ausmachen und aus dem Netz und könnte nicht eintragen und eure Mails nicht lesen und wüsste nicht, ob schon Krieg ist.

14.09.01 FAQ

Hallo Else,
ich hoffe, es geht Dir gut. Was auch immer das heißen mag, in diesen Tagen und für Dich ...
Ich bin freie Journalistin und lese Dein Tagebuch. Und mir drängt sich eine Frage auf: Wie fühlt es sich an, dass die Medien plötzlich solch ein Mega-Interesse an Dir haben, weil Du als Deutsche in NY fest sitzt? Fühlst Du Dich gar nicht benutzt?

Liebe Astrid,
Nein, ich fühle mich nicht benutzt.
Ich freue mich (das müsstest du als Journalistin ja nachvollziehen können), gelesen zu werden, gehört und (zum Teil) auch verstanden zu werden. Das Tagebuch schreibe ich nicht als Deutsche in New

York, sondern als (verstörter) Mensch, der zu einem bestimmten Zeitpunkt hier war und ist und hier bleiben will und wird und schreiben muss und wird.
Ich gedenke allerdings nicht, die Betroffene vom Dienst zu machen im üblichen Medienkarussell.
Ich fühle mich benutzt, wenn ich in Promi-Sammel-Geschichten à la »Wie ich um ein Haar« (s. u.) auftrete, ohne dass mich jemand gefragt hätte. Aber das kann man als öffentliche Frau nicht verhindern. Und die war ich schon, bevor ich »als Deutsche in New York« etc.

14.09.01 POST VON PAUL AUS DEUTSCHLAND

Millionen stehen angesichts der Ereignisse fassungslos und schweigend da.
Und Sie sabbern täglich Ihren Boulevard-Journalismus zusammen.
Ist das, was Sie da zusammenschreiben, jetzt wichtig?
Ist es angemessen?
Tun Sie den Opfern einen Gefallen.
Schreiben Sie etwas Ernsthaftes.
Oder halten Sie Ihr Maul.

So bin ich geweckt worden, nachdem ich glücklicherweise morgens um 5 Schlaf gefunden habe. Um 1 aufgewacht. Hundert Mails, die erste war Pauls. Ich kann das nicht einordnen. Hat er Recht. Bin ich verrückt geworden? Bin ich unwesentlich, unpräzise? Nicht betroffen genug?
Ich überlege, ob ich mein Maul halte. Helfen Sie mir bei der Entscheidungsfindung.

14.09.01 2:27 PM NYC TIME

Kulturweltspiegel wird morgen in Washington aufgezeichnet. BILD Taff RTL Exclusiv und wie die alle heißen haben mich nicht gefragt, ob sie mein Tagebuch abfilmen abfotografieren dürfen. Wenn sie gefragt hätten, hätte ich es ihnen verboten.
Als ich die 100 e-mails gelesen hatte, waren schon wieder 50 neue da. Vielleicht kann ich nicht jedem antworten, ich versuche, mich auf die Senung zu konentrieren, dabei fällt mir auf, dass ich alles vergessen habe: Telefonnummern, Pin-Nummern, meine eigene Faxnummer. Ich weiß gar nicht ob ich das kann mit dem Moderieren. Ich weiß im Moment gar nicht, ob ich das noch will.

14.09.01 2:40 PM NYC TIME

Gut, dass ich ab und zu auch lustige Post kriege:
»... ich versuche, mich auf die Senung zu konentrieren«

Gut so. Aber bitte nicht so nuscheln beim Sprechen wie beim Schreiben. Sonst wird dat nix :-))

14.09.01 2:48 PM NYC TIME

Immer noch kein warmes Wasser.
Draußen ist es kalt geworden.
Ich bin alt geworden.
Auf der Straße fährt langsam eine schweres Auto vorbei.
Vorbei.

14.09.01 DANKE FÜR DIE VIELEN RECHERCHEN

Kafkas Tagebuch 1914
»2. August. Deutschland hat Rußland den Krieg erklärt.- Nachmittag Schwimmschule.«

14.09.01 DANKE HARALD FÜR DIE PRESSEMITTEILUNG

Ohne Worte
Per Handy-Logo sein Mitgefühl zeigen – Handy-Logos zum Terroranschlag in den USA

Rastede, 14.09.2001 – Die schlimmen Ereignisse in den USA diese Wochen haben nicht nur uns, sondern auch die ganze Welt schwer erschüttert. Viele Deutsche zeigen ihr Mitgefühl. Das Mobilfunk-Portal www.mobilfunk-guenstiger.de hat aus aktuellem Anlass ein Special in seiner Community eingerichtet, in dem man sich kostenfrei Handy-Logos auf sein Handy schicken kann, die sich gegen den Terror und für die Stadt New York aussprechen, die so schlimm getroffen wurde.

14.09.01 HOHE HÄUSER, DIE ALLES ABHALTEN

Liebe Else,
wir haben studiert zusammen. Lang ist's her – 15 Jahre. Heute lebe ich in Stockholm. Stolperte vor einigen Monaten während eines Rückfluges von Deutschland hierher in der Berliner Zeitung über Dein Bild und bin Dir auf diese Weise »wiederbegegnet«. Seit jenem Flug lese ich in Deinem Internettagebuch.

Wenn ich im Nachhinein Deine Eintragung vom 5. September Revue passieren lasse, ich meine Deine Himmelsskizze »... bei so hohen Häusern, die halten doch alles ab«, frier' ich besonders.

Da frier ich auch und heule, diese Eintragung hatte ich vergessen. Entsetzlich. Furchtbar. Die hohen Häuser, die Schutz boten, sind um uns zusammengefallen, auf uns heruntergefallen.
Und jetzt zur Tagesordnung übergehen und Kulturweltspiegelmods?

14.09.01 3:26 PM NYC TIME

Ein Flugzeug, ganz nah, ganz laut – – –
weggeflogen. Wäre der falsche Pilot gestern nicht gefangen worden, was wäre dann jetzt passiert?

14.09.01 3:28 PM NYC TIME

Noch ein Flugzeug, genauso nah, genauso laut – – –
Ein weiteres, näher, lauter. Noch eins was ist los was ist los weiß einer was?

14.09.01 3:38 PM NYC TIME

Ach so ist das der normale flugverkehr, den ich höre?
nicht auszuhalten, jedes flugzeug eine neue angst.
Im Fernsehen nur Trauersendungen und ich komm nicht an meine ticker ran.

--- Original Message --- From: Carola To: Else Buschheuer Sent: Friday, September 14, 2001 3:29 PM Subject: bush fliegt in new york ein, das ist los

Alle New Yorker Flughäfen sind wieder eröffnet worden

14.09.01 3:42 PM NYC TIME

Aha, so hören sich also F16 Kampfflugzeuge an, vielen Dank für diese Erfahrung, Herr Bush. Und willkommen in New York City.

14.09.01 TITANIC – POST VON DANTE ALIGHIERI

Arme »Else«,
das endgültige Satire-Magazin Titanic hat Dein absurdes Tagebuch entdeckt (und so auch ich). Das Magazin (nicht ich!) versah diesen Link mit folgendem Text:

»[14.09.2001] Frauenliteratur am Sonntag EXTRA (d. h. am Freitag, wg. New York) Heute: Else Buschheuer, Internettagebuch.

Mittwoch, 2:26 Uhr. Ich schrecke nun beim kleinsten Mucks hoch. Ein Motorrad rast vorbei. Wirft es eine Bombe ab? Donnerstag, 3:06 Uhr. Schlafen ging leider nicht wegen schwindelig und Herzrasen und Angst, was Schlimmes zu verpassen.

»... müssen wir uns in kurzer Zeit sagen, was für ein entsetzlicher, was für ein unerträglicher Mensch.« Thomas Bernhard (1971) Leserinnenwertung: »Großer Gott, steh uns bei!«

14.09.01 4:22 PM NYC TIME

Das Schlachtfeld, auf dem die Zwillinge standen, sieht noch schrecklicher aus, so klargewaschen. Und 5000 Menschen darunter.

14.09.01 LUFTBRÜCKE DER HOFFNUNG

Kinder, fragt doch nicht dauernd, ob »Luftbrücke der Hoffnung« nicht zu pathetisch, albern, unpassend ist. Vermutlich. Ein Leser benutzte dieses Bild in einer Mail. Ich habe es aufgegriffen. Für MICH seid IHR das. Alles andere ist Schnickschnack. Die Zeit des Schnickschnacks ist endgültig vorbei. Ist mir egal, ob Spötter mir schon Fotos von Trümmerfrauen und Florence Nightingale schicken. Ist mir egal, ob Titanic lacht. Muss mir egal sein, dass ich mir BILD Taff Exclusiv Support von der falschen Seite kriege. Nein, das stimmt nicht. Es gibt keine falsche Seite. Und es gab noch nie auf der Welt einen Krieg, der auch nur einen Menschen (den er zu rächen vorgab) wieder lebendig gemacht hat.
Schlaft jetzt, macht die Fernseher aus, schaltet die müden Köpfe aus. Und kommt morgen früh wieder ins Netz und schreibt mir.
Ich gehe jetzt offline und werde mir meine Moderationen (aus der anderen Welt) vornehmen.
Mutter Else

14.09.01 5:33 PM NYC TIME

Ich zwinge mich jetzt aus dem Netz zu gehen.
Warum finden sie keine Menschen unter den Trümmern?

Handelt es sich um einen Computerfehler?
Waren gar nicht 5000 im Gebäude? Sind die grade zufällig alle irgendwo anders, im Urlaub???? Bitte!!!!

14.09.01 6:44 PM NYC TIME

ich bin krank

15.09.01 WEGEN KRANKHEITSFALL GESCHLOSSEN
DER WEBMASTER

15.09.01 EPILOG

Liebe Freunde,

das Ende der Geschichte bin ich euch schuldig geblieben. Und da ich ungern jemandem etwas schuldig bleibe und da ich euch liebe, kommt es jetzt.
Vermutlich war ich schon am Dienstag durchgedreht. Aber ich hab mich geschämt, dass ich mich so fühle, obwohl ich ja fast zwei Meilen weg war, als es geschah. Obwohl ich niemanden verloren hatte. Schrieb also Tagebuch wie eine Besessene. Keine Zeit, den inneren Zensor einzuschalten. So hab ich die Deckung verloren, oder, wie eine von euch schön schrieb: Wer keinen Zaun um seinen inneren Garten hat, dem wird er zertrampelt.
Ihr könnt euch vielleicht erinnern, meine Erleichterung ganz am Anfang, dass die Türme noch standen. Verwundet waren, aber

noch standen. Ein Stunde hat der gekämpft, anderthalb der anderen, dann fielen sie um. Ich habe ein paar Tage gekämpft. Getragen wurde ich von euren Mails und dem nahenden Kulturweltspiegel-Termin. Die Chronistin, die niemals schläft, so in etwa. Ab und zu hatte ich das unangenehme Gefühl, dass halb Deutschland mir grade dabei zusieht, wie ich verrückt werde. BILD und BZ montierten mein Gesicht vor das WTC (BILD) und vor die Trümmer (BZ), *Taff* und *RTL Exclusiv* filmten ungebeten mein Tagebuch ab. Offenbar gab es einen großen Mangel an deutschen Opfern, den ich interimsmäßig überbrücken sollte.
Die Zeit war außer Kraft gesetzt. Schreibenmüssen, Nichtschlafenkönnen, Bleibenmüssen. Und sich an den Kopf greifen, wenn man an sein früheres Leben denkt. An den Promischeiß. An die Talkshow-Auftritte. An die Wetterfee. An das Theater um den ersten Kulturweltspiegel – und an den Kater danach.
Dann fiel ich auch um. Der Garten war zertrampelt, die Reserven aufgebraucht.
Ab der Mail von der WDR-Redaktion, ob ich denn nicht lieber zu Hause bleiben wolle, kann ich mich nur noch bruchstückhaft erinnern. Das Nachhallen der Air Force One, die mittags über mein Haus gebrummt war wie ein Schwarm kilometergrosser Hornissen. Mich zu Tode erschreckt hatte. Der Krieg. Die Tränen. Dass der Freund am Telefon sagte, ich solle bleiben wo ich bin. Ich solle nicht die Wohnung verlassen. Er sei gleich da. Mein Blut wollen sie nicht. Warum eigentlich nicht? Sollte ich mir die Pulsadern direkt vorm Roten-Kreuz-Gebäude aufschneiden? Für den Weltfrieden?
Weiß noch, dass mich der Freund durch die Thompson Street bis zum Washington Square Park geführt hat, durch Hunderte von schweigenden Menschen mit Kerzen, dass er, als ich nach Stunden immer noch nur schluchzte, mich in eine Apotheke am Waverly

Place gebracht hat, wo ich hinter meinem Tränenschleier nur das Kopfschütteln der Schalterfrau sah, nein, Valium nur auf Rezept, also ... nein.

Ich weiß noch, dass ich sie beschimpft habe, dumme Sau, und dass wir weitergelaufen sind, d. h. ich habe mich mit seiner Hilfe weitergeschleppt, ins St. Vincent's in der 14. Straße. »Die haben grad auf mich gewartet«, habe ich unter Tränen hervorgebracht und ein Amerikaner, der uns überholte, warf mir tröstend zu, er teile meine Trauer.

Ich dachte immerzu Sachen wie: Hatte ich das Recht, darüber zu schreiben, ich war doch fast zwei Meilen weg? Habe ich das Recht, davon verrückt zu werden, ich war doch fast zwei Meilen weg? Habe ich das Recht, einen Platz im Krankenhaus zu beanspruchen, ich war doch fast zwei Meilen weg? Komme ich ins Irrenhaus, weil ich gar kein Recht habe?

Im Krankenhaus voller bewaffneter Polizisten mußte mein Freund in meinem Namen einen Zettel ausfüllen, ich hörte ihn mit der Schwester flüstern ... verstand Breakdown, was mich tief erschreckte. Ein Zusammenbruch, wo ich doch fast zwei Meilen weg war? Er fragte mich, wer meine behandelnde Ärztin in Deutschland sei, aber ich hatte den Namen vergessen, verzeih kleine Cäcilie, wir kennen uns schon seit Jahren, verzeih.

Die Schwester rief mich, rief Elsie, sah mir immer in die blutigen Augen und sagte: »Talk to me, honey« und »I can hear yo, honey«. Beim Antworten hatte ich Blasen vorm Mund, in jeder Hand winziggeknüllte vollgerotzte Taschentuchbälle, die ich auswrang. Die Schwester streichelte mich nur.

Ich wartete und schluchzte und bekam ein blaues Armband mit meinem Namen drauf, so eins, wie ich damals, in meinem anderen Leben gern gehabt hätte, auf der Leonardo-di-Caprio-Party. Ich habe WTC-Überlebende mit weißen Armbändern gesehen. Im

Fernsehen. Meins ist blau. Darauf stehen die Nummer 1032853 und mein Name – richtig geschrieben: Buschheuer, Else.
Dieses Band, Symbol für mein Weiterleben, trage ich immer noch und möchte es nicht abnehmen. Die Schwester hatte mich Weinende, Elsi, Honey, gefragt, was ich denn jetzt empfände, und ich hatte in meinen Bart gebrummt »blöde Frage«, während mein Freund freundlich irgendwas Höflicheres übersetzte, »Trauer« oder »sie kann es nicht sagen«. Als die Schwester fragte, ob ich an Selbstmord denke, sagte ich »gute Idee«, natürlich dachte ich an Selbstmord, und wer nicht, wer bitte nicht, wenn grad mal nebenan 5000 Menschen verrecken, jämmerlich sterben, jetzt grade in diesem Moment, UNTER UNS, aber mein Freund sagte, »neinnein« (mir danach zuzischend, ich wolle ja wohl nicht hierbleiben.)
Wie fühlte ich mich? Traurig, entsetzlich traurig, gleichzeitig bizarr übermütig, wie jemand, der einen Lachkrampf kriegt auf der Beerdigung eines geliebten Menschen. Ich sah die Türme, ich hörte die Schreie, mir ging es genauso wie den Menschen überall auf der Welt. Nur dass die sich offenbar besser im Griff hatten. Schließlich brachten Pfleger eine Trage und ich fing an zu toben, weil ich dachte, jetzt bringen sie mich in die Klapsmühle und da hab ich kein Netz. Zwei haben mich festgehalten und auf mich eingeredet, dass sie mich sicher, wirklich, ganz sicher nicht in die Klapsmühle bringen wollen.
»We want Bush«, sollen die Arbeiter gerufen haben. Riefen sie nicht vielmehr: »We want Peace«? Eine heitere junge hübsche asiatische Ärztin streifte meinen Pulloverärmel hoch, aber ganz hoch bis zur Schulter, was schwer ging. »Hör auf zu weinen, Big Baby, sonst muß ich auch weinen«, sagte sie. »I cannot stop«, antwortete ich wahrheitsgemäß. »You make me stop.« Sie lachte und sagt, na gut, jetzt würde es gleich wehtun und dann würde ich

schlafen. Da bin wieder ausgerastet, ich wolle hier nicht schlafen, ich wolle nach Hause, aber hier nicht schlafen, und schon gar nicht ins Irrenhaus. Und weinte noch lauter. Die Ärztin wiederholte leise das Wort »Illenhaus«, sie wußte nicht, was es bedeutete, aber es gefiel ihr. In dem liebevollen Ton, in dem man mit Idioten spricht, erklärte sie, ich würde doch nur ein bißchen schlafen, vielleicht aber auch gar nicht, wer weiß. Mein Freund würde warten, bis ich aufwache, dann könnten wir gehen.

Ich sah zu ihm, er nickte. Aber der Mensch ist von Feinden umgeben und man konnte nie wissen, ob die alle mit Bin Laden unter einer Decke steckten. Sie stach zu, es tat weh, weher aber noch tat, dass sie danach wie bekloppt an meiner Schulter rumrubbelte, von der aus sich etwas Kaltes, Starkes, Freundliches in meinem Körper zu verteilen begann.

»Na prima, dann können wir ja gehen«, sagte ich und wollte mich aufrichten und brach in ein albernes Gekicher aus, das Weinen war schlagartig vorbei, Müdigkeit nach wie vor nicht auszumachen. Mein Freund sagte noch: »Was haben die dir denn gegeben? Sowas will ich auch!« Und wir lachten beide, ganz laut und übermütig. Ich war im selben Moment geheilt, von was auch immer. Ich hatte aber gar keine Kraft, mich aufzurichten, mein Körper gehörte mir nicht mehr. So lag ich, den Kopf auf die Hand des Freundes gestützt. Trank Eiswasser aus einem Pappbecher. Nahm plötzlich wieder wahr. Sah eine hübsche schwarze Patientin mit Handschellen, die sich mit einem genervten Doktor über ihre Symptome stritt (Jerry Spinger hätte ihre Ausdrücke mehrfach piepen müssen), sah einen jungen Mann mit Strickmütze eigenmächtig Fotos von Vermißten an der Wand aufhängen. Sah KEINE Überlebenden, die hineingebracht wurden, nicht einen. Sah nebenan eine Gipsbein-Frau, dick und nackt in einem weißen Engelshemd, schimpfend wie ein Rohrspatz – man hatte sie wohl vergessen. Statt mich aber nach Hause gehen zu lassen, wurde ich nun von einer hüpfenden Schwester (wie Sarah Jessica Parker in L.A Story) ins Krisenzentrum gebracht. »Are you okay?«, rief mir die heitere asiatische Ärztin nach. Ich, somnambul, hob den Daumen, grinste, schlurfte weiter, gestützt auf meinen Freund. »How is everybody?«, hatte ich tags zuvor im Supermarkt einen Mann eine Frau fragen hören. »Alive«, hatte sie geantwortet. Mein Hirn ruhte in einem Wasserbett. Im Veilchenduft des Vergessens.

Auf dem Holztisch im Krisenzentrum, welches provisorisch in einer Turnhalle eingerichtet war, lagen Sandwiches, Bonbons und Donuts rum. Gelangweilte Masseure, Akkupunkteure und Psychologen standen rum. Nur Überlebende gab es nicht. Daher war man hocherfreut, mich zu sehen. Eine als »Sozialarbeiterin« getarnte Psychologin, ich erkenn die Biester zehn Meter gegen den Wind, bemächtigte sich meiner, sah mir tief in die Augen und wollte unbedingt ein Gespräch mit mir führen. Es war ja sonst niemand da, immer noch 5000 da unten, aber ich dachte diesen Gedanken vollkommen ungerührt, die Zahl blieb eine hohle statistische Information, das starke Gift in mir hielt jedes Mitgefühl ab. Ich war wortkarg, weswegen das Gespräch für uns beide kein Erfolgserlebnis wurde. (In Wirklichkeit war ich zu benebelt, außerdem war es mir vor meinem Freund unangenehm, darüber zu sprechen, dass ich mich nicht BEFUGT fühlte, diesen großen unendlichen Schmerz zu empfinden.) Im Groben erzählte nun die Psychologin mir, wie schlimm das alles für sie war. Nach zehn Minuten deutete ich an, ich würde nun eine Massage benötigen und bekam auch eine.
Wie ich nach Hause kam, weiß ich nicht mehr. Ich schlief zehn Stunden und wies am nächsten Morgen meinen Webmaster an, umgehend das Tagebuch vom Netz zu nehmen.

Als die Spritze nachließ, begann ich wieder zu weinen und wollte alles wieder rückgängig machen und nahm schließlich auf die mehrfach vorgetragene Bitte meiner Freundes hin eine von den Beruhigungstabletten, die mir die heitere Asiatin mitgegeben hat. »Zimmer frei« ist abgesagt. Meine Seite werde ich vollkommen umgestalten und neu eröffnen. Mit Tagebuch.
Seit Sonntag wohne ich auf der Upper West Side bei meinem Freund. Ab und zu laufe ich ans Fenster, ob das Empire State noch da ist, kriege jedes Mal einen Riesenschreck, weil die ja neuerdings nachts das Licht ausmachen, weine, schreie, lasse mich überzeugen, dass da hinten die beiden kleinen roten Lichter ... und torkele wieder ins Bett. Vorhin hatte ich Appetit auf Hühnersuppe und wir haben Hühnersuppe gekauft, die ist gut für die Seele, und ich habe alles aufgegessen, einen Liter, das war wirklich gut für die Seele. Dann habe ich geduscht, zum ersten Mal seit sechs Tagen, dann habe ich die gesamte Hühnersuppe wieder ausgekotzt (sie sah noch genauso aus) und vier Stunden geschlafen. Aber das wird schon. Das Leben geht weiter. Muß nur Gras drüber wachsen. Und all der andere hohle Trost.
Mein weiteres Leben könnte zum Beispiel so aussehen: Ich werde hier in New York wohnen, zusammen mit meinem Freund, der auch überlebt hat, der mir das Leben gerettet hat. Wir werden arm sein. Wir werden uns lieben. Ich werde vermutlich religiös sein. Anders geht es nicht. Ich werde vermutlich Menschen helfen. Anders geht es nicht. Ich werde vermutlich wirre Bücher schreiben, die keinen Verlag finden und Kameras scheuen, die gar nicht mich meinen. Ich werde nicht mehr an die Toten denken und nie nie mehr weinen. Denn alle zwei Tage hole ich mir eine neue Spritze im St. Vincent's.

17.09.01 17:14 NYC TIME

in listen habe ich mich eingeschrieben blutspende und helfen allgemein und welche sprachen ich spreche leider nur deutsch und was ich noch so kann leider nix und anrufen wollen sie mich don't call us we call you … mit meinen eigenen aus nervosität blutig gebissenen händen will ich graben lasst mich graben aber was ist was wer wird nicht irre daran alle materie ins kleinste teile zerteilt zerfetzt und neu zusammengesetzt die guten ins töpfchen die schlechten ins kröpfchen kein einziger überlebender seit mittwochfrüh schenkt uns überlebende ein paar hundert wenigstens oder fünfzig oder ein dutzend oder einen einen überlebenden gott herrgott zeig dich schenk uns einen überlebenden nur einen einen halben nur –
mann mit sprengstoff in der ubahn festgenommen schweigeminute in der börse einbußen bleiben unter erwartungen wessen einbußen wessen erwartungen bei aol kann man sich die amerika-flagge runterladen oder die skyline mit und ohne vorher-nachher-show
dies schreibe ich für mich und alle freunde und kollegen nicht aber für sacknasen arschkratzer sesselpuper die mir erklären wollen wie ich zu trauern hätte und ob ich überhaupt das recht dazu hab die sonst schirme verkaufen wenns regnet verkaufen jetzt kerzen angebot nachfrage überall brennen kerzen hängen zettel fotos personenbeschreibungen hoffnung die verzweifelt verzweiflung die wahnsinnig wird kotzen müssen wir alle jeder was anderes hühnersuppe ist gut für die nerven aber nicht für den magen schnaps ist gut für den schlaf aber nicht für den magen danke für die schokolade melody
wie kann denn nur so schnell und so ernsthaft diskutiert und beschlossen werden das world trade center wieder aufzubauen gibt es denn keine anderen sorgen als die reparatur der skyline

(es wird ohnehin nie wieder wie es war das wisst ihr das weiss ich jemand hier der das nicht weiss nicht wahrhaben will?) was ist mit der reparatur der welt mit anderen mitteln als krieg was ist mit der reparatur der seelen mit anderen mitteln als spritzen (obwohl spritzen gut tun so gut weil man vergißt … herr karasek … ihr lieblingsspruch … glücklich ist wer vergisst was doch nicht zu ändern ist …) habt ihr es so eilig wollt ihr es gleich draufstellen auf die fünftausend leichen das neue world trade center höher schneller weiter gleich obendrauf morgen anfangen hä?
überall ausschau nach bin laden halten der könnte nämlich auch bart ab und haare ab und glatze ihr dann sieht der komplett anders aus ihr erkennt ihn an den augenbrauen an der gesichtsschattierung am nasenrücken und am hochmütigen blick wenn ihr ihn seht wie er harmlos pfeifend rumläuft und tut als wär nix einfach hin schnappen arm umdrehen und ein paar mal mit dem kopf gegen die wand bumsen so schnell kann der gar nicht kucken und in die eier ein zwei tritte und rasch polizei holen das ist weltrettung denn das ist kriegsvermeidung indeed oder nein halt kommando zurück dann werden ja gleich lauter selbsternannte binladen-erkenner rumlaufen und armen schuldlosen glatzköpfen die aus ganz anderen gründen pfeifen und harmlos tun und hochmütig kucken den arm umdrehen und kopf gegen wand und eier treten nein halt so geht das nicht aber wie wie geht es dann?
du fragst wer meinen garten zertrampelt hat kerstin ich denke die geister die ich rief denn ich habe sie gerufen beschworen und gerufen – und dann das echo nicht vertragen wie man so schön sagt man sagt vieles immer so schön was einen nicht umbringt macht einen stärker ist der klügere gibt nach kommt zeit kommt rat das wird schon wieder oder stell dich nicht so an oder
ich verneige mich vor denen, die an puzzletischen in leichenhallen stehen um menschen neu zusammenzusetzen aus kleinstmög-

lichen teilen ein ohr ein arm ein stück haut mit einem tatoo um deren loved ones zu sagen, dass es vorbei ist dass das schreckliche bangen schreckliche gewissheit ist
sehe mein fotoarchiv des letzten vierteljahres durch zehn zwanzig motive mit den zwillingen die hatte ich von allen wolkenkratzern am liebsten
diese großen starken silbernen türme sind weggekickt worden weggeknickt worden wie streichhölzer wo waren denn da eure argusaugen ihr hochbezahlten cia-pfeifen? wart ihr grade aufm klo? in der mittagspause? und wenn ihr aus welchem grund auch immer gepennt hat wo war eigentlich gott? grade im urlaub? hat hinten keine augen? vermilchreist? aus versehen – ist ja auch nicht mehr der jüngste – die gebete der falschen erhört? hat er im armdrücken gegen einen stärkeren anderen gott verloren? oder gegen den teufel?
habt ihr am freitag auch dieses fiese foto bekommen, auf welchem man eine teufelsfratze im flammenball des explodierenden turmes sieht? ging ein solches foto per e-mail um die welt oder geht das aufs konto meiner fieberfantasien?

18.09.01 06:05 NYC TIME

Luft holen

Albträume. Jede Stunde aufgewacht. Geträumt, dass sie Menschen an Bäumen aufhängen. Hier oben in der Upper West Side kommt die Müllabfuhr um sechs.
Gleich ins Netz. Agenturen – Und nun? Biogische Waffen? 5422 Menschen weg? Schlimm genug, dass es nicht weniger Vermisste werden, aber WARUM WERDEN ES DENN MEHR?

Gestern, als ich vom Irrenarzt kam (konnte ihm leider keine Spritze aus dem Kreuz leiern, statt dessen sieben lumpige Schlaftabletten und dass ich viel Wasser trinken soll und spazierengehen und den Kreis schließen und so) – also, gestern, als ich vom Irrenarzt (IA) kam, bin ich noch rasch am Times Square vorbei, um vielleicht deutsche Zeitungen zu kaufen. Es war einen Moment lang so … normal. Ich aß einen Hot Dog (den ersten seitdem) und Roasted Peanuts (die ersten seitdem). Ich sah die glitzernden Farben überall und hatte den Wunsch, tief tief Luft zu holen, tiefer als es einem Menschen möglich ist.
Und dann sah ich die T-Shirts mit den Türmen drauf.

18.09.01 08:25 NYC TIME

Heute

ist es eine Woche her. Ich fahre jetzt downtown und besuche die brennenden Türme und die gellenden Schreie und schließe den Kreis, wie mein IA mir das aufgetragen hat.

18.09.01 12:56 NYC TIME

tatort

der soulman singt wieder. subway 79th rote linie unten am gleis. baut sich ausgerechnet vor meinem bänkchen auf alter schwarzer mann strickmütze und singt ain't no sunshine when she's gone (heißt das so? geht das so? von wem gleich noch? ia sagt, das ist normal, dass ich alles vergesse)

soulman singt also ich natürlich losgeheult (ia sagt, losheulen bei jedem scheiß ist normal) ich steige in die u-bahn und kriege sofort schweißausbrüche (ia sagt, das ist völlig normal und ich soll aus der angst eine furcht machen super idee)
mit der 3 bis times square (1 und 9 fahren jetzt auch manchmal express, 2 und 3 local, man muss auf die durchsagen achten, aber die versteht ja keiner zur zeit steigt einfach jeder überall ein wird schon klappen) dann mit dem a-train bis 14th, dort umgestiegen in den e-train, der fährt genau in die frozen zone, konnte bis spring durchfahren (einige blieben sitzen, fährt der etwa sogar wieder weiter bis chambers, gar bis fulton? fulton ist genau neben dem wtc)
in welchem zustand ich war, als ich vor einigen tagen meine wohnung verließ, zeigt sich an der wohnungstür. sie war offen. in welchem zustand ich jetzt bin, zeigt sich an meiner reaktion. es ist mir egal. meinen laptop musste ich als pfand in der upper west side lassen damit ich nicht ausbüchse und irre sachen mache meinen pass habe ich bei mir meine siegfried&roy-tasse ist noch da – was will man mehr?
das warme wasser geht wieder. mein ia sagt, ich soll an alten ritualen festhalten. aber lebe ich nicht in einer zeit, in welcher es unwesentlich ist, sich die zehennägel anzumalen oder die achselhaare zu rasieren?
fernseher ist auch noch da. na also. cbs trailert: whe shall overcome. sie zeigen einen ausschnitt aus letterman. er sendet seit gestern wieder. ich mochte den nie, fand ihn kalt, kälter als alle late night talker, aber nun sehe ich seinen schmerz. er zeigt seinen schmerz. er ist auch verwundet sein panzer ist auch weg er ist auch eine heulsuse geworden, nackt steht er da, genau wie ich und was macht eigentlich harald schmidt?
meine grocery, mein wäschemann, beide wieder geöffnet. bevor

ich wieder uptown fahre, gehe ich einige schritte auf das grauen zu. eine woche ist her, seit die türme weggebombt worden sind.
50 schritte zur broome.
200 schritte zur grand.
240 schritte zur canal.
es war näher als zwei meilen glaub ich.
canal ist jetzt die grenze des sperrgebietes. nur anwohner und akkreditierte journalisten kommen durch. canal ecke west broadway steht ein ü-wagen von »eyewitness news«.
in einem der wenigen wieder geöffneten billigläden sehe ich eine neue t-shirt-variante: »i survived the attack«. Buy one get one free was für ein schönes und originelles souvenir ihr arschgesichter.
da ich nicht buddeln und nicht blutspenden darf, bringe ich jetzt blumen und eine kerze zur feuerwache 77th.

18.09.01 13:16 NYC TIME

alles so bunt hier

Liebe Frau Buschheuer,
BUNTE plant eine große Geschichte zum Thema »Die politische Dimension der Terroranschläge von New York«. Hierzu befragen wir Prominente aus Wirtschaft, Politik, Sport, Unterhaltung und hätten gern Ihre Meinung zu folgender Frage:
Sollen deutsche Soldaten in einem Krieg gegen Terroristen mit Waffen kämpfen? Warum? Warum nicht?

Liebe XY,
ich finde es toll, dass BUNTE so eine schöne Geschichte macht und hoffe, es gibt auch viele schöne bunte fotos dazu, vielleicht

(aktuell!!!) eines vom einstürzenden World Trade Center (bildstark!!! Nur ein Vorschlag!).
Ich kann mich leider nicht an der Antworterei beteiligen. Warum, das sehen Sie ja selbst.
Zum Trost schicke ich Ihnen ein schönes Zitat von Käptn Blaubär: »Ich lief hin und her, raufte mein Haar und tat schliesslich das in dieser Situation einzig VERNÜNFTIGE: Ich verlor den Verstand.«
(Wegen eines Blaubär-Fotos müßten Sie in der Pressestelle des NDR nachfragen.)
Mit freundlichen Grüßen
Else Buschheuer (Prominente aus Wirtschaft, Politik, Sport und Unterhaltung)

18.09.01 13:22 NYC TIME

Ain't No Sunshine 1995 John Waite (Bill Withers)

Ain't no sunshine when she's gone
It's not warm when she's away
Ain't no sunshine when she's gone
She's gone much too long
Any time she goes away

18.09.01 15:40 NYC TIME

Kürzertreten

Es gibt da Klagen, dass ich nicht mehr stündlich einschreibe. Das stimmt. Da ich vor einer Woche angefangen habe, rund um die

NYC Time in mein Tagebuch zu schreiben und zwischendurch täglich 100 bis 200 e-mails beantwortet habe, bin ich ... mein ia sagt ... ich bin verbrannt. ich bin immer weniger geworden. Da mag er Recht haben. Ich bin eine 1-Mann-Firma und ich bin angeschlagen und ich würde gern eure langen Briefe allesamt ausführlich beantworten aber geht eben nicht wg. kein Perpetuum Mobile. Zu allem Übel habe ich (Linkshänder) mit der aufgestützten linken Hand getippt, was mir eine fiese Sehnenscheidenentzündung (auch kein schönes Wort) eingebracht hat. Hab Arm im Verband, aber Ruhigstellen geht nun wirklich nicht. Was denn noch alles! Spazierengehen, Wasser trinken, Rituale, kürzertreten, keine Angst haben, alle zwei tage zum ia – aber nicht auch noch Arm ruhigstellen!

19.09.01 10:16 NYC TIME

Gestern

sah ich die Serie »Spin City« auf ABC. Ein Redakteur muß in Hektik noch schnellschnell das WTC aus dem Skyline-Vorspann geschnitten haben. Abgerissene Schwenks, rangezoomte Nicht-Bilder von halben Häusern bei Tag und Nacht. Ich habe mir gestern ein Poster gekauft, die Skyline bei Nacht, dort sehen die Türme genauso aus wie ich sie abends von meiner Wohnung aus sah. 5 Dollar. Der Verkäufer mußte das letzte aus dem Fenster nehmen. Ich hätte wirklich nicht gedacht, dass ich mal ein Skyline-Poster aufhängen würde. Aber es gibt sicher auch Banker, die nie Stars-and-Stripes-Krawatten umbinden wollten.
Jay Leno hat in seiner ersten Sendung den richtigen Ton nicht getroffen. Aber das ist auch scheiße schwer.

Mein Arm tut so weh, dass ich heute nicht schreiben kann.
Sie werden keinen Überlebenden finden, oder?

19.09.01 14:16 NYC TIME

War

The trembling finger of a woman
Goes down the list of casualties
On the evening of the first snow.

The house is cold and the list
is long.

All our names are included.

charles simic

19.09.01 15:32 NYC TIME

Woody Allen über den WTC-Crash

»… die Art, wie wir Musik, Theaterstücke oder Filme schreiben, wird es nicht verändern können.«

Wenn du dich da mal nicht irrst, kleiner Woody.

19.09.01 21:41 NYC TIME

Trüber grauer Tag

war das heute. Arm weh, drei gemeine Mails. Und das Gefühl, dass mein innerer Garten tatsächlich komplett zertrampelt ist und nichts mehr wächst. Habe mich nochmals durch die 1000 Mails der letzten Tage gewühlt und viel geheult vor Rührung, 990 davon waren freundlich, aufmunternd, ergriffen, besorgt, DASSELBE-FÜHLEND-WIE-ICH, MICH VERSTEHEND. Von Menschen, denen es genauso ging/geht wie mir, egal wo sie leben. Die mit den brennenden Türmen aufwachen und durch den Tag gehen und abends mit ihnen ins Bett. Und denen ich danke, dass sie ihre Gefühle mit mir geteilt haben Zehn waren böse, verletzend.
Mein IA sagte eben, als Psychosomatiker freue es ihn gradezu, dass ich mir während des Unglücks eine Sehnenscheidenentzündung herbeigeschrieben habe. Und er sagt, dass ich auch bedenken soll, dass nicht nur die Bösen in meinem inneren Garten stehen, sondern alle, alle Tausend. Darüber soll ich nachdenken. Und das mach ich jetzt auch. Und muss meinen Arm schonen. Und meine Tablette nehmen, damit ich schlafen kann.

20.09.01 10:58 NYC TIME

»mission grenzenlose gerechtigkeit« …

… heißt der ganze bombenmurks – giuliani sagt, vielleicht wird man nie mehr einen überlebenden finden – vielleicht sind die 5000 menschen WEG wie die türme geschmolzen verschmort verbrannt zerteilt zerstreut – habe geträumt, das alle gefunden worden sind alle in einem ganz großen raum, alle lebendig und großes großes fest überall und we shall overcome auf der klampfe von ... sagen wir mal vom zupfgeigenhansel und alle tanzen – ia hat mich gelobt, dass ich vorgestern in soho war heute müsste ich wieder hin wäsche abholen aber heute bin ich nicht so unternehmungslustig nicht so stark draußen regnerisch und kalt – tv: amerikanische frauen braten burger für die jungs die buddeln um ihre traurigkeit umzuwandeln würde ich auch gern aber mit arm in schiene und dauernd schwindlig und heulen geht wohl nicht – sikhs überlegen, ob sie sich turbane und bärte abnehmen weil sie dauernd haue kriegen und angespuckt und angepöbelt werden – new yorker sind dafür dass giuliani bürgermeister bleibt dann hätten hevesi & co monatelang umsonst beim aufbau vorm fairway gestanden und wahlkampf gemacht und mir die hand geschüttelt – also mir ist der typ auch angenehm ich mag wie der kuckt den ausdruck seiner augen – woody allen scheint auch einen mitgekriegt zu haben redet unsinn kuckt wie kranker hund – stockhausen ist komplett durchgedreht – hab mit ia lange darüber geredet, ob ich irre bin. Ich will es nur wissen mir kommt es manchmal so vor, weil ich mich anderen nicht verständlich machen kann, weil ich merke, dass die sachen denken, während sie nicken. vor allem in den momenten, in denen ich denke, ich war noch nie so klar im kopf, wird mir angst, denn das ist ja ein deutlicher hinweis auf irrizität – la sagt, dass ich (auf meine art) normal sei und die welt verrückt und dass er mir gerne mal ein faltblatt mitgeben kann wo das drinsteht, eine antwort, die ich im übrigen alarmierend fand, denn das faltblatt ist ja sicher für irre, die nicht denken sollen, dass sie irre sind normale brauchen ja im allgemeinen kein faltblatt mit definitionsakrobatischem geschwurbel – im fernsehen junge amerikaner die in den krieg ziehen ich wollte neulich der »BUNTE« nichts zitables sagen aber jetzt kann ich ja: ich bin GEGEN den KRIEG und für WEHRDIENSTVER-

WEIGERUNG – danke auch für den zynischen rat, den ich per mail erhielt: wenn erst das bomben anfinge, würde ich mein zipperlein schon vergessen das gibt mut – mein regulärer usa-aufenthalt endet bald es gibt einen vor fünf Monaten gebuchten rückflug nach deutschland aber ich kann mir nicht vorstellen zurück was soll ich da? – gestern habe ich mein blaues Bändchen vom st.- vincent's abgeschnitten, es ging nicht unter dem armverband, es sollte mich zwar an was erinnern, an was wichtiges, aber das hab ich vergessen

20.09.01 12:58 NYC TIME

die Zwillinge

waren nicht so beliebt. Habe in einer Zeitung Zitate aus architektonischen Führern gefunden wie:
»these stolid, banal monoliths came to overshadow Lower Manhattan's cluster of filigreed towers, which had previously been the romantic evocation that symbolized the very concept of skyline«
oder
»General Motors Gothic«
oder
»boring, so utterly banal as to be unworthy of the headquaters of a bank in Omaha«
oder
»fearful instruments of urbicide«
oder
»one of the ugliest buildings in the world«
Ich aber habe mich jeden Tag gefreut, wenn ich aus dem Haus trat und sie sah, besonders abends, wenn ich nach Hause kam und sie

mir den Weg leuchteten, so groß, so unfassbar groß und hoch und wahrhaftig. Und wenn man lange hinsah, schienen sie etwas zu schwanken, aber das war eine optische Täuschung. (Pancaking hieß die Art, wie sie zusammengefallen sind ...)
Am Unabhängigkeitstag, ich war drei Tage in der Stadt, fuhr ich gleich morgens (um 9!!!) ins »Windows of the World« und setzte mich ganz nah an die Fensterscheibe, die bis zum Boden reichte, wenn ich mich nach meiner Tasche bückte, bewegte ich mich direkt auf den Abgrund zu, eine durch festes, unzerstörbar scheinendes Glas abgebremste Heldenhaftigkeit ergriff mich, wie ein Gipfelstürmer kam ich mir vor, wie der »King of the World«, Magen etwas flau, aber oben und nun sind sie WEG.

20.09.01 18:49 NYC TIME

Aus aktuellem Anlaß

möchte ich Sie herzlich bitten, Ihre Mails schon mit einem aussagekräftigen Betreff zu versehen (also z. B. dumm, saudumm, geil, neidisch, mitfühlend, fröhlich, traurig etc)
Das würde mir im einzelnen viel ersparen.
Ich muß sonst der Bitte meines ia nachkommen und meine Mails nicht mehr abrufen.
Eben hat mir eine Angestellte der MTA einen neuen Subway-Plan in die Hand gedrückt, der heute in Kraft tritt. Ganze U-Bahnlinien und Stationen sind ausgelöscht, gibt es nicht mehr, zum Beispiel den C-Train, mit dem ich immer zum AUFBAU gefahren bin (Spring eingestiegen, 72th Central Park West raus).
Nur die Hinweisschilder auf den Bahnsteigen sind noch die alten.
Da steht zum Beispiel auf Blau: E to World Trade Center all time.

So, nun wollen wir mal sehen, was Herr Bush heute Nacht von sich gibt.
Hoffentlich keine Hühnersuppe.

20.09.01 18:55 NYC TIME

6333

ist jetzt die offizielle Zahl der Vermißten. Kann mir bitte jemand erklären, warum das immer mehr werden?

20.09.01 22:21 NYC TIME

Bush

Die USA erleben grade eine Zeit, in der jeder, der nicht flaggt, sich schon verdächtig macht (wie in der DDR). Und nun waren natürlich alle ganz hibbelig wegen Bushs Rede. Nicht nur ganz Amerika saß vorm Fernseher, auch einige meiner Mailfreunde in Deutschland sind extra wachgeblieben bis morgens um drei. (Bin ich auch mal, als Oprah Winfrey Michael Jackson interviewt hat.)
Sagen wir mal so. Bush wurde angekündigt wie seinerzeit Henry Maske, sowohl mit Trailern als auch von einem Ansager.
Zu seinem Empfang hätte im »Neuen Deutschland« gestanden: »lang anhaltender stürmischer Beifall«. Er wurde nicht nur beklatscht, er wurde regelrecht angeklatscht.
Was den Krieg betrifft, so hat er offenbar (und glücklicherweise) die Berater gewechselt. Das Säbelrasseln hat merklich nachgelassen. Und seiner Performance nach hat er in der letzten Woche

offenbar ein Extrem-Coaching durchgezogen. Er schaute viel vom Blatt auf, mal hierhin, mal dahin (überall Teleprompter?), funkelte landesvatermäßig mit den kleinen Äuglein (Dachshund), deutete auch mal ein Schmunzeln an, legte die Stirn in drollige Querfalten, setzte Pausen, zeigte Betroffenheit (Witwe des mutigen Passagiers), baute kleine Gegenstände ein (Polizeiabzeichen eines getöteten Polizisten, hat dessen Mutter Bush geschenkt), zwinkerte seiner Frau zu (Nachteule), lobte seinen Kumpel Blair (Kaninchen) und Onkel Rudi Giuliani (Opossum).
Immer wieder sprang der ganze Saal auf wie ein Mann, um emphatisch und kraftvoll zu klatschen und röhrend zustimmende Geräusche zu machen. Auch, als Bush einen ehemaligen Vizeanwärter (Name und Gesicht sofort wieder vergessen) zum Minister für Nationale Verteidigung oder Heimatschutz o. ä. berief.
In all dem Lärm habe ich leider nicht viel verstanden. Nur so viel: Amerika wird einen furchtbaren Krieg führen. Wann, wie und gegen wen ist nicht ganz klar geworden. Terroristenführer sollen ausgeliefert werden. Und wehe nicht. Bis wann, bleibt offen.

21.09.01 9:48 NYC TIME

Lesen!

Trauma-Infos
http://www.zeit.de/2001/66/Wissen/200166_s-psychotrauma.html
http://www.zeit.de/2001/66/Wissen/200166_s-psychosoma.html
http://www.uni-koeln.de/allgemeines/interview.html
»Die Betroffenen sind aber nicht verrückt, obwohl viele von ihnen das fürchten. Trauma ist nicht verrückt, sondern eine normale Reaktion auf ein verrücktes Ereignis.«

23.09.01 6:10 NYC TIME

Ein bißchen Frieden bitte

Aber wir haben heute Krieg im Angebot.
Nein. Wie ich schon sagte. Frieden.
Aber die anderen Kunden wollen alle Krieg.
Ich hätt aber gern ein bißchen Frieden.
Na dann. Wieviel soll's denn sein?
So dreihundert Gramm.
In Scheiben oder im Stück?
In Scheiben bitte.
Darf es auch etwas mehr sein?
Gerne.
Und außerdem?
Das wär's, danke.

23.09.01 6:32 NYC TIME

Als ich im Juli nach New York kam, war Giuliani grade eine Witzfigur. Rudi, der seine Frau betrogen hatte, wonach sie ihn kurzerhand aus dem Haus warf. Der eine Wohnung suchte und schließlich in einer Schwulen-WG Unterschlupf fand.
Nun ist er ein Held. Rudi the Rock. Die New Yorker würden am liebsten die Gesetze ändern, um ihn wieder als Bürgermeister zu kriegen. Und haben die halbe Stadt mit Plakaten zugekleistert.

23.09.01 11:08 NYC TIME

Zustandsbericht

Liebe Freunde, es fällt mir im Moment schwer, in dieses Tagebuch einzuschreiben. Das liegt an der ungeheuren Anstrengung, gesund zu sein.
Als ich am Freitag meinem IA mitteilte, dass ich ab sofort gesund sei, schwieg er und machte sich eifrig Notizen. Hätte gern gewußt, ob er eine Besserung verzeichnete oder ob er vielmehr notierte »Patientin entwickelt die Wahnvorstellung, gesund zu sein«.
Mir gefiel die Schicht Watte um mich herum nicht, ich wollte lieber die Trauer und die Angst wiederhaben (Und langfristig vielleicht die Fähigkeit, sich zu freuen, zu lachen), wenn das der Preis wäre, ich selbst zu sein. Das, was die Tabletten aus mir zu machen begannen, war eine einigermaßen funktionierende Schlaf- und Wachmaschine.
Um so besser, dass der IA Verständnis zeigte. Meinem Wunsch, ab sofort keine Medikamente mehr zu nehmen, stimmte er mit ernsthafter Miene zu (nicht ohne mir die Nummer seines Mobiltelefons zu geben), meinen Wunsch, alles zu vergessen, fand er dagegen inakzeptabel.
Ich würde gern detailliert schildern, was seit dem Freitagabend in mir vorgeht, aber nicht jede innere Wirrnis ist zitabel. Nur soviel: Es geht ganz gut. Besser, als ich dachte. Bis auf den Schlaf. Der geht noch keinen natürlichen Weg. Und jedes lautere Straßengeräusch jagt den Adrenalinspiegel hoch, nach wie vor.

23.09.01 14:49 NYC TIME

Normalität und so

Mein Freund und ich, wir haben heute versucht, Giulianis Appell zu befolgen und wieder unsere normalen Leben aufzunehmen. Was nicht ganz ohne ist. Also: Lesen geht nicht mehr. Ich bin eine Leseratte (gewesen?) und habe in zweieinhalb Monaten New York einen dicken Koffer voller Bücher weggeschnurbst. Aber seit dem 11. – nix! Kein Wort will rein.
Normalität, also: im Kino läuft nur Unsinn, harmlose Familienfilme, weil Kinder ja trotzdem ins Kino wollen. Das Action erst mal gestrichen ist, ist wunderbar und kann von mir aus so bleiben, aber auch andere Genres sind im Moment nicht zu finden. WEG. Normalität ... hm ... A Fish called Wanda auf Video ... seit einer Woche liegt das hier, aber es war nie möglich, die aktuelle Berichterstattung abzuwürgen und den Videorekorder in Gang zu setzen. Heute ging's. Haben sogar gelacht. Kein TV, keine Agenturen, danach Spaziergang in Harlem (erste WTC-Memorial-Postkarten, große das heile, oben recht klein WEG, außerdem neu: Buttons: I never forget 9/11/01 (und die 11 sieht aus wie die Zwillinge). Normalität also. Schwer. Nein, nicht an die Türme denken, nicht an die Toten denken. Ein Eis essen. Im Café sitzen. Die Halloween-Dekos bestaunen, die jetzt überall hängen (Totenkopf-Schlüpfer, die im Dunklen leuchten u. ä.), in der Krimi-Buchhandlung schmökern (aber nix kaufen, denn lesen geht nicht mehr), ein Daumenkino durchblättern und an »Zur Sache Schätzchen« denken (Waloschke Brelau gegen Gordon Apollo). Mal was anderes fotografieren (ICH KANN KEINE USA-FLAGGEN MEHR SEHEN!), z. B. die ulkige Reaktion von Fairway auf die Werbung des benachbarten Feinschmeckermarktes.

Dennoch. Normalität heute eher abgehakt, um dem IA, der mich vorsichtshalber heute sehen will (opfert seinen freien Nachmittag), Freudiges, Hoffnungsvolles zu berichten. Gehe jetzt los.

23.09.01 15:21 NYC TIME

A Prayer for America

Doch nicht geschafft. Doch Fernseher an (und zu spät zum IA). Das Yankee-Stadion (Southbronx) voller betender trauernder Menschen. Sie halten die Fotos ihrer Loved Ones hoch. Sie weinen.
Bill und Hillary Clinton Hand in Hand! Giuliani und Oprah Winfrey Schulter an Schulter. Singen »Glory, Glory, Hallelujah«. Im Unterschied zu der Hollywoodstar-Veranstaltung neulich, die an einem geheimen Ort stattfand, ist dies seit Tagen angekündigt, der Ort bekannt. Sechzigtausend Menschen ... Und hoffentlich entsprechende Sicherheitsvorkehrungen!

23.09.01 15:43 NYC TIME

Korrektur – Machwort

Die eben erwähnte Verantaltung nimmt sehr rasch eine sehr merkwürdige Wendung. Staatlich organisiertes, nationalistisches Trauern (Home of the Brave, Land of the Free, God bless America, blablabla). Ein hoher Militär spricht in einer Rede die Terroristen direkt an und sagt: »Ihr habt das falsche Land, die

falsche Stadt ausgewählt.« Bitte?? Drehen die jetzt alle durch? Was wäre denn das richtige Land gewesen? Es geht überhaupt nicht um tote Menschen. Es geht um tote Amerikaner. Es geht nicht eine Sekunde um Frieden (doch, ein Rabbi spricht von Peace, wird aber nur müde beklatscht), es geht um Vergeltung. Beim Singen der Nationalhymne flippen alle total aus.
Und sind wir nicht in ein Videogame geraten, in dem Feivel der Mauswanderer (gut) gegen Barbarossa (böse) kämpft, aber in dem Feivels »Güte« nur an Barbarossas Bosheit nachgewiesen wird? Und sind wir nicht alle Schachfiguren in einem undurchschaubaren Spiel? Was ist wahr, was ist falsch, was ist Manipulation, was echt? Und wer bitteschön hält die Amis auf? Die Deutschen offenbar nicht. Soll denn jetzt dumm in der Welt rumgebombt werden? Und wer verdammt wird davon wieder lebendig?

23.09.01 19:19 NYC TIME

Für RMA-Insider

Folgende Mail von Christian hat mich, mitten im Welt- und Selbstzweifel, doch mal kurz zum Lachen gebracht:

Roger Willemsen ist gerade zu Gast bei Zimmer Frei!
Götz Alsmann sorgte gleich zu Beginn für einen Brüller beim Publikum. C. Westermann kündigte ihn an als »jedermann bekannte Geistesgröße« und Alsi sprach daraufhin im Befehlston vor sich hin »RUF! MICH! AN!«.
Das war sehr lustig.

Später sagte Willemsen selbstironisch, er habe ja bekanntlich Schamhaare auf dem Kopf. ;-))

23.09.01 21:35 NYC TIME

Beispiele,

und zwar nur einige persönliche nicht repräsentative dafür, dass auch die Sprache ihre Unschuld verloren hat, dass die Welt – World – World Trade Center – WTC ... nicht mehr dieselbe ist:
Frozen Joghurt = Frozen Zone = WTC
kanalisieren = Canalstreet = Frozen Zone = WTC
einladen/umladen/Laden = Bin Laden = WTC
Zero = Ground Zero = WTC
Ground Floor = Ground Zero = WTC
Fire = Firefighter = Victims = WTC
Mars Attacks = Amerika under Attack = WTC
Tower = Twintowers = WTC
Twins = Twintowers = WTC
Skyline = Broken Skyline = WTC
Window = Window of the world = WTC
love = Loved Ones = Victims = WTC
Schlaf = Schläfer = Bin Laden = WTC
Braveheart = braves = victims = WTC
Red = Red Cross = blood = WTC

Ich bin sicher, Sie könnten diese Assoziationsketten endlos fortsetzen.

24.09.01 8:45 NYC TIME

6453

Gestern abend waren es plötzlich 120 Tote mehr. Halb zwei in der Nacht habe ich dann doch eine Tablette nehmen müssen.

24.09.01 12:44 NYC TIME

Das Glück im Grauen

tuschuggerrrriiietsch ist wieder da. steht vorm subwayeingang Springstreet mit seinem bagelwägelchen und lächelt. war überglücklich, ihn zu sehen. alle wohlauf, die frau und sechs kinder.
und die C fährt wieder.
und ich bin wieder zu hause in soho, wo die depression, das unrunde, wabernde, die angst geduldig auf mich gewartet haben, eine woche lang. was mache ich damit? wegputzen? weglüften? wegrauchen?
normalität: aus den entlüfterfenstern der italienischen restaurants riecht es wieder nach knoblauchbrutzel. aber die restaurants sind leer. die boutiquen haben umdekoriert und neueröffnet, aber keine kunden drin. wir sollen essen gehen und shoppen, hat Giuliani gesagt, go back to normal life. ich seh schon, das bleibt wieder an mir hängen. rudy, sorry, es geht nicht. ich finde essen gehen und shoppen gerade absurd. und überhaupt: wann brichst du zusammen? morgens talkshow, mittags interviews, nachmittags beten im stadion, abends interviews auf nbc. (gestern abend, das spannendeste, was ich seit tagen von einem augenzeugen gehört habe, aber warum weinst du nicht? hast viele enge freunde und langjäh-

rige kollegen verloren, hast um ein haar selbst dran glauben müssen, aber warum brichst du nicht zusammen? hast du einen ia, bei dem du weinst? oder freunde?)

24.09.01 16:40 NYC TIME

spaziergang innerhalb der schädeldecke

spring nach east broadway nach downtown canal nach west thompson nach uptown viele menschen am broadway auf in den geschäftigen wenig shoppingbags gesicher indifferent spielen die gesund wie ich scheitern die am alltäglichsten wie ich zählen die die toten wie ich haben die angst wie ich
nachdenken erfolglos tagebuch sinnlos leben sinnlos shoppen sinnlos
geplante hosenbesorgung für person x scheitert an unwichtigkeit vor der wohnungstür des nachbarn ein großes paket hej frage ich den ups-mann was ist das eine bombe doch keine bombe nein sagt der ernsthaft (da steht ja geschenk drauf –?) ich bringe hier oft bücher her der herr sowieso ist gehbehindert ach so sage ich und gehe rein und erst fünf minuten später fällt mir ein fällt mir siedendheiß ein dass der herr sowieso sehr gut laufen kann hab ihn schon manchmal am briefkasten getroffen und was bedeutet schon eine ups-uniform aber egal wobei paranoia ja noch lange nicht heißt dass einen keiner verfolgt
zu hause läuft ein riesenkäfer durch mein zimmer asbestmutation? dioxinmutation? kriecht unters bett ich krieche aufs bett werde mein tagebuch beenden muß es beenden muß alles zumachen sofort worte gibt es nicht mehr »es wurden reste veräußert zu unglaublichen preisen es war ein ausverkauf aller bestände«

schreibt rilke oder halt jetzt kommt ein brief von einer frau die seit einem jahr täglich liest und ein mann schreibt ich hätte ihm die augen geöffnet aber wie kann ich noch lange anderen die augen öffnen wenn ich im austausch meine nicht mehr zukrieg dafür?
religiös werden klappt nicht menschen helfen klappt nicht dick und alt werden am ehesten wegen rückfall geschlossen wegen irrsinn geschlossen wegen sinnlosigkeit geschlossen weil immer noch scheißboulevardzeitungen mein tagebuch unerlaubt abschreiben, illustrieren und veröffentlichen geschlossen autorin hat sich leider in einer denk- und zeitschleife verfangen keine entwicklung sichtbar hirn schwimmt in selbstmitleidssoße mitleidssoße hirnverschlingung hirnbrennen juckpulver im hirn nicht kratzen sagt märz bei kipphardt
wer also nicht für feivel den mauswanderer ist ist automatisch für barbarossa stimmenthaltung unmöglich ich darf keine kritik an feivels kriegsplänen äußern ... ich mach's trotzdem ... also ... kritik an seinen beschissenen kriegsplänen äußern sonst bin ich quasi eine terroristin und wie soll der krieg gehen gerücht bin laden sei in paris b52 nach paris und bumbum gerücht bin laden sei in berlin bumbum in berlin gerücht bin laden sei in australien russland china afrika überall bumbum? wo laufen sie? wo laufen sie denn hin?
es ist schwer eine haltung zu finden zu bewahren wenn manipuliert wird wenn man nicht mehr sachlich sein kann wenn die rationalität die realität das woran man sich festhalten konnte weggebombt ist wenn wir uns von den informationen ernähren die uns zugeteilt werden
der zusammenschnitt der gestrigen prayer-veranstaltung war dann wieder herzergreifend weinende gesichter groß händchenhalten groß midler singt domingo singt so wie ich mir das vorgestellt hatte aber ICH habe LIVE was anderes gesehen

und natürlich können dramen menschen ändern giuliani ist verändert harald schmidt ist verändert und viele viele andere sind verändert und manche sind irre es gibt jetzt mehr irre in new york in deutschland auch?
ironie geilheit ausgelassenheit coolness sind sachen von vorher und gehören nicht mehr hierher (und niemals mehr nirgendwohin?)

24.09.01 19:33 NYC TIME

Weltrettung

Also, **ÄRZTE OHNE GRENZEN** bittet dringend um Spenden (Spendenkonto: Sparkasse Berlin, BLZ: 100.500.00, Konto: 97 0 97) zur Unterstützung der afghanischen Bevölkerung. Stichwort: Afghanistan.
Einer schreibt mir grad (mahnend), man solle sich treubleiben. Aber wer war gleich noch mal sich?

24.09.01 22:01 NYC TIME

Who wants to be a princess?

Zwei Dinge werfen Licht, am späten Abend, ganz unverhofft. Ein Regenbogen-Foto und eine Las-Vegas-Show auf FOX.
Leider läuft die Show bereits, als ich den Fernseher einschalte. Zehn Mädchen posieren halbnackt. Bein vor, Becken nach links nach rechts. Haare hoch wuschel. Zunge bisschen leck. Hobby: sunset, dancing, singing. Fünf davon kommen in die Endrunde. Sie alle wünschen sich sehnlichst, von einem anonymen europäischen

Prinzen geheiratet zu werden. Mirnixdirnix. Zum Schluß tragen alle Prinzessinnenkleider. Aufgeregt. Weinerlich. Der Moderator spart nicht mit Komplimenten: »You should be on a cake« und »You look like a barbie doll!« Die so angesprochenen heulen los vor Rührung. Jede darf noch mal direkt in die Kamera betteln, den versteckten Prinzen (Prinz im Sack, Prinz in der Kiste) direkt an (huch wie bin ich leidenschaftlich ... freue mich auf deine Familie ... fühle mich wie im Märchen ...)
Der Prinz kommt aus Roma, erfahren wir nun. Man sieht seine Sommervilla und anderen Unsinn. Marconi heißt er und war früher Journalist. Gleich kommt er aus dem Loch gekrochen und sucht sich eine Puppe aus und hängt der ein 40Tausend-Dollar-Collier um. Was für eine herrliche Scheiße. Und wie ich gerade an nichts sonst denke als an schwachsinnige frauenfeindliche Fernsehhows! Rudy wäre stolz auf mich.
Der Prinz kommt raus, Jubel im Publikum. Er sieht aus wie Sascha Hehn und schüttelt die fünf angehenden Prinzessinnenhände. Jetzt geht's um die Wurst. Welche Schnecke kriegt das Halsband? Ha! Die You-should-be-on-a-cake-Blonde mit den Löckchen, sie lacht (die nackte Angst in den Augen), die anderen Püppis klatschen (voller Hass). Der Prinz hat einen Smoking an und ist einen Kopf kleiner als Locken-Barbie. Bubenhaft, kein Hinterkopf. Das Publikum flippt völlig aus, als die beiden die Spanische-Treppe-Deko runtergehen. Schreiten. Unter Jubel. Jetzt steigen sie in einen ... was auch immer ... Jaguar wahrscheinlich, mit Chauffeur. Moderator moderiert ab, hinter ihm die anderen vier Mädels mit Kaumuskelkrampf. Was wird Mutti sagen, wenn ich den Prinzen nicht gekriegt habe?
Mehr davon! Und ihr? Wie war Harald Schmidt?

24.09.01 23:06 NYC TIME

Ach

Schmidt ist ja erst heute. Er wird das Thema umgehen, wurde kommuniziert. Wenn er sich geändert hat, was ich fest glaube, dann wird er das nicht können.
Montag. Dienstag. Wochentage sind so schwer herstellbar im Moment. Und Daten folgendermaßen: Morgen ist Dienstag, morgen ist WTC 14 Tage her, WTC war am 11., also ist morgen 11 plus 14 25 also ist heute der 24.9.
Der Terrorist ist übrigens ins Cockpit eingeladen worden – nein, nicht Tote zählen ... Schäfchen zählen ... schlafen ...

25.09.01 0:53 NYC TIME

Lieber Harald Schmidt!

Giuliani und Letterman machen grade vor, wie das geht, wie das gehen könnte, Normalität anstreben einerseits und ein Thema nicht umgehen und verschweigen andererseits. Letterman will nicht zur Tagesordnung übergehen. Der sieht das gar nicht ein. Das ist dem wurscht, ob seine Sendung lustig ist oder nicht. Vermutlich war er nie authentischer, nie wesentlicher. Er lädt Giuliani ein (um dessen Wiederantritt als Bürgermeister heute viele Journalistenrunden heftig stritten), Giuliani, den er bestimmt oft verspottet hat, den er vielleicht nie mochte, den viele nie mochten. Er spricht mit ihm über den Zusammenhalt der New Yorker. Und der ist beachtlich. Symbolisch dafür die Oberen: Ein Giuliani, der Hillary Clinton umarmt. Eine Hillary, die Bill Clinton an der Hand nimmt. Und nun Rudy bei David. Sie sprechen sich beide für Bush aus, obwohl sie es vermutlich besser wissen, aber alles andere wäre jetzt vielleicht unangebracht, in dieser Siutation, in einer Late-Night-Show im amerikanischen Fernsehen, das muss man einfach mal so sehen. Sie loben beide Bushs Rede und die Prayer-Verantaltung. Auch das muss vermutlich sein. Sie sprechen nicht über Krieg (es sei denn am Anfang, den habe ich nicht mitgekriegt). Sie sprechen sogar über Baseball. Und lachen. Und werden zwei Minuten später ernst. Der Balanceakt gelingt, er scheint gar nicht so schwer, wenn man den richtigen Tonfall und den richtigen Partner hat.

»Ich hätte Sie gern jeden Abend hier zu Gast«, sagt Letterman zum Schluß herzlich, wirklich herzlich, »wäre das möglich?« Giuliani lächelt. Er sieht müde aus. Der Beifall kommt nicht vom Band.

»Gleich Miss America«, sagt Letterman und man sieht Giuliani noch anerkennend die Augenbrauen hochziehen, bevor es in die Werbepause geht, hollaholla back to normal life und so.

Miss America sieht aus wie die frühe Babette Einstmann, aber Letterman ist jetzt entspannt. Er weiß, dass er eben den im Moment besten Gast im ganzen Land hatte. Rudy made his day.

Sicher sah Letterman gestern das Interview, das Giuliani der NBC gab, hörte, wie der Bürgermeister, unterbrochen von fünf Werbepausen, detailliert und manchmal in der Erinnerung erstaunt und bitter auflachend, den Kopf schüttelnd, seinen 11.9. erzählte, der morgens um viertel vor 9 in Midtown begann, als er gerade ein Geschäftsfrühstück beendet hatte. Wie er, nachdem er knapp dem Tod entrann, mit staubigem Haar und seinem gesamten Stab zu Fuß von der WTC-Ruine zur Houston Street lief (die Thompson hoch? an meinem Haus vorbei, während ich im Netz hing, heulend, wie paralysiert?), versuchte, mit dem Cellphone zu telefonieren, und in der Houston schließlich vor einer

Feuerwache stand, die er vorübergehend als Krisenbüro nutzen wollte. Aber die Feuerwache war verschlossen. Ein Polizist mußte die Tür aufschießen.
Lieber Harald Schmidt, was ich eigentlich sagen wollte: Ich bin diesmal froh, dass ich um Mitternacht den Fernseher noch mal angemacht habe hier in meinem Wohnklo in Soho, in dem seit zwei Wochen die Angst und die Schlaflosigkeit hocken, die beiden Schlingel. Sie mögen New York sehr. Machen Sie es für New York. Machen Sie es gegen den Krieg (Sie sind doch gegen den Krieg??). Machen Sie was. Ich fände es schade und falsch, wenn Sie heute abend tun würden, als sei nichts passiert. Vielleicht geht es, dass Sie mit Jürgen Vogel einfach darüber reden, wie sie beide den 11.9. erlebt haben. Good Luck!

25.09.01 13:35 NYC TIME

Wegen Verzweiflung geschlossen

03.10.01 19:52 MESZ

Aus dem **Pulp-Fiction-Soundtrack**:
Ricky Nelson: Lonesome Town
Dusty Springfield: Son of a preacher man
Urge overkill: Girl, you'll be a woman soon
Maria McKee: If love is a red dress
Statler Brothers: Flowers on the wall

13.10.01 14:18 MESZ

Von einer im Fernsehen auftretenden Prostituierten einen Spruch, der offenbar für jedes zweite Satzende taugt:
»Ende Gelände!«
Offenbar sinnverwandt mit:
»Fertig aus Mickymaus!«

13.10.01 16:59 MESZ

Dass ein Gesamtschullehrer aus Siegen gefeuert wurde, weil er eine pazifistische Rede vor den Schülern hielt. Was ist hier eigentlich los?

16.10.01 12:50 NYC TIME

Dialog Anthrax-Baby

New York am Mittag.
Ein Zeitungskiosk.
Davor zwei Männer.
»Unglaublich«, sagt der eine, schüttelt den Kopf und zeigt auf die Titelseite der New York Post.
»Da war NBC jetzt tagelang mit diesem Anthrax-Fall in den Nachrichten, jetzt muss ABC natürlich nachziehen«, sagt der Zweite.
»Auch noch ein Baby, schwer zu toppen«, sagt der Erste.
»Tja, höchstens mit dem Hund von Bush«, sagt der Zweite.
Journalisten, denke ich. So reden nur Journalisten.

19.10.01 15:49 NYC TIME

Fallin' von Alicia Keys, ungefähr hunderttausend Mal

19.10.01 20:20 NYC TIME

»... aber ich war nicht unbedingt den ganzen Tag hoffnungslos. Ich wachte hoffnungslos auf und versuchte, dieser Hoffnungslosigkeit zu entkommen und ich entkam ihr auch bis gegen Mittag. Am Nachmittag stellte sich die Hoffnungslosigkeit wieder ein, gegen Abend verschwand sie wieder, in der Nacht, wenn ich aufwachte, war sie naturgemäß mit der größten Rücksichtslosigkeit wieder da.«
Thomas Bernhard: **Wittgensteins Neffe**

20.10.01 17:50 NYC TIME

»Nur hat der Paul dieses sein Denkvermögen genauso ununterbrochen beim Fenster hinausgeworfen, wie sein Geldvermögen, aber während sein Geldvermögen sehr bald endgültig zum Fenster hinausgeworfen und erschöpft gewesen war, war sein Denkvermögen tatsächlich unerschöpflich; er warf es ununterbrochen zum Fenster hinaus und es vermehrte sich (gleichzeitig) ununterbrochen, je mehr er von seinem Denkvermögen aus dem Fenster (seines Kopfes) hinauswarf, desto mehr vergrößerte es sich, das ist ja das Kennzeichen solcher Menschen, die zuerst verrückt sind und schließlich als wahnsinnig bezeichnet werden, dass sie immer mehr und immer ununterbrochen ihr Geistesvermögen zum Fenster (ihres Kopfes) hinauswerfen und sich gleichzeitig in diesem ihrem Kopf ihr Geistesvermögen mit derselben Geschwindigkeit,

mit welcher sie es zum Fenster (ihres Kopfes) hinauswerfen, vermehrt. Sie werfen immer mehr Geistesvermögen zum Fenster (ihres Kopfes) hinaus und es wird gleichzeitig in ihrem Kopf immer mehr und naturgemäß immer bedrohlicher und schließlich kommen sie mit dem Hinauswerfen ihres Geistesvermögens (aus ihrem Kopf) nicht mehr nach und der Kopf hält das sich fortwährend in ihrem Kopf vermehrende und in diesem ihrem Kopf angestaute Geistesvermögen nicht mehr aus und explodiert.«
Thomas Bernhard: **Wittgensteins Neffe**

20.10.01 18:09 NYC TIME

dass ich gestern einen New Yorker Stimmungsbericht in SPIEGEL online gelesen habe, der schildert, wie hier Leute auf offener Straße mit Gasmaske rumlaufen und alle ganz schreckliche Angst haben vor Milzbrand. Meine Spaziergänge der letzten Tage, besonders der heutige durch den Central Park, vermitteln mir ein anderes Bild. Es war ein schöner Spätsommertag heute, der Central Park war proppenvoll wie (fast) immer am Wochenende. Und alle zwei Minuten fliegt ein Fluzeug donnernd unter den Wolken lang, jede halbe Stunde zieht ein Hubschrauber Kreise, von den Polizei- und Feuerwehrsirenen, die ja vor dem 11. zum normalen Stadtgeräusch gehörten und inzwischen argwöhnisch belauscht werden, ganz zu schweigen. Ich lag also auf der Wiese, fast wie früher, meine Angst ist ja keine nackte Angst mehr, sondern sie trägt ein maßgeschneidertes Kleidungsstück, über das ich mich hier nicht näher äußern möchte, trotzdem, bei jedem Flugzeug MUSSTE ich einfach zum Himmel sehen, ob alles in Ordnung ist (und das mitten in Thomas Bernhards meterlangen Sätzen), aber ich war die EINZIGE, die ständig zum Himmel schaute. Die anderen lasen, dösten, schrieben, küssten, lachten weiter. Junge Männer und Frauen trugen ihre Babys und ihre kurzen Hosen unbekümmert über die Wiesen oder blätterten in der New York Times, ein chinesisches Paar saß nebeneinander, beide die Köpfe tief in Bücher vergraben, ein junger Mann rauchte und sah Mädchen hinterher. Kleine Kinder in Halloweenkostümen tollten rum. Das war kein befehlsmäßig wieder aufgenommenes Leben, das war echte Normalität. Aber vielleicht bin ich nur drauf reingefallen und die sind alle so, weil sie Cipro schlucken und Valium und von der Regierung als »vorbildliche Normalos« engagiert sind?

23.10.01 16:07 NYC TIME

J. D. Salinger: **The Catcher in the Rye**
Im Original. Lese jetzt zu Zwecken der Sprachschulung nur noch englische Bücher. Ein Genuss, wenn auch ein anstrengender.

23.10.01 16:45 NYC TIME

Vielleicht sollten die Deutschen ihren Brink am Naddels und Kock am Feldbuschs dankbar sein für all die kleinen Ablenkungen in Gestalt von Mannwegnehmerei, Tränenausbrecherei oder eskalierender Schlammschlacht (vor einigen Tagen war das eine Schlagzeile meiner deutschen AOL-Version: Naddel: die Schlammschlacht eskaliert. Das fand ich bemerkenswert. Aus zwei Gründen. Erstens ist so eine Schlagzeile beruhigend in diesen Zeiten, denn dann ist nichts wirklich Wichtiges passiert, zweitens ist schon eine Schlammschlacht eklig, nicht auszudenken aber ist, wie das aussieht, wenn sie eskaliert ...).

Gestern habe ich fast sieben Dollar hingelegt für den SPIEGEL mit dem Titel »New York – die verwundete Stadt«. Er ist zwar im Moment wirklich fehl am Platz (erst habe ich: »New York – die verwunderte Stadt« gelesen, das hätte mir besser gefallen), denn die Verwundung hat vor sechs Wochen stattgefunden (die Verwunderung hält nach wie vor an) und die Anthrax-Todesfälle stammen aus Florida und Washington, der neueste Fall von Lungen-Anthrax aus New Jersey, das ist kein New Yorker Problem. Statt dessen hätte sich Afghanistan als tödlich verwundetes Land angeboten oder, wenn schon eine New Yorker Geschichte, dann eine über das Phänomen der Neuen Freundlichkeit. Liebe Zeitschrift XY: Wenn Sie mich nicht gefragt hätten, ob Sie an meinem Beispiel das Phänomen der GERMAN ANGST (so ein Schwachsinn!!!!) zeigen können, sondern mich gebeten hätten, ein Autorenstück über die Neue Freundlichkeit auf der Welt und speziell in New York zu machen, dann hätte ich vermutlich ja gesagt, aber so?
Egal. Der SPIEGEL-Titel ist schön. Er ist anrührend, traurig, er macht mir die Abwesenheit der beiden Türme noch einmal mehr schmerzlich bewusst, der Fall der Türme markierte »the end of a selfish and cynical age«, wie Jim Carrey auf der musikalischen Rentner-Großveranstaltung im Madison Square Garden richtig bemerkte. Dabei sah er traurig aus, denn das Ende einer selbstsüchtigen und zynischen Ära macht zugleich ihn selbst überflüssig, was ich nun wieder weniger bedauerlich finde. Muss er sich eben eine neue Aufgabe suchen wie viele andere.
Auch wenn ich das Heft bisher nicht gelesen, nicht durchgeblättert, ja, nicht mal aufgeschlagen habe, musste ich es besitzen. Heute ist mein Lieblingswetter in New York: komplett bewölkt und windig. Mittags wollte ich passend zum Lieblingswetter spontan meinem Lieblingsbild einen Besuch abstatten, dem Porträt der Anna Zborowska von Modigliani im **Museum of Modern Art**, aber ich war umsonst im

gruseligen Midtown, wo schwarze Straßenhändler Stars and Stripes in Strass Silber Messing Stoff feilboten und die Wolkenkratzer bedrohlich im Wind schaukelten. Anna ist zur Zeit »in the storage«, wie mir ein freundlicher Sicherheitsmann sagte. Immerhin gab es Anna in klein auf einer Kunstpostkarte, nebenan im Museumsshop, für 75 Cents. Das war vor einigen Jahren noch nicht der Fall.
Weil ich schon mal da war, ging ich einen Block weiter ins Museum of Television & Radio, um mir schnell das Videoband mit dem Seinfeld-Piloten von 1989 auszuleihen und anzusehen, das wollte ich schon seit Jahren machen, aber ausgerechnet der Pilot ist nicht im Verleih, nur im Screening, und das habe ich um eine Stunde verpaßt. Jetzt wieder zu Hause und Oprah kucken (die ohne ihren Haus- und Hofpsychologen Dr. Phil offenbar gar nicht mehr auskommt) und dann am Roman arbeiten. Abends ist Alicia Keys bei Letterman.

25.10.01 10:47 NYC TIME

The Big Easy

Sehr schöner Soundtrack. Und nicht mal Meg Ryan kann die Nase so schön krausziehen wie Ellen Barkin. Ärgerlich nur, dass sie sich in diesen Gecko verliebt. Oder heißt es das Gecko?

25.10.01 10:49 NYC TIME

Und als wir ans Ufer kamen

Und als wir ans Ufer kamen
Und saßen noch lang im Kahn
Da war es, dass wir den Himmel

Am schönsten im Wasser sahn
Und durch den Birnbaum flogen
Paar Fischlein. Das Flugzeug schwamm
Quer durch den See und zerschellte
Sachte am Weidenstamm
– am Weidenstamm

Was wird bloß aus unseren Träumen
In diesem zerrissnen Land
Die Wunden wollen nicht zugehn
Unter dem Dreckverband
Und was wird mit unsern Freunden
Und was noch aus dir, aus mir –
Ich möchte am liebsten weg sein
Und bleibe am liebsten hier
– am liebsten hier

Wolf Biermann

26.10.01 14:56 NYC TIME

Stelle leichte Erkältung fest. Sogar am Niesen haben mir die Terroristen die Freude verdorben. Heute ist es kalt in New York, kalt und sonnig.
Auffällig im Fernsehen sind zurzeit Spots, in denen Bürgermeister-Kandidat Bloomberg und Bürgermeister-Kandidat Green sich gegenseitig schlecht machen, vor allem Bloomberg Green, da Bloomberg mehr Geld für Spots hat.
Groß aufgebauscht wurde im Entertainment–Sektor der Konflikt Barrymore-Stern. Drew Berrymore war nach ihrem Auftritt bei

Saturdaynightlife überstürzt abgereist, wegen Anthrax, und hatte die New Yorker PR-Tour für ihren neuen Film abgebrochen. Dafür hatte sie Howard Stern bei seinem Auftritt im Madison Square Garden (mit pofreiem Overall) öffentlich gerügt. Daraufhin gab sie jetzt ein weinerliches Interview, dass Stern gemein sei (ach nee) und dass sie doch nur zu ihrer Familie und so. Die New Yorker sind sauer auf Barrymore. »Wenn sie uns nicht will, wollen wir ihren Film auch nicht«, sagen sie.

Ansonsten ist die Stimmung auf den Straßen trotz täglicher alarmierender Anthrax-Meldungen weiter gut. Vor knapp vier Monaten, als ich hier ankam, war der Rat, den ich kriegte, wenn ich über ein Schlagloch stolperte, ich solle doch New York auf ein paar Millionen verklagen. Inzwischen würde hier jeder New York eine Niere spenden, so fühlt sich das jedenfalls an. Man kann wirklich froh sein, dass Anthrax nicht von Mensch zu Mensch übertragen werden kann. Dann wäre Schluss mit lustig.

Richtig die Nase voll haben die Postbeamten, in deren Verteilerpostamt heute wieder Anthrax-Sporen gefunden wurden. Offenbar sind die Postbeamten die Feuerwehrleute der zweiten Kriegsetappe. Sie stehen sozusagen an der Front.

Freunde der Apokalypse experimentieren hier mit dem Datum 11.9., indem sie es umdrehen und sich vor dem 9. November fürchten.

Soll man jetzt beim ersten Nieser zum Arzt oder nicht?

27.10.01 21:58 NYC TIME

Out of the past

mit den beiden Grübchen-Königen Kirk Douglas und Robert Mitchum.

Für manche Cineasten einer der besten Film Noirs. Für mich fehlen Bogart und Bacall, auch nach dem dritten Mal noch.

28.10.01 22:39 NYC TIME

Heute im Zuge der mir ans Herz gelegten Gesundwerdung tapfer durch den Halloween-Stau spaziert, etwas zügig, weil abends um 6 p.m. der Film **To kill a mockingbird** kommen würde. Da ich grade das Buch **To kill a mockingbird** von Harper Lee lese, meinen zweiten englischsprachigen Roman (etwas schwieriger als der Fänger im Roggen, weil weibliche Autoren einen größeren aktiven Wortschatz haben ;-)), hatte ich mich gefreut.
Was für eine Koinzidenz, hatte ich gedacht (ich denke immer sehr gepflegt am Wochenende), denn ich hatte mir das ganze Wochenende kriegsfrei und terroristenfrei und anthraxfrei gegeben und nur schöne Dinge gemacht und nur an schöne Dinge gedacht und nicht geniest, hatte das Erdbeben Freitagnacht friedlich verschlafen und bis auf die üblichen Alpträume und Alpwirklichkeiten (gestern Nacht Hubschrauber mit Suchscheinwerfer über der Upper West Side, heute Nachmittag Polizeiabsperrung mit Feuerwehr in der 86. Straße etc. pp.) ein gar herrliches irdisches Dasein geführt.
Ich also Punkt 6 p.m. vor der Glotze – und merke, dass ich TCM (Turner Classik Movies) gar nicht im Cable TV habe!! Und das, obwohl inzwischen auf Standard aufgerüstet.
Verdrossen drei schlimm englisch synchronisierte Folgen der ZDF-Reihe »Hitlers Frauen« (von olle Guido Knopp sicher) auf History gesehen (Winifred Wagner, Zarah Leander, Magda Goebbels).
Abends unter Bereithaltung mehrerer Köstlichkeiten auf die Trick-or-Treat-Halloween-Kinder gewartet, die nicht mehr bis zum

31. Oktober warten können, aber kam keins. Der obligate Kürbis steht jedenfalls zum Zeichen meiner Bereitschaft im Fenster. Mit aufgemaltem Gesicht und Bast-Schirmmütze.

29.10.01 22:52 NYC TIME

Apocalypse now

Bodo Ashcroft hat uns also heute gewarnt. Sehr freundlich. Danke auch.
In der nächsten Woche könnte es wieder terroristische Anschläge geben.
Aha.
In den USA. Gegen die USA.
Aha.
Wo, wann, wie ist nicht bekannt.
Was für ein Ausmaß an Ratlosigkeit! Danke für diesen großen neuen x-large Kübel Angst, Herr Ashcroft.
Aber gewiss doch. Wir werden aufpassen. Noch mehr die Ohren spitzen, die Augen schärfen, alles Verdächtige (Was wirft die Frau dort drüben in den Müll? Warum hat der Araber da drüben keine USA-Flagge an seinem Imbissladen? Wem gehört der Koffer auf dem Bahnsteig?) wird sofort zur Anzeige gebracht.
Die ganze Stadt, das ganze Land, die halbe Welt wird bald paranoid sein, denunziatorisch, lauter aufgeschreckte verängstigte Miss Marples, Monsieur Maigrets (und Non-Maigrets …) und Blockwarts, das Testament in der Gesäßtasche, die 911 ins Mobilphone gespeichert, gegen alle Eventualitäten gerüstet, keiner traut sich mehr irgendwohin, keiner traut keinem mehr über den Weg.

01.11.01 01:43 NYC TIME

Ein Flyer von der US-Post

war in meinem Briefkasten. Und wahrscheinlich in allen anderen amerikanischen Briefkästen auch. Auf der Vorderseite ist Werbung für die neue 34-Cent-Briefmarke mit Flagge und »United we stand«. Auf der Rückseite wird erklärt, was einen Brief verdächtig macht:

– dass er unerwartet kommt oder von jemandem stammt, den ich nicht kenne
– dass er an jemanden adressiert ist, der längst nicht mehr in meiner Wohnung wohnt
– dass er handgeschrieben ist und/oder keinen Absender hat
– dass er klumpig aussieht
– dass er überall mit Klebeband verklebt ist
– dass er mit der Aufschrift »persönlich« versehen ist
– dass er überfrankiert ist

Nun wissen die Terroristen ja, wie sie es ab sofort nicht mehr machen sollten.

Bisher ist der amerikanischen Post ein Milliardenschaden entstanden, aber man muss mal dazurechnen, dass diese Angst uns FÜR IMMER begleiten wird, dass unsere Post ab jetzt für immer gefährlich ist. Nicht nur der finanzielle Schaden ist schwer vorstellbar. Ist das das Ende des guten alten Briefes?

01.11.01 19:14 NYC TIME

Ich fasse mal den heutigen Tag zusammen: New York Times zeigt Bodo Bush, der gestern im Yankees Stadium einen Pitch gemacht

hat, der fast ein Strike war. Heute ist zum ersten Mal seit paarundvierzig Jahren Vollmond an Halloween.
Ich habe nach dem Tod der Frau aus der Bronx heute ungern meine Erledigungen gemacht: den quietschgelben Wäschesack zum Chinesen gebracht (Drop off or self service? Drop off. All together or separeted? All together.) Dann musste ich ein Ticket am Times Square abholen. Bei Nieselregen und großer Polizeipräsenz. Viele verfrorene Kinder in lustigen bis gruseligen Kostümen unterwegs. Nonnen. Elefanten. Skelette. Hexen. Dann ein Termin im American Museum of History. Kurze Gedenkminute im Planetarium, nein, ausnahmsweise mal nicht für die Firefighters, sondern für die Szene in **Manhattan**, wo Woody Allen Diane Keaton fast zum ersten Mal küsst. Weitere Gedenkminute vorm Saurierskelett für den **Fänger im Roggen**, Holden Caulfield hat hier viele Stunden mit seiner kleinen Schwester Phoebe verbracht, in der New York Times waren neulich mal Fotos von allen Plätzen in New York, an denen das Buch spielt.
Vorhin habe ich mich bei einem Freund, der Arzt ist, erkundigt, ob Kopfschmerzen, Halsschmerzen, beginnender Schnupfen und eine taube Oberlippe schon ein Hinweis auf Lungenanthrax sind. Er meint, es müsste idealerweiser noch Atemnot dabei sein. Gut, dann leg ich mich jetzt aufs Sofa, und kucke auf WE (Women's Entertainment) Hitchcock (u. a. **Rear Window**, mein Lieblingsfilm **Vertigo**, **The Birds**), bis die Atemnot kommt. Idealerweise.

01.11.01 23:19 NYC TIME

Der Tunnel von Bodo Suso Richter. Aufführung innerhalb der Reihe »Germany 2001 – New Films«. Damals im Fernsehen hab ich mir den verkniffen.

Jetzt im **MoMa**-Screening konnte ich mir vor Ort mal ansehen,was Teamworx so macht. Immerhin werden die **Masserberg** verfilmen. Die zweieinhalb Stunden vergingen wider Erwarten ganz flott und possierlich. Nachher fragte einer der amerikanischen Journalisten, wer denn der Hauptdarsteller sei und warum der liefe wie Gott. Die Frage geb ich einfach mal direkt an Heino Ferch weiter. Bodo Suso Richter (im übrigen ein Sympath) konnte sie jedenfalls nicht richtig beantworten.

02.11.01 18:22 NYC TIME

Heute

hat Deutschland einige Stunden Anthrax gehabt (ängstliche Mailflut schwappte zu mir) und dann doch nicht (erleichterte Mailflut schwappte zu mir). New Yorks Feuerwehrmänner haben demonstriert, dabei angeblich fünf Polizisten ernsthaft verkloppt, wofür 12 Feuerwehrleute eingelocht worden sind (gestern waren sie noch Helden, heute werden sie in den Knast gesteckt, weil sie weiter nach ihren verschütteten toten Kollegen suchen wollen, um sie zu begraben).
Bloomberg beschimpft weiterhin Green und Green beschimpft weiterhin Bloomberg. Mir sind beide nicht sympathisch (obwohl ihre Programme natürlich appetitlich aufbereitet sind). Erstens wegen der gegenseitigen Schlechtmacherei und dann. Green wirkt vernünftig, ist aber mit Giuliani verkracht und sieht aus wie ein Farbnegativ. Will man einen Bürgermeister, der den Eindruck erweckt, er würde den ganzen Tag unterm Turbo-Gesichtsbräuner liegen? Bloomberg gibt zu sehr mit seiner Kohle an und mit seiner Freundschaft mit Giuliani. Giuliani empfiehlt folgerichtig für New York

Bloomberg und für New Jersey Herrn Schundler, der auch nicht grade vertrauenserweckend wirkt (Typ Patrick Bateman).
In Afghanistan wird weitergebombt, so doll wie nie. Keine Ramadan-Pause.
In ganz Amerika herrscht allgemeines Brücken-Bibbern.
Ich habe wegen anhaltendem Unwohlsein ein Fieberthermometer gekauft und war nach absolvierter oraler Messung (99,7) erst kurz der Ohnmacht nahe (100 Grad Fahrenheit im Sommer sind knalleheiß, wusste ich nur noch, aber wieviel ist knalleheiß?), bis mir eine Umrechnungstabelle Erleichterung verschaffte.
Bleibt die Frage des Tages: Wie kommt man von Manhattan zum JFK-Flughafen, ohne eine Brücke zu überfahren?

2.11.01 22:54 NYC TIME

The Vagina Monologues im Westside Theater Nähe Times Square. Erstaunlich, wie die Texte durch eine gute Performance gewinnen. Und die Performance war gut, aber richtig.
Drei Frauen in Schwarz, barfuß auf Barhockern. Eine dicke, eine alte mit tiefer Stimme und eine junge dünne mit Mickymausstimme.
Nahezu begeistert war ich, in der Mickymaus die Hauptdarstellerin einer Schnulze wiederzufinden, die mich als Teenager schmelzen ließ. Ich nahm damals den Titelsong über Mikro mit meinem Stern-Radiorekorder vom Fernseher auf und lernte ihn auswendig: **You light up my life**. Es ist bestimmt kein guter Film. Weiß der Teufel, warum er mich so beschäftigt hat. Vermutlich Liebeskummer.
Zu den Vagina-Monologen: ich weiß gar nicht, warum es darum eine solche Aufregung gab und gibt. Das Buch kannte ich schon,

weil ich in der Berliner Inszenierung von Adriana Altaras mitlesen soll. Mach ich auch. Am 21. und 22. November, 20 Uhr, Berlin-Arena.
Das war ein hochamüsanter Abend. Der Saal war voll (sehr viele Amerikanerinnen, davon die meisten weiß, wenige schwarz, erstaunlich viele Asiatinnen. Ab und an ein versprengter Mann, viele Studentinnen, drei Kampflesben). Die Texte wurden mit der gebotenen ironischen Distanz gelesen. Wir haben alle viel gelacht, waren zwei-dreimal ganz still, ich mit Gänsehaut. Die eine oder andere hat auch mal ein Tränchen zerdrückt.
Okay, mir war es ein bisschen viel »Wedscheinah« auf Dauer. Irgendwann nervt's. Und draußen fletschten die Merchandising-Produkte die Zähne: Vagina-Sticker und Vagina-T-Shirts und Vagina-Tassen und Vagina-Geldbörsen (in Vagina-Form) und Vagina-Bücher – –
und am gemeinschaftlichen Cunt-Schreien habe ich mich nicht beteiligt, da kann ich ja gleich zu den Chippendale's gehen und rumkreischen, wenn die Muskelwürste im String rumhüpfen.

03.11.01 13:09 NYC TIME

Foreign Correspondent

Naja, also Momente hat der schon. Suspense und so. Leider reden aber alle Leute im Film ständig sehr schnell englisch, und das über 120 Minuten. Das ist über weite Strecken hochanstrengend. Hervorzuheben ist George Sanders, die Legende, in einer kleineren Rolle. Da weiß er noch nicht, dass er fünf Jahre später einen fabelhaften Lord Henry Wotton in **The picture of Dorian Gray** geben wird. Übrigens hat Sanders im selben Jahr, weiß jetzt nicht ob vor »Foreign Correspondent« oder danach, in Hitchcocks **Rebecca** (prima Film, auch wenn ihn Hitchcock selber gar nicht mochte) den bösen Jack Favell gespielt.

04.11.01 00:52 NYC TIME

Wieder was gelernt. Die **Folksbiene** zum Beispiel, das ist keine Insektenzüchtung aus der DDR, sondern das älteste jiddische Theater der Welt.
Adresse: New York. Midtown Manhattan, 55. Straße. Das kleine Theater im Hinterhof eines Mietshauses ist 86 Jahre alt – und das war auch gleichzeitig das Durchschnittsalter des Publikums (mich schon eingerechnet). Was die Frage aufwirft: Ist Jiddisch eine aussterbende Sprache? Schade eigentlich. Klingt besser als deutsch, wärmer.
»Songs of Paradise« wurde heute Abend gegeben, eine Art Bibel-Potpourri, eine Mischung zwischen Polka und Sesamstraße, präsentiert in zwei Sprachen: Jiddisch und Englisch.
Musikalische Häppchen aus dem Garten Eden. Hätte Carmen Nebel es genannt. Oder Heinz Schenk. Oder Jürgen Fliege.
Adam im Hawaihemd auf dem Liegestuhl, Eva langweilt sich, weil die Geschäfte alle geschlossen sind. Bis sie die Bekanntschaft eines Apfelbaums macht, der aussieht wie ein Rettungsschwimmer aus »Baywatch« und um den Hals eine Schlange trägt, deren Absichten ja bekannt sind.
Weiter galoppiert das Stück durch die Genesis. Kain erschlägt Abel mit dem Spielzeughackebeilchen. Abraham betrügt Sarah mit der scharfen Schickse Hagar, welche im Übrigen einen ordentlichen Bauchtanz hinlegte.
Jakob trägt einen Tirolerhut, Esau ist ein Hardrocker. Als aber dann auch noch Groucho Marx, Woody Allen, Freud, Cheerleader,

Engel und wasnichalles sich mit CanCan, Bump, Slow Fox, Regenschirm-Fechtkampf und Tango durchs Geschehen wühlen, irgendwo kurz nach der Pause, da habe ich den Faden verloren. Und nicht wiedergefunden, unter uns, also wenn ich ehrlich bin: ich hab ihn nicht mal mehr gesucht.
Aber gesungen haben die Schauspieler schön.
So schön, dass die alte Frau zu meiner Linken sanft entschlummerte, wobei ihr der Krückstock entglitt, was mir zu den schlimmsten Befürchtungen Anlass gab. Nur, um sie zu wecken (na gut, und aus Erleichterung) habe ich am Ende des Stückes (nach ca. zehn gefühlten Stunden) kräftig geklatscht.

04.11.2001 12:48 MEZ

Gefunden:

einen Text, den ich am 10.9.01 für den AUFBAU fertig gestellt habe (ich wollte am Dienstag nur noch nachschlagen, wie hoch das Klo »Windows of the World« gelegen ist):

New York – die Stadt, in der man nie mal müssen darf. Müssen darf schon, aber nie gehen kann. Also auch nicht müssen sollte. Jedenfalls nicht am falschen Fleck. Im hektischen Manhattan ein Klo zur rechten Zeit zu finden – das gleicht der Suche nach dem Bernsteinzimmer. Die Entdeckung einer öffentlichen Toilette, für deren Benutzung man nicht erst etwas konsumiert haben muss, ist fast ebenso müßig wie das Warten auf Godot.
Es gibt viele Bücher über diese Stadt: für stinknormale Touristen, für alternative Touristen, für Familien, für Literaturfreunde, für Kinofans, für Behinderte, für allein reisende Frauen, für lesbische

Frauen etc. pp. Nur ein Führer fehlte noch, und der ist jetzt da und heißt verheißungsvoll: Where to go.
Auf den ersten Blick wirkt das Büchlein, welches uns in Zukunft kompetent Erleichterung verschaffen will, wie ein zahnärztliches Periodikum, eine Broschüre. Einband weich, Schrift dunkelblau auf hellblau. Auf den zweiten Blick sieht man vorn einen suchenden Mann und eine freudig auf etwas zeigende Frau, hinten das Objekt der Begierde: eine Toilette, alles altertümlich illustriert, was mir leider das Gefühl vermittelt, eine uralte Ausgabe erwischt zu haben. Sieben Dollar, der Preis ist ein Schnäppchen, denn das sind zwei – kleine – Frappuccinos im Starbucks, die man mitunter nur zu sich nimmt, um ein Customer zu sein (»Restrooms for Customers only«) und die Berechtigung zu erwerben, in die saalgroße Unisex-Toilette »gebuzzert« zu werden (die Bedienung drückt einen Knopf unter der Theke, das Sesam-öffne-dich für Menschen mit Blasendruck). Auch bei McDonald's wird inzwischen weitgehend »gebuzzert«, auch da muss man kaufen, um »loszuwerden«. Ein Tauschgeschäft mit Nebenwirkung: Um so schneller muss man wieder.
Aber wir wollen ja umsonst aufs Klo, bzw. nicht umsonst, sondern kostenlos. Oder, wie der Sachse hinterher sagt: »Es kam nüscht.« Hilfe verspricht Vicky Roveres Kloführer, handlich genug fürs Handgepäck. Aber ist er übersichtlich genug für mich, die Testperson? Zur Orientierung werden eingangs vier Toilettenkarten vorgelegt: Downtown sind zwei Restroom-Schwerpunkte zu erkennen: am West Broadway zwischen Spring und Houston Street. Und in der Worth Street zwischen Centre und Baxter.
In Midtown scheint es, obwohl mir das nie so vorkam, nur so von Toiletten zu wimmeln. Vor allem in der Fifth Avenue kann man sich, das zeigt die Karte deutlich, praktisch von der 50. bis zur 59. Straße hochpinkeln (35 Toiletten), alle fünf Meter eine komplizierte Nummer (V 79, A20, E 42) welche hoffentlich weiter hinten

zügig erklärt wird, denn ich nehme diesen Kloführer ja zur Hand, wenn ich in Not bin.
In Uptown dagegen herrrscht Pinkelnotstand, mit Ausnahme der Museen (Metropolitan, Guggenheim). Westlich vom Centralpark sollten blasenschwache Zeitgenossen sich vornehmlich auf Spaziergänge auf Broadway und Amsterdam zwischen 66. und 68. Straße beschränken (I 13-15, A21, V95, H 142).
Oberhalb der 127. Straße (Harlem, Washonton Heights) dasselbe Desaster. Kaum öffentliche Klos, umso wichtiger die wenigen hier aufgeführten.
Anschließend schlüsselt der Toilettenguide die Buchstaben nach Sachgebieten auf: A steht für Atriums and Einkaufszentren, B für Buchhandlungen, C für Gerichtsgebäude, D für Restaurants und so weiter. Es folgt die Auflistung aller Nummern, darunter bienenfleißig zusammengetragenes New Yorker Toilettenwissen samt Adresse, Tipps und Tricks (allen Zuträgern und Testern wird vorne gesondert gedankt).
Was aber, wenn's ernst wird? Nehmen wir zum Beispiel mal an, ich ginge die Houston Street Richtung Osten und müsste Höhe Ludlow plötzlich ganz dringend für kleine Aufbau-Praktikantinnen. Was sagt mein Toiletten-Guide? Auf der Karte sehe ich nur eine Möglichkeit: D5. Nun schlage ich rasch in der alphabetisch geordneten Codeliste nach: D5 ... das ist »Katz's Delicatessen«, der Laden, den Meg Ryan in »Harry und Sally« unsterblich gestöhnt hat. Folgendes ist zu tun: Reingehen, sich vom Einlasser einen Beleg geben lassen, dann nach links an vielen Promi-Fotos vorbei zur Toilette. Wichtig: Beim Rausgehen den leeren Beleg wieder abgeben, dann gibt's keine Probleme. Wunderbar! Klappt!
Auch weitere Tests besteht der Führer: alle Filialen der Buchhandlungs-Kette Barnes und Nobles sind hervorragend geeignet (wenn man gut im Pictogramm-Lesen ist). Ins World Trade Center (den

ersten Turm) kann man zwar kostenlos hinauffahren (Windows of the world), sollte aber den Dresscode einhalten, sonst kann man das Klo in luftiger Höhe von ... Metern vergessen. Und in Hotels empfielt es sich, mit der Nonchalance eines Weltbürgers aufzutreten (oder wenigstens mit Hilfe unseres Büchleins in der Lobby gleich die richtige Richtung einzuschlagen).

Mein Favorit für Midtown tagsüber: Das japanische Nobelkaufhaus Takashimaya. Sollten Sie auf der Fifth Avenue zwischen 54. und 55. Straße mal müssen, dann entscheiden Sie sich unter den vielen Möglichkeiten dafür. Dort befindet sich meine Lieblingstoilette, die ich übrigens schon lange vor Vicki Rovere entdeckt habe: Mit dem Lift ins Untergeschoss C1. Dann rechts runter. Eine wahrhaft königliche geräumige helle saubere moderne schicke Toilette, auf der man gerne verweilt.

Wo man nicht unbedingt verweilen sollte: Die öffentlichen Toiletten im Terminal der Staten Island Ferry (X 1) sind, da hat der Toilettenguide ganz Recht, in einem beklagenswerten Zustand und sollten nur im Notfall rekrutiert werden (Notfall = der Moment, in dem einem sowieso schon alles egal ist).

Zwischen den einzelnen Listen erzählt die Autorin kleine Schnurren und Historisches, was ich für verzichtbar halte (Lektüre fürs »Große Geschäft«?). Sinnvoller schon kleine unkonventionelle Ideen wie das Ansteuern von Kirchen, Parkhäusern. Tankstellen, Krankenhäusern, Beerdigungsinstituten, Polizeistationen (Argument: »Soll ich vielleicht auf die Straße machen?«) und Tierkliniken.

Übrigens: den AUFBAU suchen Sie umsonst im Toilettenguide. Sollten Sie dennoch mal auf dem Broadway Ecke 74. Straße in Klo-Not geraten – sorry! Unsere Toiletten sind nur für Abonnenten!

04.11.01 19:41 NYC TIME

19:45

Was mache ich hier? Ich meine, was zum Teufel mache ich eigentlich hier? Warum fliege ich zurück nach Deutschland? Weil ich glaube, zurückfliegen zu müssen? Man redet sich meist ein, irgendwas zu müssen. In Anbetracht der Tatsache, dass wir womöglich doch alle eher sterben werden, als wir es vorhatten, kann ich nur dringend raten, das zu tun, was einem guttut. Den Job zu wechseln, den Mann, die Wohnung, die Stadt, das Land. Oder eben genau dort zu bleiben, wenns schön ist.

Dort zu bleiben, wo man … nicht: glücklich!! Sagen wir nicht glücklich. Die Glücksdefinition war immer schon verschwiemelt und ist seit kurzem überholt. Sagen wir, wo man die größte Aussicht auf Glücksmomente hat, auf Zehntelsekunden des In-Sich-Selbst-Ruhens, und sei es nur, um nach innen zu hören.

Bedauerlicherweise höre ich selbst nicht auf meine Ratschläge, sonst würde ich nicht seit Stunden in der Lufthansa-Lounge sitzen, Salznüsse essen und Wein saufen. Wie ich hierherkomme? Also gut, meine Zeit erlaubt es mir, Ihnen diese Geschichte zum Abschluss zu erzählen. Ob mein Heimflug es mir erlaubt, sie auch noch ins Netz zu stellen, weiß allein der Teufel. Dies ist ein Prämienflug für fleißiges Meilensammeln beim jahrelangen Pendeln zwischen München und Berlin. Hat mich schlappe 160 Mark Flughafengebühren gekostet, einmal New York und zurück. Economy natürlich. Vorhin, um 13 Uhr, beim Einchecken, fragte mich die nette Bodenhostess, ob ich gegen 800 Dollar einen späteren Flug nehmen wollte. Ich sagte ihr, für 800 Dollar würde ich auch im Gepäckraum reisen und wurde ein VDB (Wiediebie) …

Nun komme ich nicht morgen früh um halb 8 in Berlin an, sondern nachmittags halb 2, habe einen Voucher über 800 Dollar, einlös-

bar bei der Lufthansa, bzw. bei Barauszahlung krieg ich die Hälfte. Zur Überbrückung hänge ich hier in der Business-Lounge im JFK rum mit lauter müden Anzugtypen, die auch Salznüsse essen, Wein trinken, sich durch das Handelsblatt fressen und sinnloses Violinengeschrummsel aus den Lautsprechern über sich ergehen lassen (oder genießen, sowas weiß man bei denen ja nie).
Ob ich mein Schicksal versucht habe, indem ich auf eine andere Maschine ging (kommt meine ursprüngliche an, wird diese entführt?), werde ich ja dann sehen. Drei Gläser Wein früher hatte ich mehr Angst davor. Wenn Sie diesen Text in meinem Internet-Tagebuch sehen, bin ich jedenfalls in Berlin angekommen.
Und wohin ich so bald wie möglich wieder mit dem 800-Dollar-Gutschein fliege, weiß ich auch schon.
Und nun:
Tagebuchpause.

KiWi
Paperbacks bei Kiepenheuer & Witsch

Matthia Altenburg
Irgendwie alles Sex

KiWi 678
Originalausgabe

MATTHIAS ALTENBURG ÜBER
Paris Sonne Geilheit Literatur Houellebecq Campbell Sex Fuerteventura Céline Goetz Brecht Faulheit Goethe Frankfurt Schiffer Vertreter Sartre Naomi Piwitt Flaubert Sex Friedhöfe Leben Frühling Proust Menschen Marburg Musik Techno Frankreich Spinner Gallagher Mauritius Muskeln Frauen Deutschland Biller Feinde Dummheit Berg Stars Forster Woody Gräber Sex Pop Tiere Brüste Willemsen Abschied Wasser Mörder Goya Benn Gänsehaut Gott Harry Elsner Rolläden Film Roehler Urlaub Redakteurinnen Kassel Reichtum Musik Flaneure Beine Sybille Partys Hettche Freunde Schlafen Kinder Vladimir Politik Welt Drews Sex Grass Moore Winter Goethe Nackte Lullaby Sieger Mode Schwätzer Kommunismus Sommer Kohl Schöne Maxim Versager Fummeln Tote Krieg Romane Doofe Sieger Monet Pfirsichhaut Gräber Sex Sartre Rausch Ficken Kino Sensationen Taumel Porno Ramazotti Eros Idioten Sterben Tiramisu Mond Schwalben Steine Rainald Geld Haare Schönheit Fußball Hirne Lesen Brinkmann Rolf Dieter Schildkröten Video Meinhof Rock Manet Körper Trauer Schneider Robert Intimrasur Bäume Armut Herbst Klugheit Susanna Snickers Kammerherren Konkubinen Amerika Fernsehen Bilder Freude Herzog Getränke Walser Verbrechen Sex

Paperbacks bei Kiepenheuer & Witsch

KiWi

Sven Lager
im Gras
Roman

KiWi 672
Originalausgabe

Ein junger Maler kommt nach Bangkok und erfährt dort, dass eine Freundin im Sterben liegt. Von seinen Freunden zurückgelassen und durch einen lächerlichen Unfall unbeweglich, versucht er das Unmögliche: Sie mit Hilfe der Erinnerung zu retten.

Elke Naters
G.L.A.M.

Mit zahlreichen Fotos der Autorin
Broschur mit Klappen

G.L.A.M. handelt von Gefühlen und Gegenständen, von Menschen und Momenten. Ein Buch der Lebenskunst.

»Naters bedarf keiner ausgetüftelten Plots, keiner ehrgeizigen Sprache. Ihr Stil ist federleicht.«
Martin Krumbholz, Die Woche

KiWi

Paperbacks bei Kiepenheuer & Witsch

Sven Lager
Phosphor

Roman

KiWi 570
Originalausgabe

Plötzlich ist da wieder Strom und etwas flackert in meinem Kopf und mir wird schlecht. Wenn ich an Laura denke. Dabei habe ich sie verlassen. Nicht sie mich. Ich bin gegangen. Ich habe den Stecker rausgezogen und trotzdem ist da immer Strom.

»Ich kaufte Lagers Phosphor und legte es auf die hintere Ablagefläche meines Chevrolet Trailblazers, mit dem ich immer sonntagmorgens vor der Salumeria in Berlin-Mitte parke. Seitdem sprechen mich täglich zehn Menschen darauf an. Ich sage jedem von ihnen: Lesen Sie bitte dieses Buch.« *Christian Kracht*

»Dieses Jahr begann für mich mit drei außergewöhnlichen Ereignissen. Dem Besuch des Wat Mahathat in Nakhon Si Thammarat, dem Erwerb meiner mit Otter gefütterten Manolo-Blahnik-Pantoffeln und Sven Lagers Phosphor.« *Elke Naters*

www.kiwi-koeln.de